Le guerrier irlandais

Kris KENNEDY

Le guerrier irlandais

ROMAN

Traduit de l'américain
par Élisabeth Luc

Titre original
THE IRISH WARRIOR

Éditeur original
Zebra books published by
Kensington Publishing Corp., New York.

© by Kris Kennedy 2010

Pour la traduction française
© Éditions J'ai lu, 2011

Remerciements

Je tiens à remercier mon mari pour son soutien sans faille face aux détracteurs de ce genre littéraire.

Merci à toute ma famille, dont aucun membre n'est amateur de romans sentimentaux, et qui a pourtant lu mon livre.

Rachel, Courtney, Tatia et Becky, merci pour vos « saignées ».

Toute ma gratitude à John Scognamiglio, mon éditeur, qui m'a accordé sa confiance.

Je tiens également à remercier Jennifer Munson, ma spécialiste des teintures. Patiente, précise, elle n'a jamais trahi le moindre signe d'agacement face à des questions telles que : « Mon héroïne aurait-elle les mains sales, dans cette situation ? » ou : « Aurait-elle les poignets ou les ongles tachés ? » et : « Combien de temps faudrait-il pour que la tache s'estompe ? »

Je remercie chaque lecteur qui m'a écrit à propos de mon premier roman, *The Conqueror*. Si vous saviez combien il était important, à mes yeux, que vous aimiez ce livre, et surtout que vous ayez pris le temps de me le faire savoir ! Vive les lecteurs de romans sentimentaux !

1

Début d'automne, nord de l'Irlande, an 1295

— C'est très simple, expliqua une voix traînante, dans l'ombre. Ou tu te soumets ou j'exécute tes hommes. À toi de voir.

Finian O'Melaghlin, noble irlandais, guerrier, premier conseiller du roi O'Fail, esquissa un sourire amer. Tout se déroulait comme prévu. Du moins, comme il s'y attendait.

Le roi l'avait chargé d'accepter l'invitation de lord Rardove, seigneur anglais d'une perfidie sans nom. Dès son arrivée au château, Finian avait été séparé de ses hommes, puis privé de nourriture, avant d'être jeté au fond d'un cachot. Rardove se montrait fidèle à sa réputation, et plus dangereux que jamais.

Finian avait déconseillé cette entrevue, mais le roi avait passé outre son avis. Les Irlandais soupçonnaient Rardove de mijoter quelque mauvais coup en vue de s'approprier le secret de la précieuse teinture indigo issue de coquillages appelés *Wishmés*.

Hélas! Rardove était persuadé que les Irlandais préparaient eux aussi quelque chose.

Après la pluie de coups qu'il avait reçue, Finian n'était plus que douleur, mais peu lui importait. L'essentiel était de découvrir ce que Rardove savait exactement, et de l'empêcher d'en apprendre davantage sur l'action des Irlandais. Pour remplir leur mission, lui et ses hommes étaient prêts à donner leur vie, s'il le fallait.

— C'est bizarre, Rardove, railla Finian en regardant par-dessus son épaule. Quelque chose me dit que tu n'es pas digne de confiance.

Les gardes qui le retenaient l'observaient avec méfiance. Même les poignets liés, le couteau sous la gorge et encadré de deux gardes, il leur faisait une peur bleue. Il lisait la terreur dans leurs yeux et pouvait sentir la peur qui transpirait par tous les pores de leur peau. Il grogna, à la fois pour les inquiéter davantage, et par jeu.

Quand l'un des gardes entreprit de lui tordre un bras dans le dos, Finian sentit ses entraves lui mordre les poignets. Lord Rardove, baron d'un petit fief hautement stratégique, dans les marais irlandais, surgit de l'ombre et tourna autour d'eux comme un fauve.

— Cesse d'effrayer mes hommes, O'Melaghlin, ordonna-t-il en posant un regard méprisant sur un soldat dont la peur se lisait sur le visage. Rallie-toi à moi et tu deviendras un homme riche.

Finian émit un rire rauque.

— Riche, dis-tu ? Je me retrouve enchaîné et jeté au fond d'un cachot !

Rardove soupira avec emphase.

— Admets pourtant que nous avions commencé cette conversation sous les meilleurs auspices, dans mes appartements. Ne t'ai-je pas invité à ma table pour boire un verre de vin et en mangeant de la viande rôtie ? Regarde-nous, à présent !

Finian balaya du regard la petite cellule sombre. Les murs de pierre suintaient d'humidité et étaient maculés du sang de détenus précédents.

— J'en conviens. Ma situation s'est quelque peu dégradée.

Le baron esquissa un sourire désabusé.

— Tu découvriras vite que je suis un maître très conciliant.

— Un maître? cracha Finian.

Grand, rougeaud, blond, Rardove incarnait le noble anglais typique. Finian lui aurait volontiers cassé toutes les dents d'un coup de poing.

— Tu recevras cent marks si tu nous assures les bonnes grâces du roi O'Fail, pour cette affaire.

— Rardove, assena Finian d'un ton las, tu es ici depuis vingt ans, et ce domaine meurt sous ta férule. Les champs ne donnent plus rien, tes gens succombent de la peste, et ton bétail crève de faim... Les villageois te haïssent. Pourquoi diable m'allierais-je à toi?

Le baron perdit un peu de sa superbe.

— Ton roi t'a envoyé ici pour parlementer, non?

Le souverain avait en réalité chargé Finian de «s'introduire dans les remparts du château de Rardove». La première étape de sa mission était accomplie.

— Parlementer? répéta Finian. Tu appelles ça parlementer?

— Il s'agit d'une mesure nécessaire.

— Ma question est simple, Rardove. Et elle n'a pas changé depuis que j'ai frappé à ta porte. Qu'as-tu à gagner d'une telle alliance?

Deuxième étape: déterminer ce que Rardove savait, quelles étaient les informations dont il disposait sur une éventuelle arme secrète. Et surtout, l'empêcher d'en apprendre davantage.

Le baron esquissa un geste vague de la main.

— Un risque de guerre moindre aux frontières. La fin d'un conflit ancestral. Et peut-être... la possibilité d'étudier certains de tes documents irlandais...

Finian avait sa réponse: Rardove savait tout.

C'était ce qu'il redoutait depuis le départ. Pourquoi l'un des plus puissants seigneurs du nord de l'Irlande – un homme qui, vingt ans auparavant, s'était emparé de ces terres sans l'autorisation du roi – désirait-il soudain une alliance avec ceux qu'il avait conquis?

— Tu es au courant, pour les teintures, fit lentement Finian.

Oubliés depuis des siècles, les coquillages appelés *wishmés* faisaient l'objet d'une légende qui remontait à l'époque des Romains. À une époque où le prestige et la gloire se gagnaient avant tout à la pointe de l'épée, la couleur indigo était réservée à la royauté. Quiconque possédait la recette de cette teinture précieuse devenait plus riche qu'un souverain. Bien plus riche. Et plus puissant, aussi. Les intrigues, les rumeurs n'étaient qu'une facette du jeu des pouvoirs: aucun vêtement n'était plus riche, plus époustouflant, plus brûlant de ce feu bleu-noir que ceux qui étaient teintés à l'indigo issu des *wishmés* des côtes irlandaises.

Rardove esquissa un sourire hypocrite.

— J'ignore complètement de quoi tu parles.

«Menteur!» songea Finian.

La teinture issue des *wishmés* était une véritable légende, et la poudre issue de ces mollusques pouvait être mortelle...

Lentement, au prix d'un effort surhumain, Finian dissimula sa colère. Il mourait d'envie de fracasser le visage de l'Anglais avant de lui trancher la gorge.

— Ton roi Édouard est au courant ?

— Pour l'heure, répondit Rardove avec un sourire, c'est de moi que tu devrais te soucier.

— N'aie crainte, intérieurement, je tremble comme une feuille, railla Finian.

L'empressement de Rardove à emprisonner un noble irlandais venu parlementer en disait long sur l'urgence dans laquelle il se trouvait. Cela n'avait rien d'étonnant, car les *wishmés* n'étaient pas sans danger.

Certes, leur teinture avait de quoi mettre à genoux n'importe quel roi, mais de là à inciter un Anglais solitaire à provoquer ses ennemis dans les marais irlandais...

Seule une arme redoutable pouvait justifier un tel empressement. Or, la poudre de *wishmés* était, disait-on, capable de faire sauter la toiture de l'abbaye de Dublin.

La question essentielle était la suivante : Rardove le savait-il ?

— Ils sont jolis, n'est-ce pas ? déclara Finian, histoire de tâter le terrain.

— J'apprécie leur superbe couleur, admit Rardove d'un ton pensif. Mais j'aime plus encore leurs qualités explosives.

Seigneur !

Finian hocha froidement la tête.

— Voilà donc pourquoi je suis là... Tu as peut-être les coquillages, mais tu ne sais pas fabriquer la teinture. Il te manque la recette et quelqu'un qui puisse la déchiffrer.

Rardove leva les bras dans un geste d'impuissance.

— Pourquoi ne pourrions-nous pas nous entendre, les Irlandais et moi ? demanda-t-il.

Peut-être parce que les Irlandais avaient perdu la précieuse recette depuis des siècles, songea

Finian. En fait, ils recherchaient ardemment le fameux livre de teintures, mais Finian jugea bon de n'en rien révéler à Rardove.

— Mes conditions ne te conviennent pas? demanda le baron.

— Disons que c'est toi qui ne me plais pas.

— Allons, allons, fit Rardove en secouant la tête. Tes bonnes manières laissent à désirer, O'Melaghlin. Vous êtes tous les mêmes, vous les Irlandais.

Il fit un signe à ses gardes. Une main crasseuse saisit les cheveux de Finian et lui tira la tête en arrière.

Des gémissements lui parvinrent par les fissures des murs de pierre. Il voulut se tourner, mais il en fut incapable. Peu importait, car il savait de qui il s'agissait: O'Toole, l'un de ses meilleurs hommes, qui avait eu une jambe fracturée pendant l'affrontement.

Tous les membres de son escorte personnelle savaient que la mission était périlleuse, voire mortelle. Aussi Finian avait-il tenu à n'emmener que des volontaires. Cependant, même si ces hommes étaient prêts à donner leur vie pour l'Irlande, Finian n'était pas disposé à les sacrifier sans se battre.

— Et si j'accepte ton offre? demanda-t-il doucement.

S'il faisait mine de céder, il pourrait peut-être partir en compagnie de ses hommes…

— Eh bien, tu serais libre de t'en aller.

— Et ensuite?

— Jusqu'à ce que tu reviennes avec un accord de ton roi, j'exécuterai un homme par jour.

Malgré sa position plus qu'inconfortable, Finian redressa vivement la tête et foudroya le baron d'un regard meurtrier. Comment un homme aussi malfaisant pouvait-il avoir le visage d'un ange?

— Mes hommes viennent avec moi, décréta-t-il.

Le baron secoua la tête, feignant la tristesse.

— Il faudrait que je sois vraiment stupide pour vous relâcher tous. Je n'aurais aucune monnaie d'échange dans le cas où notre accord ne serait pas respecté.

— Dois-je en conclure que tu n'es pas stupide ?

Le baron esquissa un sourire narquois.

— Tout compte fait, j'exécuterai deux hommes par jour, répondit-il en examinant ses ongles. Un à l'aube et un autre avant d'aller me coucher. Comme les prières…

— Je signerai ton traité, répondit froidement Finian. Mais libère mes hommes.

— Les libérer ? Pas question. D'abord, je veux signer les documents, récupérer le livre de recettes, et régler tous les détails de notre affaire.

Finian se tourna vers le mur sans un mot.

Rardove soupira.

— Eh bien, je ne m'attendais pas à plus de jugeote, de la part d'un Irlandais, dit-il en se tournant vers ses gardes. Enchaînez-le au mur ! Quelques coups de fouet lui remettront peut-être les idées en place.

Ils le traînèrent vers les anneaux de métal fixés dans le mur. Finian pencha la tête en avant. Ses longs cheveux noirs couvrirent son visage. Puis il posa les mains sur la pierre humide, les muscles bandés. Il récita une brève prière pour son salut, puis jura vengeance avant que le premier coup ne s'abatte.

Les lanières de cuir lui lacérèrent la peau. Mâchoires serrées, il gémit de douleur. Ses hommes ne devaient surtout pas l'entendre crier, car ils perdraient courage. Il avait déjà été battu comme plâtre par deux fois. Son dos, son ventre, ses côtes n'étaient plus que plaies et douleur.

La séance de torture fut bientôt interrompue par un homme du baron qui descendait aussi vite qu'il le pouvait les marches glissantes de moisissure qui menaient à la prison du château.

— Mon seigneur, dit-il, le souffle court, la nouvelle vient de nous parvenir : Senna de Valery arrive.

— Ah... ma fiancée, répondit le baron avant de marquer une pause. Détachez-le.

Finian remercia le ciel d'avoir envoyé cette femme, qui lui épargnait des coups supplémentaires.

— Quand sera-t-elle ici, au juste ? s'enquit Rardove.

Les gardes ôtèrent les chaînes qui entravaient les poignets de Finian.

— Bientôt, mon seigneur.

— Alors ? Comment est-elle ?

Cette question provoqua le dégoût chez Finian que les soldats poussaient en avant. Une femme chez Rardove ? La malheureuse n'y survivrait pas un mois.

— Son visage et son allure vous raviront, mon seigneur, assura le messager.

— Oui, j'ai entendu dire qu'elle était avenante, quoique plus très jeune. Elle a vingt-cinq ans, si je ne m'abuse...

Le soldat lança un regard à Finian, puis détourna la tête.

— Elle est chargée de nombreux registres, à ce qu'il semblerait.

Rardove éclata de rire.

— Peu m'importe. Avec moi, elle aura de quoi s'occuper autrement...

« Cette malheureuse ne se doute pas du sort funeste qui l'attend », songea Finian.

— Nous poursuivrons nos négociations plus tard, O'Melaghlin, déclara le baron.

— Nous n'avons plus rien à nous dire, répliqua Finian en haussant les épaules.

— Moi, je n'ai rien à ajouter. Toi si. Je te laisse réfléchir à loisir. Je me réjouis d'assister à ce spectacle rare…

— J'accepte de reconsidérer les termes de ton offre si tu libères mes hommes. Je saurai faire preuve de miséricorde.

L'Anglais haussa ses sourcils grisonnants d'un air interrogateur.

— De miséricorde ?

Finian afficha un large sourire.

— Je peux t'infliger une mort rapide ou alors très lente, Rardove. À toi de choisir.

Les gardes se précipitèrent pour le plaquer face contre terre. Une botte cloua Finian au sol. Rardove soupira.

— Dommage que les coups ne soient pas efficaces, commenta-t-il, car j'apprécie la simplicité de cette méthode. Est-ce à cause de ton entêtement ou de la stupidité de ton peuple ? L'Irlande est un pays bien étrange, ma foi.

Finian s'efforça de se dégager, mais le garde accentua la pression de son pied dans son dos.

— Et Senna de Valery n'en sait rien, car elle vient d'Angleterre, ajouta Rardove.

Finian éprouva de nouveau de la compassion pour la malheureuse qui se jetait dans la gueule du loup.

Des bottes de cuir passèrent à quelques centimètres de son visage et s'immobilisèrent, puis le baron s'accroupit, plissant l'épais cuir noir.

— Je vais devoir l'informer de la situation dès son arrivée, ne crois-tu pas ? Beau spectacle que quelques rebelles irlandais au bout d'une corde… Mais je te garde pour la bonne bouche, lui susurra-t-il à l'oreille.

Finian sentit la rage monter en lui. D'un brusque coup de reins, il parvint à déséquilibrer le garde.

Puis, rapide comme l'éclair, il se retourna et assena à Rardove un violent coup de pied dans les chevilles. Le baron s'effondra sur le sol et il se jeta sur lui.

Quatre soldats l'écartèrent sans ménagement et le projetèrent contre le mur. La tête de Finian heurta violemment la paroi, tandis qu'un garde lui enfonçait un genou dans l'estomac, et qu'un autre le frappait au bas-ventre pour faire bonne mesure.

Les soldats le relevèrent de force. Titubant, il luttait pour ne pas perdre connaissance. Rassemblant ses dernières forces, il se redressa et secoua la tête pour chasser le sang qui coulait sur ses yeux.

— Seigneur ! railla Rardove avec dédain, le souffle court. Vous n'êtes qu'une bande de sauvages. Qu'il paie pour son insolence ! ajouta-t-il à l'adresse de ses hommes.

Ils obéirent. Plus tard, lorsqu'ils s'éloignèrent à la lueur des torches vacillantes, Finian gisait à terre, haletant, mais son esprit tournait à plein régime.

Les Anglais étaient vraiment une vermine qui infestait son pays ; Rardove en était le meilleur exemple. Jamais il ne s'allierait avec eux, même s'ils faisaient de lui le seigneur de Tir na nog, en échange. Hélas ! le roi O'Fail avait voulu qu'il remplisse cette mission.

Pour l'heure, même un semblant d'accord avec cette ordure ne pourrait sauver ses hommes. Lui seul s'en tirerait à bon compte, ce qui était inacceptable. Soit ils s'en iraient tous, soit ils périraient ensemble.

Quoi qu'il advienne, Rardove allait devoir surveiller ses arrières car, du carême à Noël, les clans irlandais descendraient des collines et assiégeraient le château. Puis Finian lui-même le réduirait en cendres, dût-il pour cela sortir de sa propre tombe.

2

— Cela ne devrait plus être long, murmura Senna de Valery pour elle-même, en franchissant les grilles du château de Rardove, au soleil couchant.

Son bateau avait jeté l'ancre à Dublin quatre jours plus tôt, avant qu'elle ne se retrouve face à son destin.

Le voyage avait été long et fastidieux. Senna avait passé le plus clair de son temps à calculer la somme que lui rapporterait cette alliance commerciale, si elle portait ses fruits. Dans les autres moments, elle avait gardé le silence, attentive aux sons de son nouvel univers : les conversations du groupe de cavaliers qui l'escortaient, le craquement des selles, le vent qui balayait la terre d'Irlande.

Elle avait bon espoir de conclure ce marché, qui n'avait pas de prix.

Quarante moutons la suivaient, en guise d'échantillon. Ses bêtes produisaient en effet la laine la plus douce et la plus épaisse du Levant, une laine dont Senna peaufinait la qualité depuis dix ans, depuis qu'elle avait pris les rênes de l'élevage de son père.

C'était un produit très lucratif. Une dizaine d'autres activités artisanales et quelques principautés dépendaient de son commerce. En France, les précieuses laines d'Angleterre vendues dans les foires à travers tout le pays partaient ensuite vers le sud, jusqu'à Jérusalem et au-delà.

Senna tenait à se faire une place sur ce marché. Si les laines qui circulaient déjà enthousiasmaient les marchands, sa nouvelle production allait les faire saliver d'envie : plus fournie, plus soyeuse et légère, elle absorbait de surcroît fort bien la teinture.

Elle était consciente de détenir un trésor sous la forme de petits moutons dodus. Hélas ! elle manquait cruellement d'argent pour accroître son troupeau. Lord Rardove allait lui en procurer. Il était à la tête d'une fortune susceptible de sauver cette entreprise qu'elle avait mis dix ans à développer, pendant que son père perdait au jeu chaque sou qu'il empochait.

Curieuse de découvrir le château de Rardove, Senna tentait de percer le brouillard droit devant elle. Concentrée sur son objectif, elle parvenait à oublier les relents de sueur et de cuir des hommes du baron qui formaient son escorte.

— Le brouillard est toujours aussi épais, ici ? demanda-t-elle au cavalier qui se trouvait à son côté.

Elle retint son souffle avant de se pencher pour écouter sa réponse.

L'homme grogna et renifla :

— En général, oui.

— Vous m'en direz tant ! fit Senna avec entrain, avant de s'éloigner un peu.

Balffie n'était autre que le capitaine de la garde de Rardove, un guerrier trapu au visage marqué par les combats. Il ne l'avait pas quittée des yeux depuis deux jours, et elle sentait à présent son regard dans son dos. Son regard n'était pas lubrique, mais plutôt méprisant, ce qui était absurde, car elle n'avait rien fait pour justifier cela.

Vexée malgré tout, elle le foudroya du regard par-dessus son épaule. Il fit de même.

Au diable ces soldats ! Lord Rardove était le seul qui comptait vraiment. Peu lui importaient les rumeurs qui circulaient à son propos, selon lesquelles il avait de bonnes manières et le visage d'un ange blond. Senna ne cherchait pas un mari. Elle était venue conclure un marché.

À l'approche du château, un chapelet de petits villages surgissait du brouillard. Les modestes chaumières nichées les unes contre les autres, les champs clos attestaient de la pauvreté de la région, sans parler de la maigreur des paysans maussades qu'ils croisaient...

Senna estima le nombre de villageois. Si son projet aboutissait, ils connaîtraient un sort meilleur. Peut-être même prospéreraient-ils. Si seulement elle disposait de son boulier qui facilitait tant les calculs...

Il lui était plus facile de manier les chiffres que d'évaluer le bien-fondé d'une alliance avec un homme qui jugeait bon de laisser les gens qui le nourrissaient crever de faim.

Les chevaux passèrent sous la herse et pénétrèrent dans la cour extérieure du château. L'air était frais, le soleil couchant rougeoyait à l'horizon. Dans la lumière flamboyante, Senna ne discernait guère que la toiture de la tourelle et, le long des murs, les traînées laissées par les excréments provenant des lieux d'aisances.

Dès qu'ils eurent franchi la grille, des cris s'élevèrent de l'une des bâtisses délabrées de l'enceinte, suivis d'un bruit de bagarre.

La première impression était bien décevante... Peu importait. Elle était déterminée à obtenir un contrat, à monter un nouveau troupeau. Ensuite, elle serait autonome. Plus jamais elle ne dépendrait de quiconque.

— Vous avez là un aperçu de la justice de mon seigneur, madame, dit le cavalier qui se tenait à son côté.

Émergeant de ses pensées, Senna leva les yeux vers un gibet. Elle mit un instant à se rendre compte que c'était un chien qui pendait au bout de la corde, et en demeura bouche bée.

— Milord exerce donc sa justice sur de malheureux chiens ? murmura-t-elle, effarée, en se signant.

Le soldat la dévisagea d'un air troublé.

— Et voici lord Rardove, précisa-t-il en désignant un géant blond aux larges épaules, qui semblait radieux dans la lumière dorée.

Malgré son effroi, Senna observa le condamné qui se tenait à côté du seigneur. La tête haute, il affichait face à la mort une expression imperturbable. En plongeant dans son regard, Senna eut la certitude que cet homme était innocent de tout crime.

Se tournant vers son associé potentiel, elle devina à son expression qu'il le savait, lui aussi.

Outrée, elle leva la main et se dressa sur ses étriers pour crier, mais un soldat la força à baisser le bras.

— Ne l'interrompez pas ! ordonna-t-il.

Un frisson la parcourut. Elle redressa la tête tandis que le petit groupe foulait les pavés pour gagner la cour intérieure, et se rendit à peine compte qu'on l'aidait à mettre pied à terre avant de l'entraîner vers la tour tapissée de mousse.

— Le château de Rardove, madame, annonça le cavalier en l'escortant vers l'escalier.

— Oui, je vois, murmura Senna en pénétrant dans une antichambre où se tenait une domestique.

À l'intérieur, il faisait froid et sombre. L'air était humide et des éclats de voix se répercutaient sur les murs d'un couloir obscur qui semblait s'étendre à l'infini, comme s'il ne menait nulle part. Les cuisines... un autre escalier... un dragon, peut-être ?

La gorge nouée, Senna tripota nerveusement la fibule qui fermait sa cape.

— Bienvenue au château, milady.

Senna se redressa vivement.

— Je suis John Pentony, le sénéchal de lord Rardove.

Ôtant sa capuche, Senna scruta la pénombre pour découvrir son interlocuteur, qui s'avançait vers elle. Élancé, presque maigre, il avait l'air d'un fantôme, avec ses grands yeux exorbités.

Elle voulut se diriger vers lui, mais elle était comme pétrifiée. L'homme posa sur elle un regard indéchiffrable, puis un vague sourire apparut sur son visage anguleux qui parut se craqueler. Les mains crispées sur son tablier, la domestique retint son souffle. Pendant un moment, ils demeurèrent ainsi en silence.

Enfin, le sénéchal porta le regard sur la servante, qui esquissa une révérence.

— Je m'occupe de votre chambre, maîtresse, murmura-t-elle avant de s'esquiver rapidement.

— Nous nous réjouissons de votre arrivée, reprit le sénéchal d'un ton glacial.

— Eh bien... merci, bredouilla Senna en balayant la pièce des yeux. Comment cela, *nous* ?

— Nous ne vous attendions pas si tôt, reprit Pentony après quelques instants.

— En tout cas, je suis arrivée à temps pour assister… à ce qui s'est passé dans la cour.

Le regard froid jaugea Senna.

— Ce ne sont que des rebelles irlandais, milady.

— Même le chien ? rétorqua-t-elle vivement, presque malgré elle. Le chien était un rebelle ? N'est-ce pas une race galloise, plutôt ?

Le sénéchal arqua imperceptiblement les sourcils, puis il regarda par-dessus l'épaule de Senna et fit un signe de tête à quelqu'un – ou quelque chose – qui devait se tenir dans l'ombre derrière elle.

Un énorme molosse, s'imagina-t-elle sombrement, un chien grognant et bavant, guettant la proie que son maître lui donnerait en pâture. Il ne ferait qu'une bouchée d'elle.

Un escalier de pierre se profilait derrière la silhouette anguleuse de Pentony. Dans l'air lourd et enfumé, la servante réapparut, les épaules voûtées. Le château tout entier vibrait de sons lugubres que se renvoyaient les parois de pierre.

— Quand dois-je m'entretenir avec lord Rardove ? demanda Senna en réprimant un frisson d'effroi. J'ai apporté mes livres de comptes…

Elle indiqua une malle que le soldat avait déposée à ses pieds.

— Lord Rardove souhaite que l'on vous accompagne directement dans les champs de mollusques.

— Dans les… quoi ? s'enquit-elle avec un mouvement de recul, alors qu'elle avait parfaitement entendu ce qu'il venait de dire.

— Les champs de mollusques. Les plages, si vous préférez.

— Je ne connais rien aux mollusques, pas plus qu'aux plages, d'ailleurs.

Ce n'était pas la vérité, loin de là.

— C'est là que se multiplient les mollusques, expliqua le sénéchal, la mine sombre.

— Pourquoi devrais-je m'y rendre ?

Sa voix stridente, sa réaction un peu excessive mirent la puce à l'oreille du sénéchal.

— Nous pensions que vous vous y entendiez dans le domaine des teintures, milady.

Se sentant prise au piège, Senna crispa les doigts sur son col.

— Je suis venue discuter d'une vente de laine. Je ne connais rien à la teinture, assura-t-elle d'un ton qui se voulait convaincant.

— Pourtant, votre mère...

— Je n'ai rien à voir avec ma mère, coupa-t-elle sèchement. Je ne sais rien des teintures ou de leur fabrication.

Cela faisait beaucoup de mensonges en très peu de temps...

Pentony se crispa davantage.

— Je vais en informer mon seigneur.

— Faites donc, répondit Senna du ton hautain qu'elle avait peaufiné au fil de ses négociations avec les marchands, les transporteurs et les hommes d'Église de toutes les villes où se tenaient des foires.

Ce ton lui servait généralement à remettre à leur place tous ceux qui la méprisaient en tant que femme. Dans ce cas précis, il ne faisait que masquer sa terreur.

Pourquoi aurait-elle peur ? C'était insensé ! Elle n'avait jamais prétendu être teinturière... Comment diable pouvait-on connaître cette vieille histoire dans une région aussi reculée de l'Irlande ?

Ces histoires ne la concernaient en rien. Senna voulait vendre sa laine, et non écraser ces maudits coquillages dont seule une experte dans l'art de la teinture pouvait extraire le plus merveilleux des indigos.

— Si vous avez besoin de quoi que ce soit, dit Pentony en désignant la domestique qui tremblait de tous ses membres, adressez-vous à Mary ou à moi.

Sur ces mots, il s'inclina légèrement pour prendre congé.

— Et lord Rardove…, fit Senna d'une voix mal assurée.

Le regard glacial du sénéchal se posa sur elle, et elle fut étonnée de voir l'esquisse d'un sourire sincère sur ses lèvres.

— Vous serez sans doute ravie d'apprendre qu'il ne va pas tarder.

Le mystérieux Pentony se retira. Il était si grand qu'il dut se pencher pour franchir le seuil. La servante détala par une autre porte. Perplexe, Senna lui emboîta le pas. Ce Rardove semblait avoir une prédilection pour la torture et les domestiques squelettiques. Était-ce de mauvais augure pour son marché ?

C'était troublant. Pourquoi ces gens la prenaient-ils pour une teinturière ? Les deux femmes atteignirent enfin une petite dépendance.

Senna était venue ici dans un but bien précis, et il n'était nullement question pour elle de passer des journées entières enfermée, les cheveux en bataille, à préparer des décoctions plus ou moins nauséabondes pour obtenir un certain ton de vert ou de rouge sang… Tout cela ne la concernait pas. La teinture était la passion dévorante de sa mère. Pour Senna, il ne s'agissait en aucun cas de passion, mais de commerce.

— L'atelier de teinture, milady, annonça Mary en ouvrant la porte.

Senna émergea de ses pensées dans un sursaut.

— Oh non! Je ne… je ne suis…

Elle se figea et balaya lentement les lieux du regard : elle venait de pénétrer en plein cauchemar.

3

À part une longue planche posée sur deux tréteaux en guise de table, la vaste pièce était pratiquement vide. Au lieu d'assiettes et de salières, elle était jonchée de récipients et de pots divers, remplis d'insectes, de mousses et d'algues séchées.

De hautes urnes étaient disposées le long des murs, à côté de coupelles en terre cuite débordant de fleurs et de lichens qui provenaient de troncs d'arbres. Racines, insectes séchés, poudre de coquillages et de métaux, garance, sans oublier les balances, filtres et mortiers. Le parfait atelier de teinture…

Senna eut un mouvement de recul et porta la main à sa gorge. L'odeur qui flottait dans cette pièce, aussi entêtante que celle d'une gousse d'ail qui aurait trop cuit au fond d'une marmite, lui rappelait des souvenirs d'été, autrefois. Elle revoyait sa mère s'affairant à concocter ses teintures, sa longue natte flamboyante lui tombant dans le dos. Elle adressait toujours un tendre sourire à Senna lorsque celle-ci se faufilait près d'elle, et Senna sentait encore sa main fraîche posée sur sa tête d'enfant.

Le souffle court, elle lutta de toutes ses forces contre la panique qui commençait à la gagner. D'instinct, elle palpa une petite bourse qu'elle portait sur la hanche et qui recelait quelques feuillets. Cette liasse de lettres était tout ce qu'il lui restait de sa mère. Senna avait renoncé à elle depuis vingt ans, dès qu'elle avait compris qu'elle avait été abandonnée.

Qu'est-ce qui avait pu la pousser à emporter ces lettres et croquis, en plus de son boulier ?

Peut-être avait-elle commis une erreur en renvoyant sa modeste escorte en Angleterre ? Toutefois, les négociations avec Rardove risquaient de se prolonger pendant des semaines, et ces hommes étaient payés à la journée... Et elle n'avait même pas amené de domestique ! Et pour cause ; elle n'en avait pas, songea-t-elle amèrement. Enfin, elle n'en avait plus...

De toute façon, à quoi lui auraient servi ses quelques hommes ? Le nombre de soldats qui patrouillaient le long de remparts était impressionnant. Sa petite troupe n'aurait jamais pu résister à Rardove, quelles que soient ses intentions.

« Ne sois pas stupide », se dit-elle. Le baron ne mettrait jamais en péril un marché si lucratif. Le coffre plein de pièces d'or et d'argent qu'elle avait aperçu sous la table de la salle avait moins de valeur que ce qu'elle lui proposait : sa laine si précieuse.

Ce raisonnement logique ne parvint pas à chasser l'angoisse qui montait en elle. L'esprit en émoi, elle se mit à se mordiller les ongles.

— Dame Senna ? dit Mary.

Elle fit volte-face.

— Lord Rardove est de retour et requiert votre présence dans la grande salle.

Désemparée, Senna la suivit.

Un brouhaha de festivités parvenait jusqu'à la petite chambre de Senna. Un matelas très fin était fixé aux colonnes d'un vieux lit par des lanières de cuir. Elle disposait de deux chaises, d'une table et d'une cheminée supposée lui apporter un certain confort, mais les lieux étaient sales et sentaient le moisi.

Elle se consola en se disant qu'elle n'y séjournerait pas longtemps. Prenant une profonde inspiration, elle lissa le devant de sa tunique vert foncé, protégée par une chasuble d'un ton plus pâle qui épousait ses formes. Cette tenue fétiche, vieille de dix ans, elle l'avait portée lors de chaque signature de contrat. Hélas ! elle commençait à être élimée aux coudes, et les coutures menaçaient de céder à tout moment. Quelques points de broderie masquaient les pires outrages du temps. Quoi qu'il en soit, elle lui donnait une apparence sage et sobre.

Un rire tonitruant résonna dans l'escalier en colimaçon, suivi d'une bordée de jurons.

— Sont-ils toujours aussi… exubérants ? s'enquit-elle.

— Toujours, madame, répondit Mary, hésitante.

La domestique resserra les manches de Senna à l'aide d'épingles, puis lui remonta les cheveux en un chignon qu'elle couvrit d'un voile vert d'eau retenu par un cercle argenté. Les deux femmes examinèrent le reflet de Senna dans un petit miroir en métal poli.

— Madame a un port de reine, déclara Mary avant d'ajouter, d'une voix moins assurée : Elle est néanmoins un peu blême.

— Je suis pâle comme un linge qui n'aurait pas encore subi la teinture, admit Senna non sans amertume.

Mais peu importait son apparence! Elle était venue conclure un marché, son domaine de prédilection.

S'efforçant de maîtriser son anxiété grandissante, elle prit son dernier registre comptable et descendit vers la grande salle. Elle savait d'expérience qu'aucune épreuve n'était insurmontable.

Redressant la tête, elle franchit le seuil de la salle bondée et, l'instant d'après, se figea.

L'atmosphère était enfumée. Autour des tables chargées de victuailles, les rires gras fusaient. Une femme presque dévêtue quitta les genoux d'un soldat. Dans les vapeurs d'hydromel, un groupe d'ivrognes se mit à hurler en brandissant leurs chopes, éclaboussant la table. L'un de ces barbares vêtus de cuir cracha sur ses convives et empoigna la malheureuse par le bras.

Senna retint son souffle. « Pense à tes finances, songea-t-elle. À la somme rondelette que Rardove te propose, pas moins de mille livres! » Elle n'avait pas encore fini de régler ses frais de transport. Elle pensa aussi à ses années de solitude, passées à attendre que quelqu'un vienne la sauver…

À son vif soulagement, un chevalier s'approcha et désigna l'estrade. Sous les regards curieux mais distants, Senna s'avança. Aussitôt, le silence se fit. Impressionnée d'être l'objet de toutes les attentions, elle faillit trébucher. Se maudissant de sa maladresse, elle redressa fièrement la tête.

Lord Rardove bavardait avec ses hommes à l'extrémité de l'estrade. Même le dos tourné, il était imposant. Grand, large d'épaules, il portait une chemise bleu nuit et des chausses sombres qui contrastaient avec le rouge vif de sa tunique: les couleurs des Rardove. D'une main, il manipulait distraitement la poignée de son épée. Il frisait peut-être les cinquante ans, mais ses cheveux blonds étaient à peine striés de gris. Vu ainsi, il avait vraiment tout d'un seigneur de guerre.

Senna ravala son angoisse. Peut-être étaient-ce les rebelles irlandais enchaînés au pied de l'estrade qui incitaient le maître des lieux à parader de la sorte... Pourvu que ce ne soit pas sa présence !

À la seconde où il se tourna vers elle, elle sentit son courage l'abandonner.

— Dame Senna, dit-il simplement en croisant son regard.

Malgré sa courtoisie apparente, elle eut l'impression qu'il la déshabillait des yeux pour la jauger comme une jument sur un champ de foire.

Un sourire se dessina sur son élégant visage et il traversa l'estrade.

— Je regrette de ne pas vous avoir accueillie en personne, lors de votre arrivée, déclara-t-il d'une voix suave en lui prenant la main. Je vais devoir me racheter...

Senna mourait d'envie de s'enfuir en courant.

— Ce ne sera pas nécessaire, milord, assura-t-elle.

— J'espère que vous êtes bien installée. Avez-vous fait bon voyage ? demanda-t-il en la relâchant enfin.

— Plutôt, répondit-elle avec un sourire forcé. Le brouillard est fort épais, dans la région.

— Telle est l'Irlande, commenta-t-il avec un geste d'impuissance. Un pays qui cache bien des secrets...

Senna remarqua sur ses grandes mains des traces brunâtres, du sang séché, sans doute.

S'il pouvait s'exprimer avec une telle sensibilité, la situation n'était peut-être pas si grave, finalement. Et si ces Irlandais étaient vraiment des rebelles ayant défié le maître, comme l'avait affirmé Pentony... Peut-être, tout compte fait, allait-elle pouvoir mener à bien ce marché sans trop de difficultés.

— On me rapporte que vous ne souhaitez pas voir les mollusques.

— En effet, milord. Je n'y connais rien…

— N'est-ce pas là votre domaine de prédilection ?

— Non, milord, insista-t-elle, désemparée.

Rardove resta silencieux.

— Je vends de la laine, reprit-elle.

— Oh ! votre laine m'intéresse, Senna ! Elle m'intéresse beaucoup, même.

Ces paroles ne la rassurèrent en rien, bien au contraire, et elle fut parcourue d'un frisson. Cet homme était un prédateur qui s'attaquait à des proies plus petites que lui. Elle ne connaissait que trop bien ce type d'homme.

— Très bien, milord, dit-elle en se redressant fièrement. Que ce soit bien clair entre nous : je m'occupe de laine, et nullement de teintures.

— C'est bien dommage, Senna. Dommage pour vous…

— Pourquoi ?

— J'ai besoin d'une femme capable de fabriquer des teintures.

4

Son frisson se mua en un tremblement de peur. Une fabricante de teintures ! Depuis des siècles, les artisans teinturiers étaient considérés comme des magiciens, voire des sorciers, un terme pour le moins péjoratif. Dans certaines paroisses, certains fiefs, une telle accusation devenait un moyen détourné de faire exécuter une personne. Mais cet art inspirait également le respect, quand ce n'était pas de la fascination.

En cet instant, Senna aurait tout donné pour ne rien connaître à la fabrication de teintures.

— Mon Dieu ! souffla-t-elle. Il doit y avoir un malentendu ! Je suis venue ici dans l'intention de vendre la laine de mes moutons.

Elle brandit son registre. Rardove l'ignora.

— Il n'y a aucun malentendu, mademoiselle de Valery. Je possède les coquillages, et j'ai besoin de la teinture indigo que l'on peut en extraire.

— Milord, il s'agit d'une légende. Ce ne sont que des histoires, rien de plus, assura-t-elle, songeant aux récits de sa mère, au coin du feu. Il ne faut pas leur accorder foi...

— Bien au contraire, chère Senna. Le manuel de votre mère en atteste clairement.

— Le manuel de ma mère ? répéta-t-elle, aba-sourdie.

Que savait Rardove de sa mère ? Et quel rapport avec un quelconque manuel ? Sa mère n'avait aucun sens de la modération. Sa vie n'était que passion et ferveur. C'était d'ailleurs pour vivre cette passion qu'elle avait abandonné sa famille. Elle s'était enfuie alors que Senna n'avait que cinq ans, la laissant avec un frère âgé d'un an et un père qui avait tenté d'oublier son chagrin dans le jeu et que, depuis, son vice tuait à petit feu.

Élisabeth était partie sans se retourner. Une chose était certaine : elle n'était pas femme à tenir des comptes, à gérer ses affaires, à maîtriser les forces étranges de la nature. Elle ne savait faire qu'une chose, fuir. En tout cas, elle n'était pas femme à rédiger un manuel sur quelque sujet que ce soit.

Les écritures, sous toutes les formes, étaient plutôt le domaine de Senna.

— De plus…, fit Rardove.

Elle émergea de ses pensées.

— Ces coquillages sont bien réels. Et précieux. J'ai besoin que vous les transformiez en teinture.

Senna serra son registre contre sa poitrine, tel un bouclier. Hélas ! elle était incapable de fabriquer la moindre teinture. Cet homme aurait pu lui proposer des coffres pleins d'or, de quoi sauver largement son exploitation, elle n'aurait toujours pas pu lui donner satisfaction. Elle avait passé son existence à oublier les teintures.

Comment réagirait-il lorsqu'il aurait compris la situation ?

Pour l'heure, il se contentait de l'observer avec l'intensité d'un prédateur prêt à fondre sur sa proie, ce qui n'augurait rien de bon. Il était si grand… Elle lui arrivait à peine au menton.

— Comment comptez-vous procéder, Senna ? demanda-t-il d'un ton posé, comme s'il évoquait le menu du souper. Peut-être…

Elle s'essuya nerveusement la main sur sa robe. Il était temps pour elle de se montrer assez raisonnable pour ne pas finir écartelée et servie en hors-d'œuvre.

— Avez-vous essayé les pourpres ou la guède, dont la couleur est riche et intense, et qui convient très bien aux fibres ? Vous obtiendriez certainement la teinture recherchée.

À en juger par son expression, Rardove ne l'entendait pas de cette oreille.

— Milord, il ne suffit pas de vouloir fabriquer des teintures à base de coquillages pour y parvenir. Les personnes qui en sont capables sont très rares. Enfin, d'après la légende…, ajouta-t-elle aussitôt. Je le sais car j'évolue dans l'univers de la laine, qui n'est pas sans rapport avec la teinture, voyez-vous. Quoi qu'il en soit, je ne peux pas me livrer à un art qui nécessite des années de pratique simplement en claquant des doigts. De plus, je ne comprends pas ce qui vous fait croire que…

Rardove claqua des doigts à son tour, juste sous le nez de Senna, puis il la prit par la main et posa le pouce sur les veines bleutées de son poignet.

— Vous l'avez dans le sang, dit-il à voix basse. Ne dit-on pas que l'on a un don dans le sang ?

Terrifiée, elle ôta vivement sa main de la sienne puis recula, bouche bée, son registre toujours serré contre sa poitrine. Elle avait toutes les peines du monde à ne pas perdre ses moyens.

— Monsieur, balbutia-t-elle, la gorge nouée. Monsieur…

Voilà qu'elle se répétait. Ce n'était pas bon signe. Jamais elle n'annonçait un prix plus d'une seule fois.

— Monsieur, vous devez comprendre que…

— Je comprends fort bien. Contrairement à vous.

Il glissa une main sous sa tunique pour en sortir une pièce de tissu teinté.

— Voici ce que l'on peut faire des coquillages.

Il n'en dit pas davantage ; ce n'était pas nécessaire. L'échantillon de drap parlait de lui-même. Lentement, Senna posa son registre sur l'estrade et tendit la main.

C'était… époustouflant ! Un bleu lumineux et profond qu'elle n'avait jamais vu, si éclatant qu'elle en fut presque éblouie. La pourpre ne pouvait produire ce résultat, pas plus que les lichens ou la guède. Cette couleur tenait du miracle.

— C'est magnifique, murmura-t-elle en effleurant le drap teinté avec admiration. Sur ma laine, l'effet serait inédit.

Rardove afficha une expression étrange.

— Par où allez-vous commencer ? s'enquit-il d'une voix rauque.

— Je n'en sais rien ! s'exclama-t-elle avec un geste d'impuissance.

C'était faux. Une impulsion étrange la poussait vers l'atelier de teinture, avec ses pilons, ses mortiers, ses lichens et ses écorces qui, grâce à quelque formule magique, pouvaient engendrer une telle splendeur.

Tout comme sa mère. Soudain, elle eut honte.

Rardove lui reprit la pièce de tissu, qu'elle céda à contrecœur, puis elle se redressa fièrement.

— Lord Rardove, je négocie de la laine. C'est ce dont il était question dans notre correspondance.

— En effet.

— Je suis donc ici pour négocier un marché lucratif pour nous deux. J'aimerais vous montrer quelques chiffres, poursuivit-elle en reprenant son registre. Vous verrez ce que vous pouvez gagner.

Elle n'appréciait pas sa façon de la regarder fixement, au lieu de s'intéresser à son registre.

— Si vous avez changé d'avis, ajouta-t-elle, je peux fort bien reprendre le bateau...

— Il y a un petit détail que nous pouvons régler tout de suite, annonça le baron en faisant un signe vers un côté de la salle plongé dans la pénombre.

Pentony apparut comme par enchantement, tel un fantôme. Il tenait un parchemin. Face à cette silhouette cadavérique, Senna esquissa un sourire. Le visage inexpressif, le sénéchal ne sembla pas la reconnaître, comme si elle se fondait dans le décor.

— Un petit détail, milord ? demanda-t-elle.

Rardove jeta un regard impatient au sénéchal, qui parcourut le document et en lut certains extraits à voix haute :

— Senna de Valery, marchande de laine... Lambert, baron de Rardove, seigneur des marais d'Irlande... unis par les liens du mariage... publication des bans...

Senna n'en croyait pas ses oreilles. Ses jambes faillirent se dérober.

5

— Ce n'est pas possible !

Rardove posa sur elle un regard vaguement curieux.

— Ah non ? Et pourtant... vous êtes là...

— Oh non, ce n'est pas possible !

— C'est ce que vous croyez, ma chère.

Senna se sentait soudain incapable du moindre raisonnement. C'était de la folie, tout simplement ! Elle savait pourtant que les mariages forcés n'étaient pas rares, mais cela ne rendait pas cette perspective moins insupportable.

Depuis dix ans, elle se battait pour que plus personne ne lui impose quoi que ce soit. Elle avait fait prospérer son exploitation et bâti un environnement où elle ne serait plus jamais prisonnière de quiconque.

Et tout était en train de s'écrouler.

Son cœur se mit à battre à tout rompre.

— Je ne signerai pas.

Rardove poussa un soupir impatient.

— Mais si, répondit-il en s'approchant d'elle.

— Pourquoi le ferais-je ? insista-t-elle dans un murmure. Pourquoi voulez-vous m'épouser ?

— Pour être certain que vous resterez ou plutôt pour m'assurer le droit de vous retenir, au cas où il vous viendrait l'idée de partir.

Il s'approcha davantage et la toisa sans vergogne.

— Je dois ajouter que vous êtes très belle, Senna...

— Je... je ne peux pas... fabriquer des teintures.

— Ayez confiance, dit-il en la frôlant. Vous êtes capable de faire tout ce que je vous ordonnerai de faire.

Il empestait la sueur et l'alcool. La bière, sans doute. Lorsqu'il voulut lui effleurer la joue d'une caresse, elle recula. Il se figea, puis posa un doigt replié sur son menton. Senna s'efforça de ne pas broncher, mais elle tremblait.

Rardove esquissa un sourire et un silence pesant s'installa entre eux. Une goutte de transpiration coula dans le dos de Senna, qui eut toutes les peines du monde à soutenir le regard cet homme abject. Soudain, elle se sentit défaillir.

Étrangement, Rardove parut tout à coup mieux disposé. Il prit sa main et la porta à ses lèvres. Abasourdie, Senna observa le dessus de sa tête, tandis qu'il se penchait. L'arrivée d'un soldat lui évita de répondre.

— Milord, puis-je...

— Que se passe-t-il ? s'enquit le baron.

— Nous avons débusqué un deuxième groupe d'Irlandais. Un groupe réduit, comme celui d'O'Melaghlin. Ils se dirigeaient vers le sud et semblaient fouiller les villages.

Rardove se crispa. Ses yeux froids se rivèrent sur le soldat qui parut terrorisé.

— Où est Balffie ?

— C'est lui qui m'envoie, milord... Pour vous dire... que nous en avons capturé un. Quelque chose se prépare, selon Balffie. Il vous rappelle que nous ne sommes pas prêts à résist...

— Vous en avez capturé un ? coupa le baron.

Visiblement nerveux, le soldat opina. Les mailles de son haubert étincelaient à la lueur des flammes de la cheminée.

— Interrogez-le et trouvez les autres !

— Bien, milord.

— Ensuite, tuez-le et envoyez sa tête au roi O'Fail, dans une malle, histoire de lui montrer de quel bois je me chauffe.

Le soldat s'éloigna sans demander son reste. Senna n'en revenait pas. Jamais elle ne survivrait dans un endroit pareil. Elle ne tiendrait pas un mois ! Pas une semaine, pas une heure…

Elle ôta lentement sa main de celle de Rardove.

Le baron la regarda droit dans les yeux.

— Il convient de ne pas laisser de petites révoltes prendre trop d'ampleur, n'est-ce pas, Senna ?

Elle hocha la tête.

Il était sans doute préférable qu'elle se trouve privée de l'usage de la parole, en cet instant. Au prix d'un effort surhumain, elle soutint son regard. Il avait tout d'un prédateur et elle se sentait vulnérable, face à lui, ce qui la mettait hors d'elle.

— Nous nous comprenons, Senna ? ajouta-t-il doucement.

Elle opina encore.

Rardove désigna la table, sur l'estrade.

— Asseyez-vous et mangez. Cette viande est fraîche de ce matin.

Le souffle court, elle obtempéra.

La table croulait sous les plats. Elle sentit des effluves de canard, de légumes, mais la simple idée de manger lui répugnait.

Quelqu'un lui tendit un gobelet de vin. Désireuse de ne pas rester l'estomac vide, elle décida de boire le breuvage rubis. Il avait un goût âcre qui la fit grimacer.

Tout autour d'elle résonnait le brouhaha des conversations, parmi les rires et le bruit des couteaux et des bottes. Elle jeta un coup d'œil vers les prisonniers enchaînés devant l'estrade. Le baron était en grande conversation avec ses gardes et l'un des captifs.

Senna observa le malheureux Irlandais. Malgré les plaies et les ecchymoses, il avait un visage magnifique : pommettes hautes, lèvres charnues, grands yeux sombres... Elle contempla son cou puissant, ses larges épaules et ses longs cheveux emmêlés. Il avait de longues jambes musclées, sous son *léine*, une courte tunique traditionnelle. Les bras croisés sur la poitrine, il se tenait bien campé sur ses pieds d'un air de défi malgré ses chaînes.

Le plus fascinant était son léger sourire. Il dit quelques mots qui fâchèrent le baron et son sourire s'élargit.

Ce guerrier dégageait une énergie et une puissance extraordinaires. Son regard dénotait intelligence et noblesse. Senna en eut le cœur serré. Ce n'était pas juste. Tout allait de travers, dans ce maudit château !

— Mangez donc, Senna, lança Rardove par-dessus son épaule.

Aussitôt, quelque chose se brisa en elle, comme la glace d'un étang gelé se rompt sous les pas.

— Non, répliqua-t-elle en se redressant.

6

Finian se retourna, étonné. À la lueur des chandelles, les traits de cette Anglaise semblaient taillés dans la pierre. Des reflets dorés scintillaient dans ses cheveux que les lampes à huile fixées aux murs nimbaient d'une auréole rougeoyante.

Était-ce là la proie de Rardove ?

Il était impressionné. L'apparition de cet ange en robe vert émeraude était parvenue à détourner son attention de la douleur que lui causaient ses blessures et de l'arrogance du baron. Et lorsqu'elle avait fermement résisté à Rardove, il avait été encore plus intrigué.

Il jeta un coup d'œil vers ses camarades prisonniers. Cet acte de bravoure appelait le respect. Certes, elle allait le payer, mais cela n'amoindrissait en rien son mérite. Jamais Finian n'aurait cru un Anglais, homme ou femme, capable d'un tel courage. Sans parler de la beauté de cette femme...

Elle n'avait rien d'une proie. C'était une *bhean sidhe* rayonnante et fière, dont la dignité éberlua Finian.

Comment cette crapule de Rardove pouvait-elle se trouver en possession d'un tel trésor ? Par quelle intervention diabolique ? Cette femme était un ange, surtout quand elle prenait de tels risques.

— Non.

Rardove se retourna très lentement et plongea son regard furieux dans celui de Senna. Un silence de plomb s'était abattu sur la salle. Soldats anglais et guerriers irlandais n'osaient réagir.

— Allons, Senna, fit doucement Rardove, le visage fermé.

Senna ne sourcilla pas, même si son cœur battait à tout rompre. La terreur menaçait de la submerger, et elle ne pouvait accepter cela.

En se levant, elle renversa le banc et s'écarta de la grande table, les doigts crispés sur son gobelet de vin.

Toute sa vie défila soudain dans son esprit. Mue par quelque force inconnue, elle avança malgré tout. C'était de la folie, elle le savait, tout comme elle savait qu'elle le paierait cher. Mais advienne que pourra, car rien ne parviendrait à l'aliéner.

— Ce que je vous propose est assez simple, déclara le baron. Régalez-vous à ma table !

— Non.

Une fois encore, sa voix douce attira sur elle les regards des guerriers irlandais enchaînés.

Rardove arqua les sourcils, puis un sourire sinistre déforma ses traits.

— Je vois que vous n'avez pas d'aversion pour le vin.

Telle une marionnette actionnée par des fils, elle tendit le bras. Brandissant le gobelet, elle soutint le regard du baron et renversa lentement le vin qui forma une flaque écarlate sur le sol.

Rardove en demeura bouche bée. Puis il esquissa un rictus et traversa l'estrade pour se poster face à Senna. Il était si imposant qu'elle ne voyait plus le reste de la salle. Elle ne percevait que l'odeur du baron, un mélange de sueur et de cuir, sans parler de sa rage. Son haleine lui parvenait à chaque respiration.

— Ce vin était précieux, déclara-t-il, fulminant.

— Autant que ma signature au bas d'un contrat de mariage, milord. Aussi précieux que mon sang.

Il inclina légèrement la tête, comme s'il réfléchissait à ses propos.

— Votre sang est facile à verser, Senna, répondit-il avant de la gifler violemment.

Senna fut projetée en arrière et réprima un cri. Un sourire encore plus terrifiant que cette agression apparut sur le visage du baron. Il la saisit par le menton et l'obligea à lever la tête. Il avait une barbe blonde naissante, un grand front large et fuyant, des yeux noisette soulignés de rides, une bouche harmonieuse capable de proférer de telles vilenies que la jeune femme en fut dégoûtée.

— Vous allez m'obéir, Senna! Même si je dois pour cela m'insinuer en vous jusqu'à la moelle.

Du pouce, il caressa sa lèvre inférieure ensanglantée d'un air menaçant.

— S'il s'agissait là d'une révolte, elle s'arrête sur-le-champ, reprit-il. Vous m'entendez?

Elle voulut détourner la tête, mais il était plus fort qu'elle.

— Je vous entends, milord, répondit-elle d'une voix tremblante.

Il réfléchit un instant.

— Non, Senna. Je ne crois pas…

Sans crier gare, il la poussa contre le mur, puis lui saisit un poignet.

— Est-ce là la main que vous me refusez?

Sa question murmurée glaça les sangs de Senna. Pour ne pas hurler de terreur, Senna posa son autre main sur sa bouche meurtrie et appuya la joue contre la pierre froide.

D'un geste brusque, Rardove la tira en avant et lui plaqua la main sur la table.

— Vous apprendrez vite que j'obtiens toujours ce que je veux ! Et dans tous les domaines ! rugit-il.

Sur ces mots, il empoigna un lourd casse-noix et l'abattit sur la main de Senna. Une douleur fulgurante parcourut tout son corps. Elle s'écroula aux pieds de son bourreau et se recroquevilla sur elle-même, luttant pour ne pas pleurer.

L'Irlandais se rua vers l'estrade avec un hurlement de rage. Hélas ! ses chaînes l'entravaient. Un soldat se précipita sur lui et le cloua au sol en posant un genou sur sa poitrine. Avec un juron, il lui assena un coup de coude dans la mâchoire, avant de le relever.

Cet incident lui valut un regard courroucé de Rardove, qui reporta son attention sur Senna.

— Je viens de faire couler votre sang, déclara-t-il d'un ton posé, pour vous prouver qu'il est plus sage de ne pas me résister. Je ne voudrais pas abîmer une aussi jolie bouche, mais si elle dépasse une nouvelle fois les limites, soyez assurée que je n'hésiterai pas.

Il se pencha pour murmurer à son oreille :

— Vous pensez que je vous comprends, maintenant, Senna ?

Elle demeura immobile, assise contre le mur, abritant sa main douloureuse de son bras valide.

« Tais-toi, se dit-elle. Ne dis plus un mot. Cela suffit pour ce soir. »

Elle hocha la tête.

Ce simple mouvement de reddition lui coûta plus que toutes les épreuves qu'elle avait endurées au cours des dernières années. Elle se sentait totalement vidée.

Sur ordre de Rardove, un domestique l'aida à se relever. Une douleur lancinante paralysait sa main meurtrie. Réprimant à grand-peine un cri, elle se redressa et garda la tête haute. Une mèche de ses cheveux tomba sur sa joue.

À l'autre extrémité de la salle, il y eut soudain une certaine agitation. Un messager entra et gravit d'un bond les marches de l'estrade.

— Un message pour vous, milord ! annonça-t-il.

Le baron l'entraîna à l'écart pour s'entretenir avec lui à voix basse. Rardove parut passablement irrité en l'écoutant, et Senna ne put entendre que quelques bribes de conversation.

— Maudits soient les Irlandais ! lança un autre homme.

Plusieurs jurons accueillirent ces propos, puis l'assemblée attendit en silence. Enfin, le baron se retourna.

— Continuez à festoyer ! Que les prisonniers réintègrent leurs cellules, à part le conseiller d'O'Fail. Emmenez-le dans mon bureau dès que les autres seront en lieu sûr. Quant à vous, Senna, vous passerez la nuit dans l'atelier de teinture ou dans ma chambre. D'une façon ou d'une autre, vous allez vous soumettre. Ce soir, vous avez le choix.

Sur ces mots, il s'en alla sans un regard en arrière.

Senna tituba. Le devant de sa robe vert émeraude était maculé d'une tache écarlate qui dénotait la violence dont elle venait d'être victime. Le souffle court, au bord de défaillir de douleur et de rage, elle longea la grande table.

La colère l'emporta vite sur la souffrance.

Elle saisit un coin de la nappe et, sous le regard affolé des domestiques, tira sur le tissu.

L'un d'eux s'approcha.

— Puis-je bander votre blessure ?

— Non, merci, c'est inutile, répondit-elle avec un sourire forcé.

Puis elle affermit sa prise et tira sur la nappe d'un coup sec, de toutes ses forces.

La vaisselle vola, la corbeille de fruits se renversa. Un grand plat ovale contenant une anguille se retourna dans l'air avant de rejoindre les victuailles qui atterrissaient sur le sol. Le vacarme résonna dans toute la salle, couvrant les exclamations incrédules et les cris de l'assemblée.

Étonnamment, le pichet de vin rouge demeura en place.

— Dieu merci, le vin de mon seigneur est intact, remarqua-t-elle. Un nectar si précieux...

Il régnait un silence absolu. Domestiques, soldats et vassaux demeuraient bouche bée. Quelques-uns s'agitaient nerveusement. Que faire ? Le baron n'avait laissé aucune consigne, même si ses actes ne permettaient aucun doute quant au sort qu'il réservait à quiconque oserait lui désobéir, surtout sa future « épouse ».

Nul n'avait le courage de s'approcher de la jeune femme, qui se tenait droite comme un I. Quelques domestiques entreprirent de ramasser vaisselle et victuailles. Une autre courut chercher de l'eau.

Nul n'osa s'adresser à Senna.

Elle enveloppa sa main blessée dans le coin de la nappe, laissant le reste traîner dans son sillage tandis qu'elle se dirigeait vers la meurtrière qui donnait sur la cour.

Elle entrouvrit le volet. La douleur lui vrillait la main, et le sang traversait déjà l'épaisse toile de coton de son pansement de fortune. Elle se sentit soudain à bout de forces, en plein désespoir.

Comment diable pouvait-elle se retrouver en si mauvaise posture ? Après tout le travail qu'elle avait fourni, elle ne pouvait se résoudre à baisser les bras. Malheureusement, on ne pouvait pas grand-chose contre le destin, et Rardove entendait avoir le dernier mot.

D'une main tremblante, elle écarta de son visage ses mèches rebelles, puis observa la pièce d'un regard morne. Ses yeux se posèrent sur le guerrier irlandais, dont elle avait déjà croisé le regard. Il n'avait pas hésité à se précipiter à son secours. Pour toute récompense, il arborait une plaie sanguinolente de plus.

Il esquissa un sourire rassurant. Ses yeux d'un bleu foncé parurent la sonder. Submergée par une onde inexplicable, Senna se sentit rougir. Pire encore, une étrange chaleur naquit dans son ventre. Tout à coup, le vacarme qui régnait dans la salle s'estompa et, l'espace d'un instant, l'atmosphère fut presque magique.

L'homme releva la tête d'un air déterminé et son sourire se fit plus malicieux, au point que Senna faillit se dérider à son tour. Que cherchait-il à lui dire ?

Pourquoi voudrait-il lui dire quoi que ce soit, d'ailleurs ? Il redressa fièrement les épaules.

— Seigneur, souffla-t-elle, prise d'une sensation étrange.

Il avait deviné ses pensées !

« Il ne faut pas céder », lui intimait-il du regard.

D'instinct, elle se tourna vers la porte, puis vers le guerrier meurtri.

« Je ne céderai pas », songea-t-elle. Si ce prisonnier pouvait se soucier de son sort, malgré l'épreuve qu'il endurait, elle tiendrait le coup. Comme lui, elle se redressa fièrement et lui fit comprendre qu'elle avait reçu son message tacite.

Finian sourit. Il aurait dû s'en douter... Il l'avait pourtant vue relever la tête, il avait vu une lueur dans son regard. Il avait tout de suite compris qu'elle était prête à en découdre.

Tandis qu'on l'emmenait, il se réjouit d'avoir, ne serait-ce qu'un peu, contribué à maintenir cette petite flamme dans ses yeux. Il regarda en arrière dans l'espoir d'apercevoir une nouvelle fois cet ange qui se battait pour conserver sa dignité dans l'antre de Rardove.

Elle venait d'écarquiller les yeux. En suivant son regard, Finian vit un couteau au milieu de la vaisselle et des aliments tombés à terre. Intrigué, il arqua les sourcils. Elle avait décidément opté pour une étrange stratégie, dans sa révolte, mais elle lui semblait capable de soulever des montagnes.

À condition que la voie soit libre... Parviendrait-elle à s'emparer de ce couteau?

Il faillit trébucher quand son geôlier le poussa sans ménagement pour le faire avancer. En voyant une certaine agitation sur le seuil de la salle, le garde s'arrêta. Finian en profita pour se retourner de nouveau.

La jeune femme aux cheveux châtains était penchée en avant. Elle ramassa un plat qu'elle posa sur la table en souriant à une domestique. Il n'en revenait pas! Pourquoi diable aidait-elle à réparer les dégâts qu'elle avait causés?

Scrutant discrètement les alentours, elle glissa le couteau à la lame acérée dans sa poche.

Lorsque le garde le poussa de nouveau, Finian sourit de plus belle.

7

Dans le château, la nouvelle se répandit comme une traînée de poudre. Soldats et servantes, palefreniers et prisonniers, nul n'ignorait plus l'acte de résistance de Senna.

C'était de la folie, disait-on. Un acte déraisonnable... désespéré.

Or, Senna était pleine d'espoir, au contraire. Elle avait même élaboré un plan.

Le lendemain matin, elle était totalement transformée. Docile, conciliante, douce, elle se présenta dans la grande salle au bras de son fiancé, et prit place à son côté à table, sur l'estrade.

Rardove affichait un sourire satisfait.

— Mangez donc! lança-t-il en riant avec un geste magnanime.

L'assemblée semblait mal à l'aise, car Senna n'avait pas fière allure: une lèvre fendue, une pommette violacée, une main bandée par un linge blanc taché de sang... Ses cheveux coiffés en arrière révélaient une marque rouge autour de son cou, comme si on avait essayé de l'étrangler.

Néanmoins, contrairement aux rumeurs qui circulaient à l'office, Senna avait l'espoir chevillé au corps.

Penchée sur le baron, qui gisait, endormi, après s'être écroulé sur son lit, Senna n'était pas sûre que son plan soit vraiment sans faille, mais elle n'avait guère eu le choix.

Rardove ignorait-il donc les nombreuses autres vertus des plantes utilisées pour la fabrication des teintures ? Sans doute, car il les lui avait toutes laissées à portée de main, dans l'atelier.

Il allait souffrir de terribles crampes d'estomac accompagnées d'absences et de vertiges pendant toute la journée et une partie de la nuit. Au lever du jour, il serait fou de rage.

Mais Senna serait loin, alors…

Elle avait l'intention d'aller explorer le château de fond en comble pour sympathiser avec le personnel, chasser toute méfiance, et trouver l'emplacement des cachots. Ensuite, elle libérerait le rebelle irlandais qui lui avait redonné de l'espoir dans l'adversité, et lui demanderait de l'accompagner au port du Dublin.

Elle ne manquait ni d'espoir ni de détermination, et elle avait un plan. Ce qui lui faisait le plus défaut, c'était le temps.

William, le frère cadet de Senna, relut le message qu'il venait de recevoir.

— Quand ? demanda-t-il à son domestique, qui paraissait gêné.

— Demain, cela fera une semaine qu'elle est partie, monsieur.

Soudain saisi d'une sourde angoisse, William observa la missive. Depuis dix ans, Senna dirigeait son commerce de laine d'une main de fer, sans l'aide de personne. Pourquoi s'inquiéter pour elle ? Après avoir passé une année à enchaîner les tournois, et les trois suivantes à louer ses services à des seigneurs en quête de noblesse et de pouvoir, il savait se fier à son instinct face au danger.

Or, il ne s'agissait que d'un message de sa sœur, fort compétente, qui lui exposait son projet commercial. En vérité, ce marché potentiel était essentiel pour éponger les dettes de leur père, sir Gerald.

Depuis le départ de leur mère, leur père se montrait froid et distant. William n'avait qu'un an, à l'époque. Il avait été élevé en partie par les domestiques, mais surtout par Senna. Celle-ci avait également fait prospérer leur entreprise en traitant avec les monastères, les hommes du roi et les marchands.

Senna était parfaitement à même de négocier avec lord Rardove. Et pourtant... Incapable de chasser son pressentiment, William était parti vers le nord après qu'un domestique lui eut envoyé un message à propos de la toiture d'une grange qui avait besoin de réparations, mentionnant au passage que la maîtresse des lieux se trouvait en Irlande.

Chez lord Rardove. C'était bien étrange...

— Eh bien, nous allons nous remettre en route, Peter, dit-il à son écuyer. Tu as toujours rêvé de voir l'Irlande, je crois.

— Vraiment, milord ? bredouilla le jeune homme.

— Parfait ! Va vite seller Merc. Nous prendrons également Anselm et Tooke.

William jeta le message sur la table et porta son attention sur ses hommes, un petit groupe de fidèles compagnons qu'il avait réunis pour l'aider dans ses activités très variées.

— Allez, Roger, un peu d'entrain, que diable !

Un homme en armure se leva.

— Je veux tout savoir sur les allées et venues de Rardove, ces derniers temps. Déniche-moi toutes les rumeurs qui circulent. Tu nous rejoindras sur le quai de Milford.

Il se tourna ensuite vers les autres, affalés sur un banc, tandis que Roger s'éloignait d'un pas décidé, suivi par le jeune écuyer. La petite salle du château était baignée par la lumière vespérale. Sur les murs de pierre dansaient les ombres des feuilles de lierre qui bordaient les fenêtres. William observa ses hommes d'un air pensif. Ils le regardèrent eux aussi un instant avant de porter leurs chopes de bière tiède à leurs lèvres.

— Vous ai-je déjà dit que je possédais un lopin de terre en Irlande, les gars ?

Intrigués, ils échangèrent des regards.

— Non, jamais, répondit l'un de ses compagnons.

— Je n'en crois pas un mot, intervint un autre en souriant. Tu nous as toujours affirmé être sans terres et satisfait ainsi.

— Vraiment ? fit William en haussant les épaules. Je raconte tant de choses…

— Qui t'a inféodé, Will ?

— Disons que j'ai été récompensé pour une mission bien accomplie. Comment refuser ? Cela remonte à notre affaire dans le nord de l'Angleterre.

— En Écosse, précisa un autre homme.

— Exact. Quoi qu'il en soit, je crois qu'il est grand temps d'aller faire un petit tour là-bas. Nous partons en Irlande, au-delà des mers. Allez, tout le monde debout ! ajouta-t-il, visiblement agacé, comme ils ne bougeaient pas.

Ils obéirent et posèrent leurs chopes avec des soupirs de regret.

— Nous t'avons entendu, Will, mais nous avons du mal à te croire, voilà tout.

— Oh ! vous pouvez me croire ! répondit-il, la mine grave, en les suivant vers la porte de la salle.

Il se passe quelque chose, en Irlande, et j'ai bien l'intention de savoir quoi.

En entendant des éclats de voix dans le couloir, Finian comprit qu'il se passait quelque chose. L'un des hommes était manifestement ivre.

Dans la pénombre, il vit deux soldats en amener un troisième qui chancelait. Ils ouvrirent la porte en fer de la cellule voisine de la sienne, y jetèrent l'homme presque inerte et refermèrent avant de s'éloigner.

Finian attendit que la lueur vacillante de leur torche ait disparu. À la lumière dorée du soleil couchant qui filtrait à peine par la meurtrière, il observa son nouveau compagnon d'infortune à travers la grille qui les séparait.

— Qu'est-ce que tu fais là ?

Après s'être assis dos contre le mur, le soldat secoua vaguement la tête, comme pour s'ébrouer du sang dont il était couvert, et porta le dos de sa main à ses lèvres meurtries.

— Il y a eu de la bagarre, marmonna-t-il. J'avais bu. Ils sont venus nous séparer… et on m'a emmené…

— Ce n'est pas pour cela que je te paie, rétorqua Finian.

— Je sais… Mais ma femme m'a quitté… pour le meunier. C'est dur…

Il agita une main tremblante puis baissa la tête. Quelques instants plus tard, il ronflait bruyamment.

Les yeux rivés sur le faible rai de lumière qui entrait encore dans la cellule, Finian soupira.

« Comment diable vais-je sortir d'ici, maintenant ? »

8

Les cachots. Senna devait absolument trouver les cachots. Et ensuite ?

Pour l'heure, mieux valait se concentrer sur la première partie de son plan : les larcins.

C'est ce qu'elle fit, en jouant à merveille le rôle de la châtelaine, pendant que Rardove rendait tripes et boyaux. Chemises en lin, bas, tuniques, vivres, cordes, lance-pierres, elle s'empara de tout ce qui pouvait lui être utile lors de sa fuite. Elle déroba également quatre poignées de pièces de monnaie dans les coffres du baron. Elle ne pouvait se charger davantage sans attirer l'attention.

Elle fourra son butin dans deux baluchons qu'elle observa, la mine grave. À quoi bon sillonner la campagne irlandaise si elle ne savait où aller ? Ce qu'il lui fallait, plus que de l'argent, c'était cet Irlandais qui lui servirait de guide. Sans lui, elle n'avait aucune chance de survivre.

Elle regarda sa main blessée et fit bouger ses doigts. Ils ne lui faisaient plus mal, ce qui était plutôt rassurant, mais ils étaient comme engourdis.

La morne journée d'automne tirait à sa fin lorsqu'elle descendit dans la cour du château. Alors qu'elle se demandait quelle direction prendre, elle aperçut un vilain trapu et rougeaud qui poussait une brouette grinçante chargée de fers rouillés.

Senna se figea, de même que le vilain. Après quelques instants d'hésitation, il posa sa brouette et se gratta la tête. Visiblement intrigué, il écarquilla les yeux.

— Seriez-vous… milady ? s'enquit-il en baissant la tête.

— Je le suppose.

Il ôta sa capuche et s'inclina légèrement, puis il se recouvrit la tête et fit mine de se remettre en route.

— Si je puis vous être utile en quoi que ce soit, milady… Je dois vaquer à mes occupations.

Le cœur de Senna s'emballa. Elle n'avait qu'autre solution que de se montrer directe.

— J'aimerais visiter les cachots.

L'homme fronça les sourcils.

— Milady…, dit-il d'un air réprobateur.

— C'est… c'est un jeu, déclara-t-elle.

— Un jeu ? répéta-t-il, incrédule.

— Absolument. Lord Rardove en a décidé.

Une lueur de dégoût passa furtivement dans le regard du vilain, à moins qu'il ne s'agisse de compassion. Quoi qu'il en soit, il abandonna sa brouette.

— Je vais vous y conduire.

Ils longèrent un passage sombre, puis traversèrent une cour intérieure après quoi ils descendirent de nombreuses marches, dans la pénombre. Frissonnant dans l'air de plus en plus froid et humide, Senna souffla sur ses doigts gourds pour les réchauffer. Comment diable allait-elle retrouver son chemin dans ce dédale obscur ?

Enfin, le vilain s'arrêta devant une porte massive.

— Je vous attends ici, milady, dit-il en s'effaçant.

— C'est inutile.

Surpris, l'homme fronça les sourcils. Son regard sombre en disait long sur ce qu'il pensait de ses maîtres. Haussant les épaules, il ouvrit la porte. Aussitôt, deux gardes assis à une table se levèrent.

— Milady est là pour… un jeu, annonça-t-il. Je pense que vous allez bien vous amuser.

Sur ces mots, il disparut.

— Messieurs! dit-elle en entrant dans une petite pièce aux murs noirs de crasse.

Pour chasser sa terreur, elle afficha un large sourire.

— Milady! s'exclamèrent les gardes à l'unisson.

— Je me livre à une inspection du château, expliqua-t-elle comme s'il s'agissait de la chose la plus naturelle du monde. Je ne pouvais négliger le lieu où sont détenus avant d'être châtiés pour leurs crimes ceux qui menacent la tranquillité de mon seigneur. Les gardes qui les surveillent méritent respect et gratitude.

Elle conclut son petit discours d'un regard charmeur qui fit son petit effet sur les deux hommes.

— Depuis combien de temps êtes-vous de garde dans ce château? s'enquit-elle en faisant le tour de l'antichambre.

— Depuis la Saint-Michel, milady, répondit le plus élancé en se raclant la gorge.

— Appréciez-vous votre poste?

Senna s'assit à une petite table et observa les deux hommes avec intérêt.

— Milady…, bredouilla le plus trapu, visiblement gêné, ne sachant que répondre.

Senna se leva et se remit à arpenter la pièce. Les gardes demeuraient bouche bée. Embarrassés, ils osaient à peine la regarder.

— Les maîtres ignorent trop souvent ceux qui travaillent à leur service avec tant de dévouement, reprit-elle sur le ton de la confidence.

Ils hochèrent tristement la tête. Elle aurait tout aussi bien pu clamer que le roi d'Angleterre méritait le garrot, ils l'auraient approuvée.

— Je ne souhaite pas être de ces gens qui tirent bénéfice du labeur des autres sans leur offrir la moindre récompense, ajouta-t-elle en faisant volte-face.

Ils se redressèrent et regardèrent droit devant eux.

— Non, milady !

— Tout le monde ne peut pas en dire autant, souffla Senna.

Elle prit soin d'attirer leur attention sur sa main meurtrie par le baron.

— Certes, milady, balbutia le plus grand.

— Je souhaite connaître tous mes gens et prouver ma… considération aux plus dévoués à mon service, murmura-t-elle.

D'un geste suggestif, elle passa la main sur le haut de sa robe. Les yeux des gardes sortirent pratiquement de leurs orbites.

— Bien, milady, bredouilla le garde trapu en s'épongeant nerveusement le front.

Senna arqua légèrement les sourcils, une stratégie qu'elle n'avait jamais eu à employer lors de ses négociations de marchés.

— Quand se termine votre service ? demanda-t-elle d'un air innocent.

— À la première heure, demain, répondit l'homme, troublé.

Elle soupira de soulagement.

— Vous serez donc toujours là dans la soirée ?

— Pour vous servir, madame, dit le plus élancé.

Il fit un pas en avant et posa sur elle un regard sans équivoque. La bouche sèche, Senna recula comme si elle venait de se tordre la cheville.

— Fort bien. Nous nous comprenons, n'est-ce pas ? susurra-t-elle, le cœur battant.

Elle jouait un jeu extrêmement dangereux, mais elle ne disposait d'aucune autre arme que son charme.

— Je vous laisse donc à vos postes pour poursuivre ma visite du château.

— Milady, ce ne sont que les cachots où sont détenus les prisonniers ! déclara le garde élancé, qui ne souhaitait pas la voir partir.

Elle se retourna, la mine désapprobatrice.

— Me résisteriez-vous ? demanda-t-elle. Mon seigneur tient à ce que je connaisse les moindres recoins de son donjon, tout comme il découvrira toute ma personne. Ce sont là ses propos. Je sais d'expérience qu'il ne tolère aucune désobéissance.

Soudain, elle fondit en larmes et se mit à sangloter amèrement.

Les deux hommes s'empressèrent de l'entraîner vers un siège et s'agenouillèrent près d'elle pour la consoler. Bien sûr qu'ils ne cherchaient en rien à la contrarier ! Et ils comprenaient fort bien la difficulté d'être mariée à un homme tel que le baron. Jamais ils ne feraient rien pour lui attirer des ennuis… Elle pourrait aller et venir à sa guise et mémoriser les lieux toute seule, comme elle le voulait, même si cette requête leur semblait étrange.

Ils ne voulaient pas prendre le risque de voir pleurer encore la nouvelle châtelaine, d'autant que ses promesses tacites résonnaient toujours à leurs oreilles.

Elle les laissa donc à leurs rêveries et gagna le couloir menant aux cellules.

9

Les sanglots de Senna laissèrent vite place à un air déterminé, une attitude assurée. Tous les sens en alerte et suivant le conseil des gardes, elle se tint près du mur gauche du couloir sombre, le plus à l'écart des cachots.

Ses semelles fines dérapaient légèrement sur le sol humide. Quelques rares rais de lumière filtraient par les meurtrières placées très haut et il flottait dans l'air une odeur de moisi et d'urine. Elle avançait presque à tâtons, scrutant chaque cellule dans l'espoir de trouver l'homme qu'elle cherchait. Toutes étaient vides.

Une sourde inquiétude s'empara d'elle. Il y avait pourtant quatre prisonniers irlandais enchaînés dans la grande salle, le soir où elle avait été blessée. Où diable étaient-ils passés ?

Pourvu que ce vaillant guerrier n'ait pas disparu, lui aussi !

Le cœur battant à tout rompre, le souffle court, elle poursuivit son chemin. Elle découvrit un prisonnier solitaire, affalé au fond d'un cachot, endormi. Enfin, dans la cellule voisine, elle aperçut une chevelure noire. L'homme était assis, adossé aux barreaux de ce qui ressemblait plus à une cage qu'à une cellule.

— Monsieur…, murmura-t-elle, folle d'espoir, après s'être accroupie près de lui.

Pas de réaction.

— Monsieur ! répéta-t-elle, un peu plus fort.

Toujours rien. Elle se risqua à lui tapoter l'épaule.

Vive comme l'éclair, une main lui empoigna aussitôt le bras. Elle étouffa un cri d'effroi. L'emprise de l'Irlandais était si ferme qu'elle en eut le souffle coupé.

Lentement, le prisonnier tourna la tête vers elle.

— Dieu merci, c'est vous ! souffla-t-elle, soulagée.

— Et qui suis-je, selon vous ? répliqua-t-il, intrigué.

— Comment le saurais-je ?

Agacée, elle tenta de se dégager de sa poigne de fer.

L'Irlandais sourit dans la pénombre.

— Je viens de mettre le grappin sur une femme surgie de nulle part, une femme lumineuse au parfum fleuri comme un jardin d'été. Elle me réveille, se réjouit de m'avoir trouvé, même si elle ignore qui je suis, et s'étonne de mon désarroi. N'étant pas très avisé dans le domaine des femmes, je dirais que je suis mort et que je suis monté au paradis. Vous devez être un ange. Mais que diable faites-vous en enfer ? À moins que vous ne soyez venue pour exaucer mes prières, cher ange ?

Son petit discours eut le don de troubler Senna au-delà des mots. Il avait une voix dure mais mélodieuse, presque aimable, mais la main qui lui enserrait le poignet dénotait une force impressionnante.

Lorsqu'elle voulut de nouveau se dégager, il la lâcha.

— J'ai besoin de votre aide, dit-elle en se penchant pour l'observer de plus près.

Elle ne distingua que l'éclat de son sourire et la lueur pétillante de son regard.

— J'accéderais volontiers à votre requête si c'était en mon pouvoir. Malheureusement, comme vous pouvez le constater, ma situation ne me le permet pas.

— Si je vous libère de ce cachot, me viendrez-vous en aide ?

Le sourire de l'Irlandais disparut et son regard se fit soudain plus intense.

— Oui, répondit-il, après l'avoir observée avec attention. Mais pourquoi feriez-vous cela ?

— J'ai besoin d'un guide.

— Vraiment ?

— Vraiment.

— Je pensais que vous étiez venue ici pour devenir baronne.

— Je n'aime pas son vin, répliqua-t-elle.

— C'est ce que j'ai cru comprendre.

— Loin de moi l'idée de dire du mal, mais Rardove est un menteur. Je ne suis pas sa fiancée.

— Je vous crois sur parole…

— Et j'ai besoin que quelqu'un me conduise au port de Dublin.

— Ne pourriez-vous pas trouver un autre Irlandais ou, mieux, un Anglais qui sera ravi de remplir cette mission ?

— Peut-être, mais je n'ai pas cherché.

Il se redressa pour l'observer, un sourire au coin des lèvres, et Senna fut parcourue d'un étrange frisson. Ce corps recroquevillé sur lui-même la fascinait. Ses muscles saillaient sous une peau qui semblait soyeuse. Même dans ce cachot, il respirait la vie.

— Pourquoi feriez-vous une chose pareille, mon ange ? demanda-t-il à voix basse.

— Dans la grande salle... Vous m'avez aidée à relever la tête. Je pense que vous êtes le mieux placé.

Un sourire sincère illumina les traits de l'Irlandais, mais il laissa vite place à une grimace de douleur.

— Dans ce cas, j'accepte, madame. Je vous attendrai, mais faites vite, car ma tête ne vaut pas très cher.

Senna regarda par-dessus son épaule. Les gardes n'allaient pas tarder à avoir des soupçons.

— Ce soir, à la nuit tombée...

— Comment ? demanda-t-il vivement, le regard soudain acéré.

Senna ramassa une poignée de cailloux et passa le pouce sur les arêtes aiguës.

— Rardove est en train de vomir tripes et boyaux, et son malaise durera certainement toute la nuit. Un mal mystérieux l'indispose, si vous voyez ce que je veux dire.

— Une de ces affections qui frappent sans prévenir, je suppose.

— Je le crains, admit-elle avec l'esquisse d'un sourire.

— Je vous devrai la vie.

— Vous allez m'aider à retrouver la mienne.

— Vous êtes une bien belle femme, reprit-il, plus détendu.

— Malgré ma pommette meurtrie ? fit-elle en riant doucement. Vous êtes un beau parleur, dites-moi !

Face à son sourire charmeur et plein d'assurance, elle ne put que détourner les yeux. Ce n'était pas le moment de faiblir.

— Finian O'Melaghlin.

— Senna...

— De Valery, coupa-t-il en la dévisageant d'un air grave.

— Vous connaissez mon nom ?

— Si vous parvenez à me faire sortir d'ici, je composerai une chanson en votre honneur.

— Si vous parvenez à me maintenir en vie quand nous serons dehors, je la composerai moi-même, murmura-t-elle.

Il lui sourit de nouveau, et le cœur de Senna s'emballa.

— Avec ou sans chanson, je n'oublierai jamais votre nom, mon ange.

Senna plongea les yeux dans son regard d'un bleu profond. L'espace d'un instant, elle eut l'impression de flotter sur un nuage. Cette voix grave, cette douceur la troublaient incroyablement.

— Je reviendrai, promit-elle en se relevant.

— Dans ce cas, je vais annuler tous mes autres rendez-vous, plaisanta Finian.

Senna sourit, étonnée de se sentir aussi confiante, alors que sa vie était en péril. Comment expliquer la sérénité qui l'avait gagnée dès l'instant où elle avait croisé ce regard bleu, dans la grande salle du château ?

William de Valery passa une journée entière à préparer son départ pour l'Irlande, le temps de s'assurer les services de quelques chevaliers supplémentaires. Il ne pouvait hélas ! les rétribuer, mais il leur promit quelques avantages, en attendant des jours meilleurs.

Trente-trois hommes en armes et quelques écuyers constituaient une force non négligeable, sans oublier un capitaine, deux cuisiniers, huit serviteurs, et un maçon. L'ancien propriétaire du domaine de William en Irlande lui avait indiqué que la maison était délabrée, ce qui expliquait en partie sa générosité.

Ils prirent la mer en pleine tempête. William se tenait à la proue de l'embarcation, si déterminé qu'il semblait pouvoir attirer la côte irlandaise vers lui par la seule force de sa volonté.

À leur arrivée à Dublin, le capitaine et les hommes resteraient dans la ville fortifiée pour rassembler chevaux et vivres, avant de gagner le château.

Accompagné de cinq de ses hommes de confiance, William se rendrait chez Rardove pour obtenir une entrevue. Il avait tout prévu dans les moindres détails. Pendant ce temps, Senna s'employait à enjôler les gardes.

10

La faible lueur de lune permettait à peine à Senna de se déplacer à tâtons dans la pénombre. Seuls quelques rais pâles filtraient à l'intérieur de la bâtisse. Au hasard des couloirs humides, elle croisa quelques serviteurs, ainsi qu'un garde aviné de retour d'une visite aux prostituées.

Elle avait attaché ses cheveux en une longue tresse à l'aide d'une lanière de cuir. Par-dessus sa chemise en lin, elle avait enfilé une culotte d'homme et un surcot qui lui tombait à mi-cuisses. Le tout était dissimulé sous une robe ample afin de ne pas attirer l'attention.

Munie de ses baluchons, les sens en alerte et en proie à une étrange ivresse, elle gagna la prison du château et s'arrêta devant une lourde porte en chêne. Près d'elle s'ouvrait un couloir étroit et sinistre, d'où provenaient des échos inquiétants.

Un grattement attira son attention. Au fond du couloir, deux petits yeux ronds luisaient dans le noir : un rat reniflait une flaque d'eau croupissante. Senna frémit de dégoût, mais ce n'était pas le moment de faiblir.

Après avoir posé ses baluchons contre le mur, elle en sortit un flacon puis ouvrit lentement la lourde porte. Aussitôt, les deux gardes se levèrent d'un bond. Elle leur sourit à la lueur vacillante d'une torche.

— Messieurs, dit-elle en inclinant la tête, comme si elle arrivait à quelque réception mondaine.

Ils posèrent sur elle le même regard fasciné que plus tôt.

— Milady, souffla le plus grand en tirant pour elle le petit banc sur lequel il était assis.

« Pourvu qu'ils soient toujours aussi bien disposés ! » songea Senna.

Décidée à réussir dans sa mission, elle souleva légèrement le bas de sa robe et s'assit. Elle constituait désormais une proie facile. En tout cas, elle n'avait aucun scrupule en songeant au châtiment qu'ils subiraient lorsque son évasion serait découverte. Ces deux monstres avaient pendu le chien, au moment de l'arrivée.

Affichant un sourire charmeur, elle posa sur la table le whisky subtilisé dans la cave de Rardove. Elle avait pris soin d'y ajouter une pincée de valériane qui les endormirait pendant un certain temps.

Très vite, les gardes sombrèrent dans une douce torpeur. Après quelques gorgées supplémentaires, ils s'écroulèrent sur le sol, laissant Senna pétrifiée de peur.

Il était désormais trop tard pour reculer.

Elle s'empara du trousseau de clés du garde élancé et se dirigea vers la cellule de Finian à la lueur d'une unique torche.

— Mon ange, fit soudain une voix grave.

— Je suis venue, murmura-t-elle, troublée au point d'esquisser un sourire.

Il était debout, cette fois, et sa carrure était impressionnante. Elle avait choisi un véritable colosse !

Ils trouvèrent la bonne clé et ouvrirent la grille, qui grinça si fort que les gardes auraient pu être alertés s'ils n'avaient été profondément endormis.

— Où sont passés les autres prisonniers ? demanda Senna tandis qu'ils longeaient vivement le couloir.

— Les Irlandais qui ont assisté à votre accueil si chaleureux, dans la grande salle, ont été exécutés peu de temps après. Et selon des méthodes assez sophistiquées, je peux vous l'assurer, répondit-il d'un ton grave.

Il avait la mâchoire crispée, le regard sombre. Senna se concentra sur le mur humide qu'elle suivait à tâtons. Si ses hommes avaient dû subir un tel sort, elle aurait été assoiffée de vengeance et ivre de rage. Finian, lui, semblait si calme...

Réprimant un frisson, elle poussa enfin la porte de la pièce où se trouvaient les gardes.

— Vous avez des talents insoupçonnés, commenta Finian en observant les deux silhouettes avachies.

— Effectivement, admit-elle en fronçant légèrement les sourcils.

Il lui adressa un regard de biais. Senna récupéra ses ballots, et les passa par-dessus son épaule après avoir tendu à Finian un morceau de pain qu'il accepta volontiers. Ils traversèrent la cour à pas de loup. Il ne leur restait plus qu'à dérober quelques armes et à escalader la grille du château sans se faire repérer par les autres gardes.

Senna n'osait penser à ce qui les attendait s'ils échouaient. Concentrée sur son objectif, elle entraîna Finian vers l'atelier du forgeron, une bâtisse de deux étages. Ils levèrent les yeux.

— En plein jour, cela paraît beaucoup moins haut..., murmura-t-elle.

Finian la débarrassa de ses ballots qu'il passa en bandoulière puis la saisit par les hanches. Elle réprima une exclamation de surprise.

— Je vais vous aider, dit-il en la soulevant avec une aisance impressionnante.

Troublée par la puissance de ces bras musclés qui la maintenaient en l'air, elle tendit les bras autant qu'elle le pouvait. Elle parvint à agripper le rebord de la fenêtre, mais ne put poursuivre son effort, car sa main blessée n'avait plus de force. Jamais elle ne parviendrait à escalader cette façade.

— Plus haut, murmura-t-il.

— Je n'y arrive pas.

Elle redoubla d'efforts, s'égratignant les coudes et les genoux sur la pierre rugueuse, en vain.

— Montez sur mes épaules, ordonna Finian d'un ton sans réplique.

Senna se figea, puis plia une jambe. Sans doute lui heurta-t-elle le menton, car il étouffa un grognement. Plus lentement, elle chercha un appui et parvint à poser les pieds sur les épaules de Finian. Ainsi, elle put poser les coudes sur le rebord de la fenêtre.

Hélas ! les volets étaient clos. Résistant à l'envie de tout casser, elle plongea la main dans son paquetage et en sortit un bâton de viande séchée qu'elle utilisa comme levier. Le loquet céda rapidement et les volets s'ouvrirent en grinçant.

Senna se hâta d'entrer et retomba à terre à quatre pattes, avec un bruit sourd.

Ses yeux ne mirent guère de temps à s'accoutumer à la pénombre. Droit devant elle, elle décela une ouverture sombre : l'escalier.

Le cœur battant, elle descendit vivement les marches, se faufila entre les établis et les enclumes et contourna avec précaution le four encore chaud pour ouvrir la porte à Finian.

Ensemble, ils se dirigèrent vers la cage d'escalier. À l'étage étaient entreposées les armes à réparer ainsi que celles que le forgeron avait fabriquées. La chambre dans laquelle dormaient le forgeron et sa femme s'y trouvait également. Pourvu qu'il n'ait pas de chien…

Ils œuvrèrent en silence, sans perdre un instant. Finian revêtit la cotte de mailles d'un Anglais. Hélas ! il n'y avait aucune tenue qui aurait pu convenir à Senna. Finian s'empara d'un couteau de bonne taille qu'il attacha autour de sa cuisse, puis il en glissa un autre sous son ceinturon. Senna sélectionna une fine lame pour elle-même.

Soudain, dans la pièce voisine, le forgeron se mit à marmonner quelques paroles inintelligibles. Tous deux se figèrent.

— Pousse-toi !

Seigneur ! La femme du forgeron était réveillée ! Senna réprima un frisson d'effroi. En voyant Finian brandir le couteau qu'il venait de mettre sous son ceinturon, elle secoua énergiquement la tête. Il la regarda comme si elle avait perdu la raison.

Elle lui fit signe de rengainer son arme, ce qu'il fit, quoique intrigué, et elle soupira de soulagement.

Au bout de ce qui leur parut une éternité, le silence étant retombé, ils s'éloignèrent à pas de loup en direction de l'escalier. Du coin de l'œil, Senna remarqua un fourreau richement brodé et s'approcha. Les fils scintillants représentaient de superbes silhouettes d'animaux, ainsi que des lettres dans une langue inconnue. On aurait dit l'épée d'un roi, une épée digne d'un guerrier tel que Finian.

Sans réfléchir, elle saisit la lourde arme et se hâta de rattraper Finian qu'elle appela dans un murmure en arrivant au bas de l'escalier.

Il fit volte-face, les yeux brillants dans la pénombre, et se mit d'instinct en position de combat. Les braises rougeoyantes du fourneau projetaient des ombres dansantes sur son visage.

— Tenez, dit-elle à voix basse en lui tendant l'arme redoutable, malgré son air féroce.

— Mon épée..., murmura-t-il.

— Elle vous appartient?

— Oui, répondit-il en l'examinant avec soin. Le fourreau également, d'ailleurs. Je pensais que quelqu'un se l'approprierait sans tarder, même si les sorts qui lui sont associés ne réussissent guère à un autre guerrier que moi. Encore moins à un Saxon. Je vous suis très reconnaissant.

Ils quittèrent la forge, récupérèrent leurs sacs que Finian chargea sur son épaule, et longèrent le champ d'entraînement au combat. La gorge nouée par la peur, Senna était incapable de prononcer le moindre mot. Ils se faufilèrent dans l'ombre, parmi les dépendances, les écuries, la chapelle...

En passant devant le potager, Senna trébucha sur une pierre et laissa échapper un juron qui résonna dans le silence de la nuit. Le cœur battant à tout rompre, elle releva vivement la tête.

Finian avait les yeux rivés sur elle.

Soudain, le bruit de bottes d'un soldat se fit entendre.

11

Osant à peine respirer, ils se plaquèrent contre un mur. Le soldat passa près d'eux et s'éloigna sans un regard avant de disparaître au détour d'un bâtiment. Senna se tourna vers Finian.

— Je crois...

Il secoua vivement la tête. Au bout de cinq minutes, un autre soldat apparut. Senna se figea de plus belle. Dix minutes s'écoulèrent, durant lesquelles ils ne virent plus personne. Finian se détendit légèrement. À nouveau, Senna ouvrit la bouche pour parler, mais il la saisit par la nuque et l'attira vers lui.

— Patience, madame, et plus un mot, souffla-t-il. Pour l'amour du ciel, taisez-vous !

Pourquoi diable ces simples paroles suffisaient-elles à propager dans tout le corps de Senna une onde de chaleur inexplicable ?

Elle hocha la tête et s'écarta pour l'entraîner vers le mur de la cour intérieure du château. Ils avaient plus de deux mètres à escalader. Profitant des anfractuosités de la roche friable, Senna se hissa vers le sommet. Elle y était presque lorsqu'une pierre se détacha et la fit retomber.

Finian la retint de ses bras et de son corps. Ils se crispèrent dans un silence absolu. Presque assise sur une épaule de son complice, elle sentait ses mains puissantes sur sa taille et s'efforça d'ignorer la réaction étrange que suscitait en elle ce contact intime. Ils échangèrent un regard, puis Finian posa les mains sur ses fesses pour la pousser vers le haut.

Parvenue au sommet du mur, elle se pencha pour tendre la main à Finian. Il ne la saisit pas et la rejoignit sans effort apparent, un sourire au coin des lèvres. De toute évidence, il jubilait d'avoir exploré ses courbes féminines en toute impunité. Elle chassa cette pensée troublante pour observer les alentours.

En contrebas, ils découvrirent un tas de branchages et de déchets provenant du jardin.

— C'est haut, souffla-t-elle, pleine d'appréhension.

— Pas tant que cela, répondit-il.

— Tout de même…

Percevait-il la frayeur dans sa voix ? Elle crispa les doigts sur le bord du mur.

— C'est juste une impression, poursuivit Finian.

— Je ne crois pas que je vais pouvoir sauter, reprit Senna, honteuse.

Cela dit, elle n'allait tout de même pas rester perchée sur ce mur éternellement, en attendant que les soldats du baron viennent la débusquer !

— Je pourrais vous pousser, suggéra Finian.

Elle faillit s'esclaffer.

— Voilà qui m'aider…

Sans crier gare, il la poussa. Elle n'eut même pas le temps de crier ou d'avoir peur. Elle tomba sans dommage sur les branches et herbes en décomposition et se releva vivement.

— Vous avez perdu la raison ! persifla-t-elle dès qu'il la rejoignit.

Il la dominait de toute sa hauteur. Il émanait de lui une telle puissance qu'elle eut un mouvement de recul.

— Madame, on ne peut pas dire que vous soyez vous-même un modèle de sagesse, répliqua-t-il en posant une main sur son bras. À présent, veuillez garder le silence.

Elle frémit au contact de ses doigts. Il était si proche... Elle avait toutes les peines du monde à ne pas contempler ce torse ferme, ces muscles saillants, ces hanches minces, sans oublier ces cuisses puissantes. Sa peau semblait luire au clair de lune, et ses longs cheveux noirs cascadaient sur ses épaules. Sa barbe naissante lui donnait un air féroce que, fort heureusement, venait adoucir son sourire à couper le souffle.

Cet Irlandais était décidément d'une beauté ravageuse.

Le souffle court, les joues écarlates, Senna tenta de se convaincre que son trouble avait pour seule origine les circonstances périlleuses de cette évasion. Il ne pouvait en être autrement.

Mais comment expliquer cette sensation de chaleur, au creux de son ventre ?

— Où allons-nous, maintenant ? s'enquit-il en rivant sur elle ses yeux d'un bleu intense.

Elle scruta les alentours. L'enceinte du château était vaste, même si les bâtiments tombaient pour la plupart en ruine. C'était un véritable dédale. Ils ne pouvaient traverser le champ d'entraînement pour gagner la grille principale, ce qui les obligeait à progresser dans l'ombre.

Ils étaient pour le moment tapis à l'abri d'une rangée de chaumières, mais comment savoir s'ils n'allaient pas croiser des hommes armés au détour d'une bâtisse ?

— Par ici, fit-elle d'un ton décidé. Enfin... je crois.

— Je vous suis.

— Mais je ne suis pas certaine...

— Vous connaissez mieux les lieux que moi, dit Finian. Ne doutez pas de vous-même.

— Je vous conseille de rester en alerte, l'Irlandais, car je n'ai aucune idée d'où nous allons.

— Je suis toujours sur mes gardes. Inutile de me conseiller la prudence, répondit-il d'une voix suave.

Elle ne put réprimer un frisson. Très vite, l'imposante grille du château se dressa devant eux. Finian agrippa le bras de Senna pour lui imposer le silence. Elle retint son souffle et hocha la tête.

Il disparut quelques instants, avant de surgir à nouveau de la pénombre.

— Les gardes ne semblent pas très vigilants. Pour l'heure, ils sont en train de se disputer à propos d'une dette de jeu et d'une femme, je crois. Il y a de la bagarre dans l'air. Ils ont beaucoup bu.

— Une rixe risque de rameuter d'autres hommes, remarqua Senna, inquiète.

— Espérons qu'ils sont tous dans le même état de torpeur que leur maître...

C'était là un vœu pieux. Ces hommes étaient aussi cruels que Rardove. Même s'ils n'étaient pas très vifs, ils ne manqueraient pas de trouver anormale la présence de deux intrus aux abords de la grille à cette heure tardive, surtout celle d'un géant irlandais censé être enchaîné dans un cachot.

Sans doute Finian perçut-il son découragement, car il se pencha vers elle.

— Courage, murmura-t-il.

— J'en manque, hélas !

— Je n'en crois pas un mot.

— Je suis surtout téméraire et déterminée, et je n'écoute pas souvent…

Il la prit par les épaules.

— Vous n'avez pas à me dire ce genre de choses, chuchota-t-il à son oreille. Vous êtes une chandelle dans la nuit ; vous êtes incapable de dissimuler vos sentiments. Et vous êtes bien bavarde, aussi ! Si vous souhaitez toujours sauver la peau d'un pauvre bougre d'Irlandais, je vous implore de fermer cette bouche ravissante.

Abasourdie, elle plongea dans son regard bleu sombre.

Soudain, deux silhouettes de soldats en patrouille apparurent sur le mur d'enceinte. Finian se figea. Rassurée par la force de son bras toujours sur ses épaules, Senna entendit un rire gras, puis ils s'éloignèrent et le silence revint.

Elle retint son souffle. Si seulement elle avait pu rester ainsi éternellement ! La main de Finian avait frôlé son sein, provoquant en elle une réaction violente.

Tout cela était tellement étrange… Elle se retrouvait en terre inconnue, à fuir un monstre qui voulait la contraindre au mariage, tandis que son corps semblait en proie à une fièvre qu'elle n'aurait jamais soupçonnée à cause d'un rebelle irlandais !

Finian ôta son bras de ses épaules. Aussitôt, elle éprouva une sensation de froid. Ils reprirent leur progression silencieuse vers la grille, mais durent se plaquer de nouveau contre le mur en entendant cris et jurons. Les deux gardes en patrouille accoururent vers la tour, désormais éclairée de torches, et plusieurs soldats se profilèrent sur les remparts.

— Nom de Dieu ! s'exclama une voix.

Ils virent un homme penché vers les ombres, en contrebas.

— Par tous les dieux ! renchérit une autre. Ce salaud a projeté Dalton par-dessus les remparts !

Des cris fusèrent de plus belle. Finian et Senna échangèrent un regard.

— Du calme ! hurla Balffie, l'imposant capitaine de la garde en se frayant un chemin parmi ses hommes. Bon sang, Molyneux, tu l'as tué !

Il foudroya le coupable du regard, les bras croisés, attendant une explication.

— Il a perdu son pari et il refusait de me payer ! expliqua l'homme d'une voix mal assurée.

— Tu n'as rien dans la tête, ma parole ! Il est hors de question que je paie les pots cassés. Va le chercher ! ordonna Balffie.

— Quoi ? s'exclama le garde en reculant. Avec tous les Irlandais qui rôdent aux abords du château ? Je risque de me faire massacrer !

— Ça te servirait de leçon, espèce d'imbécile ! rétorqua Balffie en s'approchant. Je me fous complètement de ce que les Irlandais risquent de te faire ! Tu n'es qu'un moins que rien ! Tu vas aller me chercher ce cadavre, et tout de suite !

Balffie le saisit par sa cotte de mailles et l'attira vers lui pour le regarder droit dans les yeux.

— Tu vas me le ramener à l'intérieur de l'enceinte ! Sinon, je te pends par les couilles !

Sur ces mots, il relâcha le malheureux et se tourna vers les autres.

— Toi, toi et toi, vous l'accompagnez, décréta-t-il.

Les volontaires malgré eux maugréèrent et descendirent les marches à contrecœur.

— Suivez-moi, murmura Finian à l'oreille de Senna.

Il la prit par le poignet et l'entraîna dans l'ombre de la tour crénelée tandis que les soldats levaient la herse, dont les chaînes grincèrent. Au loin, un chien se mit à aboyer. Les gardes étaient furieux ; en général, le service de nuit était plus calme.

La grille était suffisamment levée pour permettre aux quatre hommes de quitter l'enceinte. Concentrés sur leur tâche morbide, ils ne remarquèrent pas les deux silhouettes qui se faufilèrent à leur suite. Les autres gardes ne virent rien non plus, trop occupés qu'ils étaient à regarder ce que faisaient leurs quatre compagnons.

À peine les grilles franchies, Finian saisit Senna par la main, l'attira du côté opposé et sauta en l'entraînant à sa suite dans les douves asséchées.

Il la plaqua face contre la paroi boueuse et nauséabonde et se pressa contre elle au point de l'étouffer.

— Vous m'écrasez !

— Silence ! siffla-t-il rageusement.

La main de Finian se glissa devant elle, lui effleurant les seins, puis il la bâillonna de sa paume. Elle resta immobile. Non loin d'eux, les soldats qui avaient fini par récupérer le cadavre de leur camarade regagnèrent l'enceinte du château. Les lourdes chaînes grincèrent de nouveau et la herse retomba avec fracas. Peu après, le silence se fit.

— Venez ! Vite ! Profitons-en tant qu'ils sont occupés, murmura Finian.

Il l'observa un instant. Elle était couverte de boue et grimaçait de dégoût. Le devant de sa tunique était si crotté qu'on en distinguait à peine la couleur verte.

— Nous l'avons échappé belle, murmura-t-elle.

— Dépêchons-nous, souffla-t-il en la saisissant par la taille pour la hisser sur le bord du fossé.

— La prochaine fois, nous inverserons les rôles, si cela ne vous ennuie pas. C'est moi qui vous plaquerai dans la boue et vous écraserai, lui dit-elle lorsqu'il l'eut rejointe.

Finian lui jeta un regard amusé et un large sourire apparut sur ses lèvres.

— Avec plaisir, mon ange !

Puis, telles deux ombres, ils s'évanouirent dans la nuit irlandaise.

12

Une heure plus tard, ils firent une halte au bord d'une rivière qui se jetait dans un cours d'eau plus large, derrière un bosquet.

Finian s'agenouilla sur la rive et se lava les mains. Il avait les bras endoloris, après tous les efforts qu'il avait fournis. Du coin de l'œil, il aperçut Senna qui le fixait, bouche bée.

— Vous devriez vous retourner, suggéra-t-il.

Elle fit volte-face si rapidement que sa natte tournoya avant de retomber dans son dos.

— Je n'en ai que pour un instant, promit-il.

— Ne vous pressez pas ! Vous savez, j'ai déjà vu un homme, ajouta-t-elle.

— Hum…

Il ôta son *léine*, tunique traditionnelle qui arrivait aux genoux, avant d'entrer dans l'eau froide. Puis il se frictionna vivement à l'aide du sable fin qui couvrait les berges. Sa peau avait rougi sous l'effet du froid. Lorsqu'il se fut débarrassé de la crasse des geôles de Rardove, il plongea sous l'eau pour se rincer et s'ébroua comme un jeune chien, rejetant ses cheveux en arrière.

Lorsqu'il se retourna, il reçut une tunique et des braies en plein visage. Senna était toujours de dos, mais elle avait légèrement tourné la tête vers lui.

— Mieux vaut que vous portiez une tenue à l'allure anglaise, marmonna-t-elle.

— Merci.

Dans la pâle clarté de la lune, il vit qu'elle était cramoisie. De toute évidence, elle l'avait épié pendant qu'il se lavait.

Il enfila la tunique. Senna ne se retourna que quand il eut revêtu les braies.

— Vous êtes prêt ? s'enquit-elle d'un ton impérieux en évitant de croiser son regard.

— Je suis toujours prêt, Senna. Et si vous ôtiez votre robe ?

Elle en resta coite. Finian la trouva ravissante ainsi, les yeux écarquillés, les lèvres tremblantes et charnues, avec sa longue natte dont s'échappaient quelques mèches.

— Ma... ma robe ?

— Vous portez bien des chausses, en dessous, non ? Ainsi qu'une tunique ? Alors enlevez votre robe !

Finian la vit s'empourprer tandis qu'elle s'exécutait en marmonnant des protestations inintelligibles. Il prit la robe ainsi que son *léine* et les fourra aux trois quarts derrière un gros rocher, de manière que les vêtements paraissent avoir été maladroitement cachés.

Lorsque ce fut fait, il la détailla ouvertement. Comment s'en empêcher, avec ces chausses qui lui moulaient les cuisses ? Tandis qu'il ramassait leur paquetage, Senna laissa échapper un soupir.

— En route, dit-il.

Elle tourna les talons et s'engagea sur le sentier qu'ils avaient suivi jusqu'alors.

— Par ici, Senna ! appela-t-il en prenant la direction opposée.

— Pourquoi ?

— J'ai l'intention de les lancer sur une fausse piste, expliqua-t-il en se frottant la nuque. Nous avons une longue route à faire, et je n'ai pas le temps de vous expliquer tous les détails...

Un peu agacée, elle le rejoignit.

— Dans ce cas, en route. Vous ne pouvez donc pas marcher et parler en même temps ?

— Moins bien que vous, répliqua-t-il froidement et se mettant rapidement en marche. Nous avons deux rivières à franchir, précisa-t-il toutefois.

— Une rivière ?

— Deux.

Senna parut intriguée mais n'insista pas.

— Puis, nous traverserons une ville, reprit Finian, et...

— Une ville amie ?

— Hostile.

— Comment cela, hostile ?

— Ensuite, il y aura deux lieues de terrain à découvert à parcourir, avant d'être à l'abri.

Senna resta un moment silencieuse, comme si elle se demandait quelle devait être sa priorité dans l'immédiat.

— Vous parlez de Dublin, dit-elle enfin. Nous nous rendons à Dublin.

Il grommela. Non, il ne pensait pas à Dublin...

Il pensait à Hutton's Leap. Il devait à tout prix atteindre cette ville avant que Rardove ne comprenne ce qu'il mijotait et se lance à leur poursuite.

Depuis le départ, il avait une double mission : déterminer ce que savait Rardove et faire diversion le temps qu'un autre guerrier irlandais parvienne à Hutton's Leap pour récupérer le précieux manuel de teintures recelant le secret des coquillages.

Finian savait maintenant que le roi recevrait la tête de ce guerrier dans une boîte.

Mais le moment était mal choisi pour céder à la rancœur ou à la rage. Mieux valait se concentrer sur sa mission. Il fallait absolument récupérer ce manuel avant qu'il ne tombe entre de mauvaises mains, celles de Rardove en l'occurrence.

Finian était le seul à savoir que la mission avait échoué. Celle-ci lui incombait, désormais.

Senna ignorait tout de cela, bien sûr. Elle ne savait même pas qu'ils étaient en mission.

— Est-ce là l'une des deux rivières? s'enquit-elle, hésitante.

D'un doigt fin, elle désignait un rideau d'arbres, à une centaine de mètres.

— En effet.

— Est-elle large? Et comment allons… Qu'est-ce que c'est?

Un cri lugubre s'était élevé dans la nuit, suivi d'un autre, plus lugubre encore. Senna s'était tournée vers Finian, les yeux écarquillés de peur.

— C'est un loup, expliqua-t-il posément.

— Il n'en reste plus beaucoup, en Angleterre, murmura-t-elle.

Au hurlement suivant, elle eut un mouvement de recul et se retrouva plaquée contre le torse ferme de Finian. Il fut impressionné par la sensualité de ce geste instinctif.

— Ils sont… proches?

La panique était moins facile à déceler dans un murmure, mais ses tremblements étaient parlants.

— Oui. Êtes-vous prête à repartir?

— Allons-y, répondit-elle d'une voix étranglée.

Ils se remirent donc en route et arrivèrent bientôt au bord de la *Bhean*, la «rivière des femmes». Elle portait bien son nom, car elle était à la fois belle et féroce, voire dangereuse, avec ses courants.

C'était l'automne, et l'été avait été très sec. Les paysans se lamentaient, mais Finian remercia les dieux, car ils allaient pouvoir traverser sans passer sur le pont, qui ne se trouvait pas bien loin du château de Rardove.

Toutefois, la *Bhean* était assez profonde pour que l'on s'y noie. Ils risquaient également de se fracasser le crâne en tombant sur les pierres.

Il s'arrêta sur la rive.

— Avez-vous le sens de l'équilibre, Senna ?

D'abord intriguée, elle comprit rapidement où il voulait en venir : ils allaient devoir traverser la rivière à gué.

— Vous ne parlez pas sérieusement, répondit-elle d'un air soupçonneux. Vous me demandez de sauter d'une pierre à l'autre ? Elles sont bien trop espacées… Et avec ce courant…

Sa voix s'éteignit tandis qu'elle observait les eaux sombres.

— Si vous avez peur…

— Je n'ai pas peur ! répliqua-t-elle. Je n'ai jamais peur. Je… je m'interroge, voilà tout.

— Ah…

Si par malheur elle lui disait qu'elle était incapable de traverser…

— J'y arriverai, conclut-elle en se redressant fièrement. Je l'ai souvent fait, vous savez.

Rassuré, Finian sourit.

— Je l'ignorais, Senna, murmura-t-il en assurant leurs deux sacs sur son dos. Et je m'en réjouis. À présent, faites comme moi.

Il bondit sur une première pierre, dont la surface était relativement plate et lisse, puis passa lestement à la suivante, située à moins d'un mètre.

— À vous ! dit-il en se tournant vers elle.

Senna ferma les yeux et sauta. Finian voulut la mettre en garde, mais elle atterrit souplement sur la surface lisse. Elle rouvrit les yeux avec un air de triomphe.

— Bravo! commenta-t-il pour encourager ses efforts. Mais ne recommencez pas! Gardez les yeux ouverts, dorénavant.

Il se tourna vers la rive opposée. Il restait quinze étapes à franchir, de plus en plus hautes et dangereuses. La dernière se dressait telle une sentinelle sur la rive ouest.

— Le parcours me semble de plus en plus périlleux, déclara Senna.

— Ce n'est qu'une impression, mentit-il.

Il passa à la pierre suivante, qui rappelait la toiture d'une grange. Il dut écarter les bras pour ne pas perdre l'équilibre. Après avoir pris une profonde inspiration, il poursuivit son parcours.

Derrière lui, il entendit Senna murmurer une prière, avant de se lancer. L'espace d'un instant, il eut l'impression qu'elle volait. Elle retomba souplement sur ses pieds. Au clair de lune, il croisa son regard et hocha la tête. Un peu essoufflé, il esquissa un sourire, et se tourna vers l'obstacle suivant.

Ils dérapèrent à plusieurs reprises avant de se trouver face à l'ultime pierre, bien plus éloignée et difficile à négocier que les autres, car il fallait prendre son élan.

— Venez, Senna! s'exclama Finian en lui faisant un signe de la main.

Dès qu'elle l'eut rejoint, il lui agrippa la main. La lune dessinait de petits serpents gris sur les eaux sombres. À l'ouest s'étendaient la route royale et ses dangers, puis ils se retrouveraient à l'abri parmi des collines que Finian connaissait depuis sa jeunesse. À l'est se déployaient les terres anglaises et, au nord, le domaine de Rardove. À quelques mètres se dressait l'imposante sentinelle de granit de la *Bhean*.

Senna avait blêmi.

— Vous pensez y arriver ? s'enquit-il.

— Naturellement !

— Vous êtes sûre ?

Elle faillit protester puis secoua la tête, les yeux soudain scintillants dans la pénombre.

— Je ne sais pas… C'est un peu loin.

— Dans ce cas, je vais vous lancer, décréta-t-il.

— Comment ?

— Vous voyez une autre solution ?

— Non, bredouilla-t-elle.

En un clin d'œil, il se plaça à côté de Senna qui se mit à trembler, le souffle court. Il écarta les jambes et la souleva, la tenant d'une main par le bras, de l'autre par le haut de la cuisse.

— Ne tentez rien. Laissez-moi faire, ordonna-t-il. Il vous suffit de retomber sur vos pieds, d'accord ?

— D'accord, balbutia-t-elle.

— Prête ?

— Seigneur…

Rassemblant toutes ses forces, il la lança en direction du rocher.

13

Senna fut incapable de se laisser faire sans réagir.

Son effort modifia sans doute la trajectoire de son vol, car elle manqua de justesse le sommet de la pierre et se retrouva suspendue, le corps dans le vide, la joue plaquée à la roche. Ses doigts valides cherchaient désespérément la moindre prise. Par chance, les petites failles étaient nombreuses, quoique tranchantes. La douleur que lui causait sa main blessée semblait épuiser ses dernières forces.

Son sang bouillonnait dans ses veines, et son corps courbatu luttait avec fureur tandis qu'elle escaladait la paroi. Enfin, elle parvint à se hisser au sommet, où elle s'écroula, épuisée, les muscles en feu, les genoux à vif, le souffle court. Elle demeura un instant allongée pour savourer la fraîcheur de la roche sur sa joue brûlante. Enfin, elle se redressa sur les avant-bras et regarda par-dessus son épaule.

Accroupi sur son rocher, Finian l'observait avec attention.

— Joli lancer! commenta-t-elle d'une voix forte pour couvrir le bruit du courant.

L'espace d'un instant, il baissa la tête, puis s'épongea le front avant de se lever.

— Si vous m'aviez laissé faire, comme je vous l'avais ordonné...

— Naturellement, tout est ma faute !

Ils se dévisagèrent longuement, puis Finian esquissa un sourire narquois.

— Descendez de ce maudit rocher, Senna.

Elle s'écarta.

— Descendez, j'ai dit !

— Mais...

— Je veux vous voir sur la terre ferme ! répliqua-t-il d'un ton sec qui ne lui était pas coutumier. Là où vous serez en sécurité.

La rive se trouvait environ quatre mètres en contrebas, et le terrain n'était pas régulier. Les eaux peu profondes entre son perchoir et la berge tourbillonnaient dangereusement.

— C'est très bas...

— Je ne peux sauter tant que vous n'aurez pas libéré la place. De l'autre côté, vous trouverez des prises pour descendre. Allez-y.

Elle obéit et se laissa glisser le long de la paroi, qui s'élargissait à sa base. Herbes et racines lui lacéraient les joues, mais elle était trop préoccupée par le bond que devait encore faire Finian.

Enfin, elle entendit le choc sourd de ses bottes sur la pierre. Son visage encadré de longs cheveux noirs apparut au-dessus d'elle un instant plus tard.

— Allons-nous-en ! ordonna-t-il.

L'ordre résonna curieusement en elle. Toute sa vie, elle n'avait secrètement eu qu'une seule idée en tête : s'en aller, quitter son foyer. Derrière ses fenêtres, elle avait trop longtemps regardé le monde défiler sous ses yeux, avec pour seule compagnie celle des domestiques et de ses précieux registres. Elle y mourait à petit feu.

À présent, elle ne pouvait plus se plaindre de la monotonie de son existence, songea-t-elle en descendant tant bien que mal vers la rive. C'était au contraire une aventure palpitante, qu'elle vivait : s'enfuir avec un rebelle irlandais dans un pays inconnu, au-delà des mers, loin de tout, au risque de mourir... Jamais elle n'aurait osé en rêver.

Faute de prises, elle dut finalement se laisser tomber dans les eaux peu profondes. Elle pataugea rapidement vers la rive, bientôt rejointe par Finian.

La mâchoire crispée, il s'arrêta soudain et posa une main sur ses côtes, le front soucieux. Senna attendit, ravalant la panique qui menaçait de s'emparer d'elle. De toute évidence, Finian avait été maltraité. Peut-être était-il sérieusement blessé... Comment diable trouvait-il la force d'avancer ?

Lorsqu'il se redressa peu après, il ne donnait plus du tout l'image d'un homme diminué. Il semblait même plus fort que jamais, avec son torse sculptural et ses bras puissants. Senna s'attarda sur ses traits finement ciselés, que le clair de lune rendait plus impressionnants encore.

Il scruta les alentours pour décider de la suite de leur périple. Quand il ramena les yeux sur elle, il lui adressa un sourire chaleureux qui masquait à peine une détermination sans faille.

— Vous avez été très courageuse, Senna.

Un plaisir inexplicable enfla en elle.

— Vous n'avez pas été mal non plus, répondit-elle.

Le regard d'acier de Finian étincela d'une lueur séductrice.

— Vous n'avez encore rien vu de ce dont je suis capable.

— Eh bien, répliqua-t-elle en rougissant, vous savez au moins lancer une femme sur un rocher !

— Si vous ne devinez pas ce dont je parle, c'est sans espoir, insista-t-il en prenant son paquetage.

Ces propos firent naître le trouble en Senna. Face à ce regard chargé de sous-entendus, elle sentit une onde de chaleur l'envahir.

— Tout ce que nous devons encore faire cette nuit, c'est traverser la voie royale et gagner les collines, expliqua-t-il.

— N'est-ce pas imprudent ?

— Ça l'est, répondit-il en se dirigeant vers les bois.

Elle ne cessait d'imaginer la rage de Rardove lorsqu'il découvrirait son évasion. Balffie avait-il déjà compris ? Les soldats se lanceraient-ils à leur poursuite ?

— Il n'y a pas d'autre solution ?

— Plus maintenant, Senna. Il n'y a plus de retour en arrière possible.

14

En arrivant aux abords de la voie royale, ils se tapirent dans l'ombre. Une brise faisait bruisser les roseaux. Ils se couchèrent à plat ventre, côte à côte, et observèrent le chemin jalonné d'ornières et de flaques, et parsemé de pierres qui menait du nord à Dublin.

— La voie royale ! railla Senna. Eh bien, elle ne paie pas de mine.

— Il en est toujours ainsi, avec les Anglais, rétorqua Finian. En tout cas, la voie est libre. En route !

Ils traversèrent en courant le chemin rectiligne, tout juste assez large pour laisser passer deux attelages. Ils n'auraient aucun mal à voir approcher des soldats, mais ils étaient également faciles à repérer. Depuis le talus, n'importe qui pouvait les guetter et les arroser de flèches, mais ils n'avaient pas le choix.

— Pourquoi ? demanda peu après Senna alors qu'ils s'engageaient sur un sentier à flanc. Pourquoi devions-nous absolument traverser la voie ? Nous aurions pu rester du côté est et partir vers le sud pour Dublin. Car c'est bien la direction de Dublin, n'est-ce pas ? ajouta-t-elle après un instant d'hésitation.

Finian ne répondit pas. La colline était escarpée et la montée épuisante. Finalement, Senna se réjouit de ce moment de silence; elle avait besoin de toute son énergie. Ils avancèrent rapidement, se penchant pour éviter les branchages couverts de mousse. Une lumière argentée filtrait à travers les feuilles, dans la fraîcheur de la nuit.

Au sommet de la corniche, l'étroit chemin était plus plat. Senna reprit son souffle. Finian, lui, semblait à peine plus essoufflé que de coutume. Fièrement dressé derrière elle, il observait la route, en contrebas. Sa silhouette semblait taillée dans le marbre. D'un geste impatient, il repoussa ses longs cheveux en arrière, révélant le contour de sa mâchoire volontaire. Au-dessus de son épaule gauche, Senna discernait la poignée de son épée.

— Vous êtes prête ?

Elle se redressa et hocha la tête. Une bonne heure de repos aurait pourtant été la bienvenue, car elle n'était guère habituée aux efforts physiques, même s'il lui arrivait de monter à cheval et d'aller à la pêche. Sans parler de son entraînement quotidien au...

— Senna ?

Le métier de négociante en laine ne préparait guère à affronter des barons enragés, franchir des rivières déchaînées et s'enfuir dans la nuit à travers la campagne irlandaise...

D'ordinaire, elle s'intéressait surtout aux chiffres, aux contrats et aux signatures.

— Senna ? insista Finian en la prenant par le menton. Vous êtes avec moi ?

Le contact de ses doigts puissants lui permit de redescendre sur terre. Dès qu'il la relâcha, elle eut une sensation de froid.

— En avant, mon ange. Nous avons du chemin à parcourir.

Elle s'arrêta aussitôt.

— Pour atteindre Dublin ? Si je ne m'abuse, nous faisons route vers l'ouest, et non vers le sud-est.

— *Baile Atha Cliath*.

— Nous allons vers l'ouest, insista-t-elle.

— Marchez, répéta-t-il.

— Que venez-vous de me dire ? reprit-elle quelques instants plus tard, perplexe.

Elle n'était pas dupe : il se jouait d'elle. De plus, il s'exprimait dans sa langue natale, dont les sonorités étranges évoquaient un sortilège.

— Cela veut dire Dublin, expliqua-t-il enfin.

Senna fit de son mieux pour masquer son irritation.

— Pourquoi ne pas dire Dublin, tout simplement ?

— C'est le véritable nom de la ville. Ce sont les Vikings qui l'appelaient Dublin, de même que les Saxons, désormais. En réalité, il s'agit de *Baile Atha Cliath.*

— Si vous le dites...

Elle regarda par-dessus son épaule. Finian ne semblait pas fâché et marchait d'un pas régulier, sans effort apparent. Lorsqu'il capta son regard, elle se retourna vivement.

À leur gauche, les arbres se clairsemèrent enfin. Elle aperçut la route, en contrebas, qui serpentait tel un ruban argenté.

— Non, dit soudain Finian.

— Non, quoi ? s'enquit-elle sans prendre la peine de se retourner, cette fois.

— Non, ce n'est pas la direction de Dublin.

Elle s'arrêta net.

— Comment ? s'exclama-t-elle en faisant mine de tourner les talons. Vous m'aviez promis de m'emmener à Dublin !

— Je ne vous ai jamais rien promis de tel.

Elle le foudroya du regard et eut presque envie de le pousser au bas de la corniche.

— Si!

— Pas du tout. Calmez-vous.

— Je me calmerai quand vous...

Sans crier gare, il la saisit par le bras et plaqua une main sur sa bouche pour la faire taire.

— Des cavaliers, murmura-t-il.

Senna oublia instantanément ses membres fourbus, sa situation désespérée, et la peur qui la tenaillait. Elle avait à peine conscience de la présence de ces cavaliers, sur la route. À ses yeux, soudain, n'existait plus que Finian.

Il garda les doigts sur ses lèvres, l'avant-bras plaqué sur son cou, les cuisses contre les siennes. Elle inspira profondément et huma le parfum de sa peau, mêlé à celui des pins et de la terre humide.

— Finian, marmonna-t-elle malgré son bâillon improvisé.

— Taisez-vous donc! souffla-t-il à son oreille.

Plus que jamais, elle sentait la chaleur de son corps se propager en elle. En contrebas, sur la route, des bruits de sabots et des voix étouffées se firent entendre.

Au diable ces cavaliers! Elle ne rêvait que de goûter la saveur des baisers de cet Irlandais au charme ravageur.

Elle se mit à trembler de peur, certes, mais surtout d'un désir contenu depuis trop longtemps. Cet élan de sensualité alors qu'elle fuyait un homme cruel l'étonna.

Sans doute Finian perçut-il son trouble, car il ôta sa main de sa bouche et la glissa sur sa joue pour la caresser doucement de son pouce. Son autre main se posa entre ses omoplates. Cette fois, elle frémit sans retenue.

— N'ayez crainte, murmura-t-il. Ce n'est qu'un messager et son serviteur. Ils ne nous recherchent pas. Nous allons attendre qu'ils soient partis.

« Si seulement il pouvait m'embrasser ! » songea-t-elle.

Cette pensée la fit sursauter. Bien plus qu'une pensée, c'était un besoin irrépressible qui enflait à chaque battement de son cœur.

— Du calme, Senna, murmura-t-il sans cesser de la caresser de son pouce.

— Ne me touchez pas ainsi ! implora-t-elle à mi-voix.

— Comment ? demanda-t-il.

— Embrassez-moi.

Finian se figea. Que le ciel lui vienne en aide ! Hélas ! il était trop tard. Elle avait dépassé le point de non-retour.

— Qu'avez-vous dit ? demanda-t-il d'une voix rauque.

Le cœur de Senna s'emballa. Ils parlaient si bas que le bruit de la rivière couvrait leurs propos. Les deux cavaliers les obligeaient à rester immobiles, enlacés. Cela ne durerait pas plus de quelques minutes, sans doute… Or, elle ne pouvait plus se passer du contact de ce corps viril.

« Je refuse de mourir sans avoir connu la peau de cet Irlandais », se promit-elle.

Elle prit sa main dans la sienne et la plaça de nouveau sur ses lèvres. Puis, les yeux fermés, elle l'effleura du bout de la langue. Finian frémit et caressa ses lèvres entrouvertes.

— Venez-vous de me demander de vous embrasser, Senna ?

— En effet, admit-elle d'une voix tremblante.

— Pourquoi ?

— Parce que je ne veux pas mourir sans avoir connu les plaisirs dont je suis privée depuis toujours.

Il ne répondit pas tout de suite.

— Vous avez envie d'être embrassée ?

Elle hocha imperceptiblement la tête.

Le temps demeura un instant suspendu, puis Finian la prit par la nuque. Il affichait un regard indéchiffrable, sans l'ombre d'un sourire, mais Senna y décela une lueur sombre et virile.

Le souffle court, elle se sentit prise d'un vertige. Puis il se pencha vers elle.

Il déposa d'abord de petits baisers furtifs sur ses joues, ses paupières, et elle soupira d'aise. D'un geste possessif, Finian prit ensuite son visage entre ses mains et posa enfin les lèvres sur les siennes, avec douceur, comme pour lui rappeler qu'elle était une femme.

Il se mit à titiller sa lèvre inférieure, jusqu'à ce qu'elle s'offre à lui. Alors il insinua la langue en elle, faisant naître une onde de désir entre ses cuisses.

— Est-ce à cela que vous songiez ? s'enquit-il dans un murmure.

En contrebas, les cavaliers passèrent leur chemin, mais Senna n'en avait que faire. Elle effleura la bouche de Finian d'un baiser auquel il réagit par un soupir qui l'enchanta.

Elle s'enhardit. Cette fois, il émit un grognement viril qui la fit trembler de tous ses membres. Enfin, elle put goûter pleinement sa saveur en prenant possession de sa bouche sensuelle. Leurs langues se trouvèrent, leurs souffles se mêlèrent. Pantelante, Senna ne put réprimer un gémissement. En sentant son souffle chaud à son oreille, Finian se mit à brûler d'un désir décuplé.

Il n'avait aucunement cherché à la séduire, mais il s'était produit quelque chose entre eux, et il n'avait aucune envie de mettre fin à la magie de cet instant.

Longtemps, ils restèrent enlacés, mais sans se caresser, unis simplement par le contact de leurs corps pantelants.

— Les cavaliers sont partis, dit-il presque à regret, s'attendant à ce qu'elle s'écarte de lui.

Elle n'en fit rien. Ses seins restèrent plaqués sur son torse.

— Vraiment ? demanda-t-elle.

Tout doucement, il glissa une main le long de ses côtes, jusqu'à sa taille.

— Êtes-vous satisfaite de votre baiser, Senna ?

— Et vous ?

Finian en eut le souffle coupé. Non seulement il était satisfait, mais il en voulait davantage...

Sa main remonta le long du dos de Senna, tandis qu'il l'embrassait dans le cou. Elle frissonna et l'enlaça. Seigneur ! Ces courbes féminines, ce dos cambré, ce souffle tiède... Tout en elle le rendait fou.

D'une main habile, il libéra les cheveux de Senna de sa tresse, savourant leur douceur entre ses doigts. Il y enfouit le visage en murmurant de douces paroles. Puis il la serra plus fort contre lui pour l'embrasser de plus belle.

Cette fois, elle s'abandonna totalement aux mouvements sensuels de sa langue avide. Il se fit plus exigeant. Bientôt, elle ondula contre lui, appelant ses baisers, ivre de ses caresses expertes et, très vite, elle eut envie de sentir ses mains sur ses seins frémissants.

Dès qu'elle se frotta contre lui, Finian grommela et la saisit par les fesses. Elle poursuivit ses mouvements de reins. Il la prit par la cuisse pour l'inciter à lever une jambe. Senna obéit et sentit aussitôt contre son ventre l'intensité vibrante de son sexe dressé.

Rejetant la tête en arrière, elle étouffa un cri rauque.

Finian la sentit capituler mais, luttant contre ses propres pulsions, il s'écarta. De toute évidence, Senna de Valery ne maîtrisait rien de ses instincts et ignorait tout des plaisirs de la chair.

Son désir était en train de se réveiller, et elle n'avait aucun contrôle sur ce qui lui arrivait. Finian se refusait à profiter de la situation en se servant d'elle pour satisfaire ses bas instincts.

Il la relâcha.

Les joues empourprées, les cheveux en désordre, elle recula. Elle semblait abasourdie par ce qu'elle venait de faire.

— Il ne faut pas que cela se reproduise, dit Finian calmement.

— Non, admit-elle. Plus jamais.

Elle avait encore les lèvres gonflées de ses baisers, le souffle court, et sa chevelure formait comme une auréole autour de son visage.

— En route, reprit-il en se redressant.

— Mais, qu'en est-il de Dub… *Bathy clee*, murmura-t-elle en écorchant le nom gaélique de la ville.

— Que nous allions à Dublin ou en enfer, Senna, nous devons gravir cette colline. Il n'est pas prudent de rester près de la route. Ni de trop parler, ajouta-t-il.

— Ah bon ? fit-elle en croisant les bras sur sa poitrine. Mais les baisers sont admis ?

— Je ne sais pas. À vous d'en décider.

Sans attendre sa réponse, il s'enfonça dans les bois.

15

Ils marchèrent dans la nuit, sillonnant la campagne sauvage. Finian mettait Senna en garde contre les obstacles qui échappaient à sa vigilance, mais à part cela, ils n'échangèrent que quelques mots. La jeune femme s'étonnait parfois d'un bruit inconnu, dont elle voulait connaître l'origine.

— Quel est ce son strident ? demanda-t-elle en se rapprochant de lui, tandis qu'ils gravissaient le versant d'une colline.

— Un engoulevent. C'est un oiseau...

Lorsqu'ils atteignirent une clairière, une chouette se mit à hululer avant de passer juste au-dessus de leurs têtes. Senna sursauta et agrippa Finian par le bras.

— Vous avez aussi des chouettes, en Angleterre, non ?

Il s'en voulut aussitôt de son ton bourru, mais il ne pouvait rester indifférent au moindre contact avec elle.

— Je l'ignore, répliqua Senna, tout aussi irritée. Je n'ai pas pour habitude de courir la campagne en pleine nuit !

Il se contenta d'arquer un sourcil et poursuivit son chemin pour s'enfoncer de nouveau dans les bois. Des battements d'ailes se firent entendre, suivis d'une envolée d'oiseaux. Impressionnée, Senna recula, trébucha, et se retrouva assise par terre.

— Et ça ? demanda-t-elle dans un souffle.

— Toujours des oiseaux. Certains nichent très près du sol. Nous les avons dérangés.

— Sans doute, concéda-t-elle en se relevant péniblement.

Le ciel nocturne se teintait peu à peu de gris. Même sous le couvert des arbres, il commençait à faire plus clair. Finian désigna un haut massif de ronces aux épines impressionnantes.

— Vous plaisantez, dit Senna en les observant.

— Je ne plaisante jamais avec ce qui mord ou qui pique, répliqua Finian en se dirigeant droit vers l'obstacle.

Écartant de son mieux les branches les plus dangereuses à l'aide de son épée, il leur fraya un chemin. Les ronces se refermèrent derrière eux avec un bruissement de feuilles. Marqués de quelques égratignures, le souffle court, ils émergèrent enfin dans un pré, au bord d'une corniche.

— Nous allons nous reposer ici jusqu'à l'aube, annonça Finian.

Une lueur orangée apparut à l'horizon, apportant un peu de chaleur. Finian s'allongea dans l'herbe, bien décidé à profiter de ce répit. Les yeux fermés, il se laissa caresser par l'air matinal.

— Je vous imagine très bien encore enfant, dit Senna en l'observant.

Il rouvrit les yeux et fixa le ciel encore parsemé de quelques étoiles. Puis il porta le regard sur la jeune femme, assise les genoux sous le menton.

— J'ai donc l'air d'un enfant ?

— D'un garçon un peu buté, précisa-t-elle avec un sourire.

— Dans ce cas, nous sommes deux, railla-t-il.

— Non, répliqua Senna en retrouvant son sérieux.

Il la regarda se lever et se diriger vers le bord de la corniche. Refermant les yeux, il sombra peu à peu dans le sommeil jusqu'à ce que des pépiements d'oiseaux le réveillent.

Senna se tenait toujours au bord de la corniche, immobile.

— Que se passe-t-il ? s'enquit-il en se dressant sur ses coudes.

— Quel merveilleux lever de soleil ! répondit-elle en désignant l'horizon.

Elle semblait avoir fait une découverte. Le soleil formait une boule de feu orange qui faisait scintiller de mille feux les gouttes de rosée dans l'air frais, tandis que sa silhouette se découpait dans ce paysage, sous une cascade de cheveux dorés.

— La journée s'annonce magnifique, poursuivit-elle.

— Et très vivifiante…

Si Senna entrevoyait l'enfant qu'il avait été, Finian devinait quant à lui que la jeune fille émerveillée avait dû faire tourner bien des têtes. Face à une telle beauté, bien des chevaliers en quête d'une épouse avaient dû se jeter du haut d'une falaise pour échapper à ses sortilèges.

— Je dois avouer que je n'avais pas admiré un lever de soleil depuis… trois ans, reprit-elle.

— Vous passez votre temps penchée sur votre comptabilité, n'est-ce pas ?

— En quelque sorte, dit-elle avec un haussement d'épaules.

C'était une excellente marchande. Et pourtant…

Il émanait d'elle une passion presque palpable. Leurs baisers en étaient la preuve irréfutable. Elle brûlait d'une fougue qui ne demandait qu'à s'exprimer. Le moindre de ses gestes était chargé de sensualité, qu'il s'agisse de se libérer de l'emprise de Rardove ou de franchir une rivière aux eaux déchaînées. Sans parler de sa façon d'embrasser...

Il fronça les sourcils. Quelle importance ? Il n'avait pas de temps à perdre avec les sentiments ; il ne s'intéressait nullement aux affaires de cœur.

Le corps des femmes, en revanche... Voilà un domaine qui n'avait pas de secrets pour lui. S'il ne pouvait vivre sans leurs bras accueillants, aucune n'avait jusqu'à ce jour réussi à capter vraiment son attention. Nobles ou paysannes, sages ou volages, il les aimait toutes, mais de façon superficielle.

Il n'avait rien à donner à une femme. À quoi bon se bercer d'illusions ? Il serait toujours un solitaire.

C'était de loin préférable au destin de son père, qui avait été ruiné par une femme. Il ne connaîtrait pas une telle déchéance. Son devoir envers le roi O'Fail, roi du plus vaste *tuatha* d'Irlande, occupait tout son temps. Il était à la fois négociateur, conseiller et diplomate, ce qui ne lui laissait guère de loisirs.

Pour l'heure, son objectif était simple : il devait trouver la formule secrète de la teinture de wishmés avant que Rardove ne mette la main dessus. S'il échouait, leurs terres, leurs vies seraient en péril et Édouard Ier, le roi d'Angleterre, s'emparerait d'une grande partie de l'Irlande.

Dans ces conditions, que pouvait-il avoir à offrir à une femme ?

Vu les circonstances particulières et compte tenu de l'urgence de la situation, il s'étonnait donc d'autant plus d'apprécier la bouffée d'air frais que représentait Senna, avec ses yeux pétillants, son esprit et ses propos parfois surprenants.

— Pourquoi faites-vous cela, Senna ? demanda-t-il comme elle revenait vers lui.

Elle déplia un pan de l'un des baluchons et s'y agenouilla comme sur un tapis, puis elle entreprit de tresser ses cheveux soyeux. Il ne put s'empêcher de penser à leur douceur, entre ses doigts, et à la façon dont elle s'était cambrée vers lui…

— De quoi parlez-vous ?

— Pourquoi passez-vous vos journées à calculer, gérer vos comptes ? À fuir le soleil…

Jamais il n'avait croisé une femme qui tenait des registres. Senna l'intriguait.

— Il faut bien que quelqu'un se charge de ces tâches, répondit-elle, un peu agacée. Mon entreprise se développe sans cesse. Vous n'imaginez pas le travail que cela représente, Finian.

Allongé par terre, la tête appuyée sur ses mains croisées, il esquissa un sourire.

— Je le saurais si j'aimais les moutons autant que vous.

Senna demeura un instant sans voix.

— Je n'aime pas particulièrement les moutons ! Pas du tout, même ! J'aime…

Elle hésita.

— L'argent, peut-être ? hasarda Finian avec un léger sourire.

La jeune femme rougit légèrement.

S'il avait été tenté par des ébats passionnés avec elle, cet aveu de cupidité aurait suffi à calmer ses ardeurs, même si Senna avait au moins l'honnêteté d'admettre qu'elle cherchait à s'enrichir. Elle perdit aussitôt de son attrait.

Du moins l'aurait-elle dû…

— Ce n'est pas drôle, reprit-elle d'un ton réprobateur.

Elle ramassa une brindille qu'elle se mit à déchiqueter, une lueur déterminée dans le regard. À moins qu'il ne s'agisse de tout autre chose…

Peu importait, après tout. Qu'elle soit vénale ou sainte, cette femme n'était pas sienne.

— La laine est une marchandise très lucrative, expliqua-t-elle. Je connais par cœur mes entrées et mes sorties d'argent. Je m'occupe de tout, le transport, les contrats, le stockage, les documents. J'engage mes ouvriers, je paie mes factures, je…

Comme si elle était à court d'arguments, elle se tut soudain. Finian attendit.

— Je suis terriblement compétente dans mon travail, conclut-elle à voix basse, tête baissée.

Il n'en doutait pas une seconde. Elle devait être la meilleure, dans sa partie, mais elle avait la mine soucieuse, la voix rauque.

— Terriblement ? répéta-t-il.

— Vous n'avez pas idée, répondit-elle en jetant ce qui restait de sa brindille.

Elle parlait si bas que ses propos étaient à peine perceptibles. Puis elle redressa vivement la tête, comme pour se préparer à encaisser un coup.

— J'en connais, des choses terribles, dit Finian à sa grande surprise, car il n'en parlait jamais.

Elle l'observa du coin de l'œil.

— Ah bon ?

— Oui. Au moins deux, ajouta-t-il en levant deux doigts.

— Lesquelles ?

— Je sais qu'ils sont collants et qu'ils sont toujours derrière nous.

— Collants ?

— Oui, ils collent, si on ne les en empêche pas. Comme de la glu.

Cette fois, Senna afficha un large sourire.

— Vous avez raison.

— Mais je sais aussi qu'ils ne sont pas là, pour l'heure.

— En effet, admit-elle en croisant son regard. Ils ne sont pas là.

Jamais il n'avait rien entendu de plus beau, lui qui avait passé sa vie à tourner la page sur les épreuves pour avancer, que ce ton plein d'espoir avec lequel elle lui avait répondu.

Le soleil matinal vint caresser le visage de Senna. Dans les couloirs sombres du château de Rardove, il n'était qu'ombres et lumières. Au soleil, il était radieux, frais comme une fleur nimbée de rosée.

— Rardove doit être en train de se mordre les doigts, à l'heure qu'il est, fit Finian qui, au grand jour, prenait conscience du bijou que le baron venait de perdre.

— Certainement, commenta Senna. Il aurait pu conclure un marché lucratif et, au lieu de cela, il me parle de mariage et de teinture.

Elle secoua la tête.

— Rardove vous a parlé de teinture ?

— Oui. Une idée saugrenue…

— Les *wishmés* ?

Intriguée, elle posa sur lui un regard pensif.

— Les Irlandais connaissent donc l'indigo des *wishmés* ?

— Bien sûr, répondit-il d'un ton détaché.

— Ce n'est qu'une légende, reprit-elle vivement. Des rumeurs, que tout cela… Les plages indigo… Les terres de Rardove ne sont en rien les plages indigo de la légende…

Elle repoussa une mèche de ses cheveux derrière son oreille et ramassa une autre brindille.

— Les terres qui appartiennent maintenant à Rardove, corrigea Finian, maîtrisant son trouble. Ce sont des terres irlandaises, à l'origine.

C'étaient même ses terres, naguère. Celles de sa famille.

Il réprima son envie de la secouer par les épaules pour lui faire avouer ce qu'elle savait de ces maudits coquillages, et comment elle était au courant. Mais il risquait d'éveiller ses soupçons. Il était déjà assez inquiétant qu'elle ait entendu parler de toute cette histoire...

— Tout le monde a oublié les *wishmés* depuis longtemps, déclara-t-il simplement.

— De toute façon, ce n'est qu'une légende, répéta-t-elle comme si elle se posait la question.

— Qu'en pensez-vous, Senna ? Selon vous, Rardove aurait fait toutes ces histoires pour un mensonge ?

— Je crois que Rardove est complètement fou.

Finian se mit à rire.

— Qu'il s'agisse ou non d'une légende, les *wishmés* peuvent mener les gens à leur perte. Mieux vaut rester à l'écart.

Elle le toisa d'un regard perçant.

— J'ai vu cet indigo, dit-elle à voix basse.

— Vraiment ? demanda-t-il, sentant son cœur s'emballer.

— Rardove en avait un échantillon, une pièce de tissu teintée en indigo. Avez-vous déjà vu cette couleur, Finian ? C'est le ton de bleu le plus époustouflant...

— Ce n'est que de l'alchimie, répondit Finian malgré lui.

Senna semblait de plus en plus enthousiaste, moins grave que lorsqu'elle évoquait ses activités de productrice de laine.

— J'ai peine à décrire cette splendeur. Si l'on parvenait à recréer un tel bleu, ce serait...

Sa voix s'éteignit. Qu'allait-elle dire ? Finian avait grandi non loin de ces plages. Il avait entendu les récits des anciens sur les formules secrètes perdues depuis la nuit des temps. Véritables alchimistes de la beauté, Domhnall et Ruaidhri étaient aussi légendaires que Tristan et Iseult.

À une époque, les teinturiers des plages indigo créaient des bleus si somptueux que les empereurs romains en avaient entendu parler. Par bonheur, ils n'avaient pas jugé nécessaire de se lancer dans la conquête de l'Irlande.

Les teinturiers irlandais travaillaient donc paisiblement, mais ils étaient méfiants et formaient un cercle très fermé au point que l'indigo finit par être réservé aux rois, et seulement lors de leur couronnement à Tara. Avec l'arrivée des Vikings et des Normands, leurs secrets s'étaient perdus.

Jusqu'à la venue de Rardove. Vingt et un ans plus tôt, alors que Finian n'avait que dix ans, Rardove avait tout volé, y compris son titre et les terres d'indigo, à défaut de leurs secrets.

Pour la première fois depuis la chute de l'Empire romain, la rumeur enflait de nouveau sur les *wishmés* et leur prestigieux indigo.

Finian imaginait cette couleur superbe et se sentit proche de Senna, de l'émerveillement qui transparaissait dans sa voix, ce qui ne lui était pas arrivé depuis fort longtemps. Comment allait-elle qualifier ce ton de bleu découvert en secret par ses ancêtres ? Magnifique ? Merveilleux ?

— Lucratif, dit-elle enfin.

Finian eut l'impression de recevoir un coup en plein cœur.

— Il faut dormir, Senna, répondit-il en fermant les yeux.

Il sombra dans une douce torpeur. Son esprit s'aventura sur des chemins qui n'avaient rien de reposant.

Retournée s'asseoir au bord de la corniche, Senna contemplait les ombres bleutées et dorées qui baignaient un petit hameau, au loin.

Elle regarda furtivement par-dessus son épaule. Finian avait les mains croisées derrière sa tête, ses longs cheveux noirs encadrant son visage. Son corps puissant était étendu dans l'herbe, il respirait profondément.

Lentement elle se leva, revint vers lui et s'allongea à son côté, mais sans le toucher. Elle regarda le jour se lever et le ciel qui s'étendait à l'infini devenir de plus en plus bleu. Trop bleu et trop infini pour elle, peut-être. Malgré son calme apparent, elle ne parvenait pas à réprimer les battements frénétiques de son cœur.

Pour la première fois depuis longtemps, elle avait conscience d'être en vie.

16

— Je vais la tuer! Je lui découperai la peau en lanières et les ferai griller à petit feu dans la cheminée!

La mine impassible, Pentony, qui venait d'arriver dans la grande salle, observait Rardove, enfin remis de ses douleurs abdominales. Un peu plus tôt, alors qu'il s'apprêtait à partir à la chasse, de bon matin, une servante était venue lui annoncer que Senna ne se trouvait ni dans sa chambre ni dans l'atelier de teinture. Peu après, les gardes de la prison étaient arrivés à leur tour, se tenant la tête en gémissant de douleur.

Jetant ses gants à terre d'un geste rageur, Rardove se mit à arpenter la pièce en hurlant. Il faisait encore sombre et l'air était chargé d'humidité. Quelques brins de paille jonchaient le sol. Face à cet accès de violence, les chiens se tapirent dans un coin, et les domestiques affichèrent une mine apeurée.

Quelques rais de lumière grise filtraient à peine par les meurtrières, soulignant les silhouettes figées. Dans la cheminée, les bûches crachaient des étincelles et les flammes semblaient vaciller dans l'humidité ambiante.

— La garce! vociféra Rardove.

Pentony se gratta la tête, puis le bras. Il baissa la tête, comme fasciné par le sol. Cette nervosité ne lui était pourtant pas coutumière... Il s'efforça de retrouver une contenance et laissa sa main retomber le long de son corps. Depuis trente ans, il avait le cœur dur comme la pierre et prenait soin de ne trahir aucune émotion.

Cette impassibilité lui avait autrefois ouvert les portes des plus hautes sphères de la société. Bailli du roi, puis chargé des caves de l'abbaye de Tewkesbury, le poste le plus important. Il gérait les revenus et les privilèges, dirigeait les moindres aspects, des cuisines à la brasserie, de l'entretien des bâtiments à l'approvisionnement en vivres, tant de l'abbaye elle-même que des métairies. Tous les employés laïques, qu'ils soient domestiques ou métayers, étaient sous sa responsabilité.

Sans oublier les finances. Ces deux emplois étaient prestigieux et lucratifs. Sa déchéance, que ce soit devant Dieu ou le prieur de Tewkesbury, avait été presque aussi grave que son péché, mais il n'avait aucun regret. Il se réjouissait même d'avoir rompu tout lien avec des hommes d'Église qui brandissaient leur foi comme une arme.

Il observa sa main de nouveau inerte, mais il ressentait d'étranges picotements sur sa peau.

— Et ces maudits sauvages d'Irlandais !

Le hurlement du baron résonna dans la pièce. Il projeta un gobelet contre le mur. Pentony le vit alors défouler sa colère sur une victime plus réactive. Il serra les dents lorsque Rardove assena un coup de pied dans les côtes de l'un des chiens. L'animal bondit en jappant, puis détala. Une autre coupe en cuivre vola et retomba à terre avec un bruit sourd.

— Dieu m'est témoin, dit Rardove dans le silence. Je les tuerai tous les deux !

— Milord, les hommes sont prêts à lancer les recherches.

— Comment diable a-t-elle réussi à sortir d'ici ? reprit Rardove avec un rire amer.

— Les hommes sont à la grille. Ils attendent vos ordres.

— Cette femme est une sorcière ! Après des années d'efforts, j'avais enfin mis le grappin sur O'Melaghlin. J'étais sur le point d'obtenir cette maudite formule de poudre explosive ! Et voilà qu'il se volatilise avec ma teinturière. Fouillez sa chambre ! Et envoyez des hommes vers le nord sur-le-champ !

— Ils ne sont peut-être pas partis dans cette direction, milord, hasarda Pentony en s'avançant d'un pas.

— Comment cela ? rugit le baron. Où diable habite le roi O'Fail, d'après vous ? N'est-ce pas son souverain ?

— Il vit dans le Nord, en effet, admit le sénéchal, la mine impassible. Je pense simplement qu'il serait imprudent de sous-estimer O'Melaghlin. En envoyant également quelques hommes vers le su…

— Il est conseiller du roi O'Fail, non ? C'est aussi son espion, son négociateur, son commandant… C'est lui qui dirige tout, nom de Dieu !

Il s'empara rageusement d'un pichet de vin posé sur la table.

— Je vous dis qu'ils ont mis le cap vers le nord !

Sans prendre la peine de verser le vin dans une coupe, il porta le pichet à ses lèvres et but goulûment, renversant la moitié du breuvage.

— Et s'il découvre qui est vraiment Senna, s'il sait qu'elle est la dernière de sa lignée à connaître le secret des *wishmés*…

Il martela la table de son poing ganté de cuir, faisant tressauter la vaisselle.

— Et si le roi Édouard l'apprenait !

« Question purement rhétorique », songea Pentony, qui se dispensa de répondre. Les deux hommes savaient fort bien comment réagirait le roi d'Angleterre s'il découvrait que Rardove lui cachait des informations stratégiques précieuses et qu'il cherchait à fabriquer poudre et teinture à son insu.

Ayant accordé ces terres au baron dans cet objectif précis, plus de vingt ans auparavant, Édouard serait pour le moins contrarié. Jamais Rardove n'aurait dû lui parler de ces coquillages aux vertus si recherchées… Mieux valait garder ses distances avec le roi, désormais. Néanmoins, sans cette promesse d'obtenir la teinture et la poudre, le roi n'aurait pas accordé ces terres, dont Rardove s'était au départ emparé de son propre chef.

La situation était critique, pour le roi d'Angleterre. Les Écossais commençaient à se rebeller et à conclure des alliances entre clans. La guerre était sur le point d'éclater, et les anciennes méthodes – incendies, pillages, assassinats – avaient perdu de leur pouvoir dissuasif. Édouard avait besoin d'une arme nouvelle pour repousser les Écossais dans leurs retranchements. Et Rardove était censé la lui procurer.

Les *wishmés* constituaient un véritable enjeu, au même titre que l'alchimie. Chacun les convoitait et les redoutait pour les pouvoirs explosifs et incendiaires de leur poudre, capable de réduire une maison en cendres en très peu de temps.

Voire mettre l'Écosse à feu et à sang…

Édouard n'avait aucun moyen de sortir vainqueur d'un conflit à long terme contre les Écossais, car ces Barbares se repliaient dans les collines à la moindre alerte.

Mais s'il commençait à tout faire exploser, lors d'attentats successifs, notamment contre la noblesse récalcitrante et les chefs ambitieux visant le trône...

Le roi serait furieux d'apprendre que Rardove complotait dans son dos pour élaborer cette arme secrète.

— Que sait-on de cet autre groupe de rebelles irlandais ? s'enquit le baron d'un ton sec. Et de celui que l'on a capturé ?

— Il n'a pas tenu le coup, répondit Pentony. Il semble que pendant votre... entretien... avec O'Melaghlin, il était en route pour un rendez-vous avec Red, le hors-la-loi.

— Pendant qu'O'Melaghlin était ici ? demanda Rardove en tournant vivement la tête.

— En train de faire diversion, sans doute.

— Vous suggérez qu'il est venu pour détourner mon attention ?

— Peut-être, hasarda Pentony en haussant les épaules.

Rardove cracha une bordée de jurons, puis revint à sa préoccupation principale.

— Les Irlandais devaient retrouver Red, ce salaud d'espion ? À quel sujet ?

Pentony ne répondit pas. Comment diable aurait-il pu connaître la raison de ce rendez-vous ? De toute façon, le hors-la-loi ne se nommait pas vraiment Red, et nul ne connaissait sa véritable identité. Mais il était connu pour ses intrigues, qui avaient généralement un lien avec l'Écosse et l'Angleterre. Depuis vingt ans, ce véritable fantôme s'échinait à contrarier les plans du roi Édouard dans ses campagnes contre les Écossais. Red s'intéressait à l'Irlande, maintenant ? C'était de mauvais augure pour Édouard.

— Où devaient-ils se retrouver ?

— Nous l'ignorons. L'Irlandais est mort avant d'avoir parlé.

Rardove secoua la tête, écœuré par l'incapacité de ses hommes à doser leurs tortures.

— Eh bien, Pentony, qu'est-ce que vous attendez ? Faites quérir Balffie ! Qu'il parte sans tarder vers le nord pour capturer O'Melaghlin et la garce.

Vingt minutes plus tard, les soldats se mirent en route, arborant armures et épées et forts de la colère de leur maître. Du haut des remparts du château, le sénéchal vit disparaître au loin la troupe que précédait l'impressionnante silhouette de Balffie.

Les hommes étaient protégés par une épaisse jaque sur une couche de peau de bête, puis venait un haubert qui couvrait le torse et tombait à mi-cuisses, fendu sur le côté pour permettre le mouvement. Leur attirail se complétait d'un plastron fixé solidement. Ils étaient coiffés de casques ouverts uniquement de deux fentes pour les yeux et avaient les jambes protégées par d'épaisses jambières.

Ils étaient prêts à mener une véritable guerre.

Quand il ne vit plus que les arbres, à l'horizon, Pentony se demanda ce que portait Senna lorsqu'elle avait quitté subrepticement le château, la veille.

17

En sortant de sa somnolence, Finian remarqua tout de suite la déchirure qui lacérait la tunique de Senna. Puis il distingua l'arrondi de ses seins.

Elle était agenouillée à son côté, penchée sur lui. Proche de son visage. Ses cheveux libérés de ses tresses cascadaient tel un voile soyeux. D'instinct, Finian tendit un bras pour l'attirer vers lui.

— Vous ne croyez pas qu'il serait temps de nous mettre en route pour Dublin ? dit-elle.

— Comment ? demanda-t-il en baissant le bras.

Senna s'assit sur ses talons. Le soleil avait légèrement rosi ses joues.

— Ne devrions-nous pas être en route pour Dublin ? répéta-t-elle.

Il se dressa sur les avant-bras et scruta les alentours, le temps de se ressaisir. Il faisait presque nuit. L'heure des vêpres. Il prit une profonde inspiration, bâilla, puis se passa la main dans les cheveux.

— Nous n'allons pas à Dublin, Senna. Je croyais vous l'avoir dit.

Elle hocha vivement la tête, comme si elle avait toutes les peines du monde à ne pas le contrarier.

— J'en ai un vague souvenir, mais je pensais que vous plaisantiez.

— Vraiment ? Quand on n'est pas d'accord avec vous, c'est que l'on plaisante, selon vous ?

Elle arqua les sourcils.

— Si les propos sont ridicules, je pense à une plaisanterie, en effet.

Finian se pencha vers elle au point de la frôler.

— Écoutez-moi bien, mon petit, car je suis très sérieux : nous n'allons pas à Dublin.

— Pourquoi pas ? demanda-t-elle avec un mouvement de recul.

— Faites donc travailler votre jolie petite tête ! C'est précisément sur la voie royale que Rardove se lancera à votre poursuite.

— Eh bien... Je..., bredouilla-t-elle. C'est peut-être là que Rardove viendra me chercher, mais si c'est vous qu'il cherche, il s'enfoncera dans les terres sauvages, non ?

Il réfléchit un instant à cette hypothèse.

— Vous avez dû en faire voir de toutes les couleurs à votre mère, Senna.

Il s'allongea et referma les yeux.

— J'ai donné beaucoup de soucis à mon père, rétorqua-t-elle en imitant son accent irlandais.

— Depuis le départ, nous n'allions pas à Dublin.

— Vous êtes vraiment sérieux.

— Vraiment.

Elle se tut. Une bourrasque de vent de mauvais augure balaya la corniche, faisant plier les arbres sous sa furie.

— Mes affaires m'attendent ! protesta Senna.

— Dans ce cas, il ne fallait pas venir dans ce pays.

— Je suis venue conclure un marché, expliqua-t-elle d'un ton glacial après l'avoir foudroyé d'un regard meurtrier.

— Pour de l'argent.

Elle en eut le souffle coupé.

Finian referma les yeux en espérant se rendormir ou, faute de mieux, retrouver l'état de somnolence proche du sommeil.

Tout le long de la journée, il s'était levé régulièrement pour s'assurer que personne ne les traquait. Senna n'avait guère dormi non plus, il le savait, car il l'avait vue suivre des yeux chacun de ses mouvements. Elle devait être épuisée.

Il soupira.

— Vous avez les nerfs à fleur de peau, Senna. Vous ne lâchez jamais prise ! Il est hors de question que vous suiviez la voie royale en direction de Dublin. Ce serait de la folie !

— Ce qui m'agace, c'est de vous avoir cru.

— Je ne vous ai jamais promis de vous emmener à Dublin.

— Mais je vous l'avais demandé !

— Il fallait vous trouver un autre guide, un homme plus docile, que vous pourriez diriger.

— Je ne dirige personne ! répliqua-t-elle avec un mouvement de recul.

Se tordant nerveusement les mains, elle scruta la clairière. Soudain, elle se redressa d'un bond.

— J'irai à Dublin ! décréta-t-elle. Tout de suite.

— Vraiment ?

— Oui.

— Dans ce cas, vous irez seule.

La gorge nouée, elle garda les yeux rivés sur un tronc d'arbre.

— Combien cela coûtera-t-il ? demanda-t-elle.

— Comment ? s'exclama Finian en riant.

— Combien d'argent voulez-vous ?

— Pour vous emmener à Dublin ? s'enquit-il en se dressant sur son séant.

Elle hocha la tête sans le regarder, même si elle sentait ses yeux posés sur elle. Sa chevelure était baignée dans une douce lumière orangée.

— Quelle que soit la richesse dont vous disposez, cela ne suffirait pas pour me faire aller à Dublin.

Il se rallongea et essaya de se détendre.

— Ah! ces Anglais et leur argent…

En l'entendant pousser un soupir résigné, Finian reprit espoir.

— À votre guise, Finian, fit-elle d'un ton trop raisonnable pour être honnête. Je comprends les raisons de votre refus et je les accepte.

Il l'observa avec attention. Elle semblait épuisée, comme si… comme si elle cherchait à échapper à quelque baron assoiffé de sang. Malgré tout, elle avait le regard vif, les sens en alerte.

— Que voulez-vous dire?

— Vous ne pouvez pas m'emmener à Dublin et moi, je ne peux pas continuer à sillonner ainsi la campagne irlandaise. Je dois rentrer chez moi.

De toute évidence, elle perdait la raison.

— Vous délirez…

— Je sais où se trouve la voie royale, reprit-elle, les sourcils froncés.

— Vous croyez?

— Il se trouve que j'ai une excellente mémoire.

— Ah oui? Donc vous connaissez l'emplacement des sables mouvants?

— Des sables mouvants? répéta-t-elle, éberluée. Il ne me semble pas en avoir vu.

— Eh bien, ils ne sont pas faciles à repérer. Quant aux loups… Vous savez où ils rôdent? Et le village de Rardove, à quelques kilomètres au sud, au bord de la voie royale?

Elle semblait impressionnée, mais déterminée.

— Je ne comptais pas marcher au beau milieu de la route en agitant les bras! commenta-t-elle amèrement.

Finian passa les mains sur son visage pour s'éclaircir les idées.

— Senna, c'est de la folie, dit-il en se levant. Je ne peux me rendre à Dublin et, par conséquent, vous non plus. Et vous le savez très bien.

Elle détourna la tête d'un air courroucé.

— Vous êtes bien décidée, apparemment, soupira Finian.

— J'ai ce défaut.

— Si vous tentiez quoi que ce soit, je serais contraint de vous attacher, dit-il d'un ton pensif en s'asseyant sur une grosse pierre que le soleil avait réchauffée. Ce qui nous ralentirait considérablement.

Il décela une lueur étrange dans le regard de Senna. Colère ? Amusement ? Avait-elle envie de le frapper ? Il se massa nerveusement la nuque.

— Très bien, conclut-il sèchement. Partez. Le chemin qui mène à Dublin est très fréquenté, vous ne serez pas seule. Tous les chevaliers saxons l'empruntent. Et par où passent les hommes de votre cher roi ? Soldats, marchands, bétail prennent la route de Dublin. Qui ne rêverait de vous capturer pour vous livrer à Rardove en échange de la récompense qu'il a sûrement promise pour vous récupérer !

— Personne ne me reconnaîtra ! Je peux me fondre dans mon environnement.

— Avec vos cheveux ? lança-t-il d'un air sceptique.

Senna porta une main à sa tête.

— Ne vous faites aucune illusion, Senna. Cette crinière fera de vous une proie de choix. Ensuite, vous pensez trouver une place à bord d'un bateau ?

Il émit un grommellement de dédain qui mit le feu aux joues de la jeune femme.

— Vous seriez violée avant de toucher terre, dit-il avant d'ajouter, d'un ton plus conciliant : De plus, j'apprécie votre compagnie.

Elle sursauta. Cet enchaînement de compliments, de menaces et d'aveux… que devait-elle en conclure ?

— Votre père ne peut donc pas gérer vos sacro-saintes affaires pendant quelque temps ? demanda-t-il, agacé.

— C'est moi qui dirige tout.

— Oh ! je n'en doute pas un instant ! Et que fait donc votre père, pendant que vous vous tuez au travail ?

— Il joue.

Finian en demeura bouche bée. Le jeu était un vice assez courant, mais la souffrance qu'il infligeait à cette jeune femme était flagrante. Elle parut soudain inaccessible, repliée sur elle-même.

— Ce ne doit pas être facile tous les jours, dit-il d'un ton radouci.

— En effet, admit-elle en esquissant un sourire avant de regarder au loin.

Il sentit son cœur se serrer. C'était une femme-enfant qui devait cacher encore bien des secrets douloureux. Chaque sou qu'elle gagnait devait être essentiel à sa survie.

Et son père n'était qu'un crétin.

— Senna…

Elle reporta son attention sur lui, affichant un sourire forcé, cette fois.

— Les hommes sont fous. Ne l'oubliez jamais.

— Je sais, mais j'apprécie de l'entendre de votre bouche.

Cette femme ferait certainement le bonheur d'un homme, songea Finian.

— J'imagine que quelques jours de plus ne changeront pas grand-chose, concéda-t-elle d'un ton suffisant, comme si c'était elle qui avait le pouvoir de choisir. Mais je ne peux pas errer ainsi pendant trop longtemps avec vous... Je dois songer à ma réputation, comprenez-vous...

— Avant la prochaine lune, je vous ferai embarquer sur un bateau. Moi aussi, j'ai une réputation. Je ne peux être vu en compagnie d'une marchande de laine anglaise.

Elle rit, tandis que le regard de Finian s'attardait sur son visage crotté, ses cheveux détachés, ses yeux pétillants d'intelligence. Son cœur se serra d'inquiétude. Cette femme avait plus de cran et plus de vivacité que la plupart des soldats qu'il connaissait. Pourtant, personne ne semblait se soucier de son sort.

À part un homme déterminé à la tuer sur-le-champ...

Il incombait désormais à Finian de l'aider à regagner l'Angleterre, mais ensuite ? Il n'était pas certain que la demeure de son père soit encore sûre pour elle après cette escapade. Et il était hors de question qu'elle se cache dans les collines irlandaises pendant vingt ans. Qu'allait-elle devenir ? Elle n'avait pas assez d'argent pour voyager.

Sans argent ni famille ou relations, elle se trouvait dans une situation plus que précaire. Il saisit le cordon de cuir du baluchon qu'elle lui avait confié au moment de leur départ. Elle était peut-être sans argent, mais pas sans ressources, songeat-il en ouvrant le baluchon. Non seulement elle avait réussi à échapper à Rardove, mais elle n'était pas partie les mains vides.

— Alors, dit-il, espérant la détendre un peu. Qu'avez-vous donc placé dans ces sacs que nous portons depuis des heures ?

Elle le rejoignit et s'arrêta devant lui. Il ne put s'empêcher de contempler ses jambes galbées que moulaient ses chausses, ainsi que sa crinière bouclée.

— Des cailloux ? hasarda-t-il. Toutes vos fanfreluches ?

Elle arqua les sourcils. Décidément, elle était indomptable.

— Je ne crois pas aux fanfreluches.

— Personne n'y croit, répondit-il, amusé. Elles existent, voilà tout.

— Cela ne me concerne en rien, insista-t-elle.

— Je vous en montrerai, un de ces jours. Voyons, qu'est-ce que cela ? Du savon ?

Elle croisa les bras d'un air de défi, l'invitant à poursuivre sa fouille.

Vinrent ensuite des chausses et une tunique.

— Vous me faites transporter des vêtements ? remarqua-t-il en s'esclaffant. C'est bien une idée de femme !

— Une idée de femme ? railla-t-elle, les mains sur les hanches.

Finian fut saisi d'un élan de désir et de tendresse à la fois.

Son sourire révélait des dents d'une blancheur éclatante. Ses lèvres roses étaient une véritable invitation au baiser. Il s'attarda sur sa poitrine généreuse, ses longues jambes qui ne demandaient qu'à s'enrouler autour de son corps. Il passa une main dans ses cheveux.

— Qu'aurait emporté un homme ? s'enquit-elle.

— Eh bien, des armes, sans doute…

— Il y en a. N'ai-je pas trouvé votre propre épée, ainsi qu'un couteau pour chacun de nous et des flèches, dans un carquois ?

— Effectivement.

— Alors dites-moi ce qu'un homme digne de ce nom aurait emporté de plus !

— Des vivres, suggéra Finian.

— Elles sont dans mon sac, répondit-elle.

— Mais vous auriez pu en prendre davantage sans tous ces vêtements, protesta-t-il.

— Hum…

Elle pencha la tête de côté. La peau nacrée d'une épaule attira un instant le regard de Finian, qui plongea dans ses yeux pétillants de malice.

— C'est tout ? reprit-elle.

— Non. Un homme aurait voyagé plus léger. La différence est là, grommela-t-il.

— Regardez donc ce qu'une femme a emporté de plus, dit-elle d'une voix rieuse en lui tendant son sac.

Il découvrit des fruits et de la viande séchée, ainsi que du pain et du fromage, sans oublier un lance-pierres, quelques produits de toilette, une corde et des linges propres. Sa main sentit un contact froid et dur. En comprenant de quoi il s'agissait, Finian éclata de rire : un flacon de whisky !

— Dieu soit loué ! Senna, je vous promets de ne plus jamais porter de jugement hâtif sur vos choix !

Ils rirent en chœur. L'espace d'un instant, Senna ne redouta plus ses poursuivants, ni l'avenir qui s'offrait à elle. Elle était simplement heureuse.

Elle s'agenouilla et se pencha sur le sac, dont elle sortit un autre flacon. Finian ne put s'empêcher de regarder sa main bandée.

— Rardove s'est vanté de boire le meilleur whisky, expliqua-t-elle. J'en ai donné aux gardes, avec un peu de racine de valériane, et j'ai gardé ces flacons pour nous.

La voir jubiler ainsi fit naître en Finian un sentiment d'affection, mêlé à autre chose de plus indéfinissable…

— Vous êtes très brave, Senna, bougonna-t-il.

— Pas vraiment, mais avec une bonne dose de ce breuvage, je pourrais le devenir. Et si nous buvions ?

— Volontiers, répondit-il en se disant qu'un petit remontant ne leur ferait pas de mal. À mon sauveur ! lança-t-il en brandissant son flacon vers elle, avalant d'avaler une longue rasade d'alcool.

— Au guerrier, répondit-elle.

Elle porta le goulot à ses lèvres et but à son tour, la tête rejetée en arrière.

En voyant voler sa chevelure dans son dos et sur ses reins, Finian serra les dents. Ces longues jambes fuselées, ces yeux si pétillants, cette nature passionnée...

Cette femme n'était pas faite pour vivre le nez plongé dans ses comptes et ses registres.

— Cela fait du bien, commenta-t-il avec un grand sourire, mais je connais des whiskies encore meilleurs, chez moi. Plus suaves...

— Je l'espère pour vous, l'Irlandais, car celui-ci me semble bien fort sur la langue.

Elle sourit à son tour, une main posée sur sa hanche. Soudain, Finian eut envie d'effleurer cette hanche d'une caresse.

— Il est temps de se mettre en route, décréta-t-il en se levant d'un bond.

18

Ils marchèrent presque toute la nuit au clair de lune. Ils longèrent les champs, à la lisière des bois, pour mieux passer inaperçus, en n'échangeant que quelques rares paroles. Ils débouchèrent enfin un sentier emprunté par les troupeaux.

— Nous n'avons plus le choix, Senna, murmura Finian. Il faut suivre la route pendant un certain temps. Aidez-moi à chercher, ajouta-t-il en se penchant vers les fourrés.

— Vous avez perdu quelque chose ?

— Je ne perds jamais rien. Il nous faut des racines d'achillée et de consoude, ainsi qu'un peu de votre valériane, s'il vous en reste.

— Pour soigner ma main, répondit-elle d'un ton morne.

— Uniquement vos doigts, corrigea-t-il en scrutant le sol. Oublions votre main.

— Oubliez-moi complètement ! Mes doigts, ma main, toute ma personne.

— N'ayez crainte, j'ai déjà soigné bien des blessures…

— Je n'ai pas peur.

Il la regarda par-dessus son épaule. Elle l'observait froidement.

126

— C'est pourtant l'impression que vous donnez.

— Vous vous trompez, assura-t-elle tandis qu'il poursuivait ses recherches. L'achillée doit être préparée en décoction et la consoude en tisane. Il faudrait faire du feu, ce qui serait dangereux.

Il s'accroupit près du fossé et souleva délicatement les fougères.

— Je suis capable de faire un feu qui passe totalement inaperçu.

— Ah bon…

Ils suivirent le sentier un certain temps puis entrèrent dans la forêt. Bientôt, la lune disparut derrière la cime des arbres, de sorte qu'ils durent s'arrêter. Senna tomba à genoux en tenant machinalement sa main blessée.

Finian s'accroupit à son côté et examina sa main. Elle retint son souffle pour ne pas gémir de douleur.

— Ce bandage est mal fait, dit-il d'une voix douce.

— Comment cela ? demanda-t-elle en se mordant la lèvre.

— Si vous restez ainsi, vos doigts resteront tordus. Il faudrait tout remettre en place.

— Cela n'annonce rien de bon. Que savez-vous de ces questions ?

— Ce n'est pas très agréable, en effet.

— Comment savez-vous remettre des os brisés en place ? insista-t-elle.

— Avec la vie que je mène… cela fait partie des choses qui se présentent de temps à autre.

— Je ne suis pas très convaincue…, marmonnat-elle, le front soucieux.

— J'en sais plus que vous, en tout cas.

Elle réprima un grommellement.

— Très bien, restez ainsi. Après tout, quelle importance, si vous n'arrivez plus jamais à remuer les doigts ? Sans parler des infections…

Il s'assit sur une souche et observa Senna du coin de l'œil.

Droite comme un I, elle regardait au loin. Dans le silence pesant, Finian sentit le sommeil s'abattre sur lui, au point qu'il ne put se retenir de fermer les yeux.

— Finian…, fit soudain Senna d'une voix plaintive.

— Oui ?

— J'ai perdu un peigne.

— Ah…, fit-il, ne sachant comment réagir.

— Mes cheveux sont très emmêlés.

Pendant un long moment, elle tripota le bas de sa tunique.

— Finian…, répéta-t-elle d'une petite voix.

Il arqua les sourcils et attendit.

— J'ai besoin de me baigner.

Il leva les yeux au ciel.

— Désolé, j'ai oublié d'emporter une baignoire ! railla-t-il.

— Vos rivières irlandaises sont rares et mal placées. En Angleterre, il y en a partout.

— Je vais vous en trouver une dès que possible, promit-il.

— C'est promis ?

— Oui, grommela-t-il en refermant les yeux.

— Finian…

— Oui…

Il leva de nouveau les yeux vers le ciel étoilé, au-dessus des feuilles de chêne.

— Avez-vous bien dit que nous nous rendions dans une ville ?

— En effet.

Le silence s'installa de nouveau.

— Est-ce bien raisonnable ?

— Absolument pas, admit-il. Vous croyez que j'agis sans réfléchir ?

— Bien sûr que non ! Mais tout de même, une ville ?

— Je n'ai pas le choix. Je dois rencontrer quelqu'un.

— Ah... J'espère qu'elle est jolie.

— Difficile d'être plus jolie que vous, répondit Finian en refermant les yeux.

Le silence retomba entre eux. Finian se montrait délibérément mystérieux. Red, son contact, avait pris de gros risques en s'adressant au roi O'Fail pour l'informer qu'il avait localisé le livre de teintures si convoité. Quiconque détenait ce manuel et disposait des services d'une spécialiste des teintures avait le pouvoir de produire l'arme mortelle. Et de gagner une guerre.

Finian avait pour l'heure cinq jours de retard, mais il était déterminé, et Red l'attendrait. Le jeu en valait la chandelle. Les risques encourus étaient quantité négligeable.

— Que faisiez-vous dans les cachots de Rardove ? demanda tout à coup Senna.

— J'évoluais en eaux troubles.

— Vous ne faites pas allusion à l'humidité des cellules, je suppose...

— Non.

— Finian ? reprit-elle au terme d'un nouveau silence.

Il rouvrit les yeux après s'être assoupi à peine quelques secondes.

— Oui ?

— J'ai faim.

Finian se leva, farfouilla dans le sac contenant les vivres et s'agenouilla au côté de Senna pour lui tendre un morceau de pain et du fromage. Il la regarda manger d'un œil distrait.

— Finian ? reprit-elle quand son pain tomba à terre.

— Senna…

Il en avait assez de cette conversation intermittente. Le choix était clair : parler ou dormir… ou céder à la passion. Il était vraiment harassé

— J'ai mal à la main. Vous voulez bien m'aider ?

— D'accord.

Il déboucha un flacon de whisky et le tint devant son visage.

— Cela empeste ! protesta-t-elle en repoussant le flacon avec une grimace.

— Vous en avez bu, tout à l'heure, non ?

— C'était tout à l'heure.

Il s'assit et poussa un long soupir.

— Buvez, ordonna-t-il en approchant le flacon de sa bouche.

Comme si elle souffrait le martyre, elle obéit mais recracha une bonne partie de la première gorgée.

— Encore.

Il posa la main sur la sienne pour la forcer à boire plusieurs longues gorgées. En attendant la torpeur provoquée par l'alcool, il creusa un trou dans la terre et alluma du feu. Il fit bouillir un peu d'eau de sa gourde dans une pierre creuse qu'il avait trouvée et y jeta les herbes pour confectionner un cataplasme. Enfin, il ôta le linge ensanglanté de ses doigts brisés. Ils étaient enflés et engourdis.

— Vous auriez dû nettoyer ça, gronda-t-il en observant les blessures.

— Je n'ai pas pu me baigner, répondit-elle d'un ton de reproche.

— Nous avons pourtant franchi une rivière, hier soir.

— En sautant de pierre en pierre, répliqua-t-elle froidement. Cela ne compte pas.

— Je n'ai pas été à la hauteur, mais je vais me racheter dès que possible, murmura-t-il, fasciné par cette main élégante, même blessée.

— Je m'en souviendrai, fit-elle en serrant les dents tandis qu'il palpait ses phalanges. Je sens mauvais. Nous avons tous les deux grand besoin d'un bon bain, geignit-elle en prenant le flacon de whisky.

Finian esquissa un sourire. Du moment qu'elle buvait pour atténuer sa douleur, il était prêt à supporter ses babillages incessants.

— Dire que je me suis vautrée dans les douves de Rardove ! reprit-elle entre deux gorgées. Comment avez-vous pu essayer de m'embrasser ?

— Je n'ai pas essayé.

— C'est une sombre journée, je vous le garantis, marmonna-t-elle en secouant la tête.

— Je ne vous le fais pas dire… Au fait, c'est vous qui m'avez demandé de vous embrasser.

— Vous vous moquez de moi ! protesta-t-elle mollement, les paupières lourdes.

— Je n'oserais pas, murmura Finian en examinant son annulaire gauche, puis son auriculaire, qui étaient cassés. Ils étaient de travers. Les os allaient se ressouder ainsi et elle perdrait l'usage de ces deux doigts.

Rardove savait ce qu'il faisait en lui brisant ces deux doigts. Bien que privée de leur usage, elle pourrait continuer à travailler. Maudit bâtard !

— Et sans prendre un bain…

— Et c'est reparti, railla-t-il.

— Vous êtes persuadé que je vous ai demandé de vous embrasser… Vous qui connaissez si bien les femmes.

— Qui a dit que je connaissais les femmes ?

— Vous devriez savoir qu'une femme ne fait jamais le premier pas, ajouta-t-elle d'un air de triomphe tout en dodelinant de la tête.

— Tenez, dit-il en lui glissant un bâton entre les dents. Mordez ceci.

Elle accepta, visiblement furieuse.

— Et churtout, vous devriez savoir qu'une femme préfère...

Finian lui remit les os en place d'un geste expert et elle ne put s'empêcher de hurler de douleur.

Elle recula vivement et le bâton tomba par terre. Se tenant la main, elle se leva péniblement. Finian la regarda faire quelques pas chancelants avant de tomber à genoux en ravalant un gémissement.

Il lui fallut un long moment avant de retrouver l'usage de la parole.

— Je vous jure que vous me le paierez, l'Irlandais ! maugréa-t-elle.

— Je brûle d'impatience, railla-t-il d'une voix traînante.

Il se réjouit de sa colère, car il devait encore lui immobiliser les phalanges pour leur permettre de se souder correctement. Elle était toujours à genoux, mais ne se balançait plus d'avant en arrière.

— Vous ne cessez de pleurnicher comme une enfant ! s'exclama Finian par pure provocation.

— Pas du tout ! s'insurgea-t-elle, furieuse.

— Approchez, ordonna-t-il, bien décidé à en terminer.

Elle obéit d'un pas incertain et s'assit sur une souche. Avec ses cheveux cascadant sur ses épaules, elle ressemblait à quelque princesse orientale.

Elle ne put retenir un cri lorsqu'il confectionna une attelle de fortune à l'aide d'un cataplasme couvert de toiles d'araignée, puis de bandes de tissu propre. Elle frémit de douleur, mais le laissa faire. Quand il eut terminé, il leva les yeux vers son visage ; ses joues ruisselaient de larmes.

Étouffant un juron, il tendit les bras vers elle. Elle se blottit contre lui tandis qu'il murmurait des paroles apaisantes.

— L'achillée ne va pas tarder à agir, assura-t-il.

— Je me sens déjà mieux.

— Je suis désolé…

— Vous pouvez !

Il la serra plus fort.

— Au moins, je peux respirer, ce qui n'était pas le cas il y a quelques minutes. Je vous remercie.

— Ce n'est rien, mon ange.

Elle avait encore mal à la main, mais elle savait que Finian avait remis ses os en place. En fait, elle avait mal un peu partout ; tout son corps était endolori. Cependant, pour rien au monde, elle n'aurait voulu se trouver ailleurs que dans les bras de Finian en cet instant. Les mots doux qu'il lui murmurait à l'oreille la réconfortaient et la calmaient à la fois.

Au bout d'un long moment, à regret, elle se dégagea de son étreinte. Elle serait volontiers restée à jamais dans sa chaleur.

— Je vais mieux, déclara-t-elle, un peu tendue.

Elle s'allongea et tenta de dormir, d'oublier sa main qui l'élançait, mais ne parvint pas à trouver de position confortable. Après avoir chantonné pour elle-même jusqu'à se lasser de sa propre voix, elle s'efforça d'imaginer le bruit apaisant d'une cascade. En vain.

En soupirant, elle se remit sur le dos et observa le ciel que teintaient les premières lueurs de l'aube. Ses yeux s'embuèrent de larmes.

Il y eut un léger mouvement dans l'herbe, puis les bras de Finian l'entourèrent et l'attirèrent vers lui. Comme si c'était le geste qu'elle attendait, elle se détendit.

Le corps musclé de Finian était plaqué contre le sien et il avait posé un bras sur sa hanche. Senna poussa un long soupir. C'était merveilleux. Comme par enchantement, sa douleur s'atténua. Comment avait-il accompli ce miracle ?

— Merci, chuchota-t-elle en sombrant dans le sommeil.

— Merci à vous, répondit-il dans un murmure.

19

À son réveil, Senna s'aperçut que Finian était déjà levé. Il était en train de combler le trou dans lequel il avait allumé un feu. À chacun de ses mouvements, ses cheveux détachés glissaient sur ses épaules. Elle contempla ses traits nets, sa barbe naissante.

Lorsqu'elle s'assit, il se tourna vers elle.

— Comment vont vos doigts ? s'enquit-il.

Elle les avait presque oubliés, ce qui était bon signe.

— Les lancements se sont calmés, et il n'y a pas d'infection, apparemment.

— Ils ne sont pas enflés, c'est très bien. Tenez, vous allez pouvoir vous laver, dit-il en désignant un cours d'eau qu'elle n'avait pas remarqué, la veille.

Senna ne broncha pas. Il n'était pas question qu'elle se déshabille devant lui.

— Nous partirons dès que vous aurez terminé, reprit-il.

— Je crois que ces quelques heures de sommeil me suffiront, dit-elle d'un ton enjoué. Inutile de prendre un bain.

Il parut intrigué.

— Je ne vous regarderai pas, Senna.

Était-il amusé ? En tout cas, il semblait réprimer un sourire.

— Je pense qu'il n'est pas prudent de mouiller mon pansement. Vous auriez fait tous ces efforts pour rien...

Il ne dit rien et défit sa cotte de mailles dont il se débarrassa.

— Je ne veux pas vous entendre vous plaindre, par la suite, la prévint-il.

Elle ne répondit pas, fascinée par le spectacle qui s'offrait à ses yeux. Cet Irlandais allait-il se dénuder ? Lorsqu'il se défit de sa tunique, elle sentit une douce chaleur naître dans son ventre. En découvrant le torse musclé de Finian, elle resta un instant sans voix.

— Je n'aurai aucun regret, promit-elle vivement. Vous connaissiez l'existence de cette rivière, hier soir, quand j'avais envie de prendre un bain, et vous n'en avez rien dit...

Sa voix mourut. À quoi bon discuter ? Finian laissa tomber sa tunique à terre.

Ses cheveux emmêlés retombèrent sur ses larges épaules musclées. Il s'étira avec délices, manifestement indifférent à son regard rivé sur lui.

Il gagna la rive la plus praticable de la rivière et plongea. Il émergea en s'ébrouant, puis il repoussa ses mèches trempées en arrière et se tourna vers Senna.

— Dites-moi, comment se fait-il que vous teniez les comptes de l'entreprise de votre père ?

Elle le regarda s'asperger le visage, puis se savonner vigoureusement. De son ceinturon, il sortit un rasoir.

— Vous vous rasez ! s'exclama-t-elle, abasourdie.

— Oui.

Quand il eut terminé, il plongea de nouveau la tête sous l'eau, révélant enfin un visage imberbe.

Senna contempla ses traits taillés à la serpe, ses pommettes hautes, son sourire irrésistible, ses lèvres sensuelles... Elle rougit au souvenir de leur contact divin.

Il repoussa sa crinière en arrière. Les muscles de ses bras saillirent, soulignant les lignes pures de son corps, sa taille fine et ses cuisses puissantes.

Elle le dévorait littéralement des yeux sans se soucier de sa réaction. Il ne put réprimer un sourire malicieux.

— Regarder un homme avec ces yeux-là est très dangereux, Senna.

Seigneur ! Il avait deviné ses pensées les plus sensuelles, voire les plus érotiques. Elle rougit de plus belle et se détourna.

Visiblement satisfait, il s'agenouilla sur la rive.

— Alors, ces registres, fit-il, revenant à sa question.

Elle aurait voulu ignorer le spectacle de ces muscles saillants, tandis qu'il se frictionnait.

— Si je gère les comptes, c'est parce que je suis douée pour cela.

— Ce qui m'étonne, c'est que votre père ne le fasse pas, répondit Finian.

— Eh bien, comme je vous l'ai dit, sir Gerald a le démon du jeu. Il est capable de parier sur n'importe quoi. Un jour, il a parié avec mon oncle sur le choix du roi Édouard pour diriger l'Écosse. Bruce ou Balliol ?

Finian se sécha les cheveux à l'aide de sa tunique.

— Pour qui penchait votre père ?

— Pour une fois, il avait raison, mais il n'était pas content. Après le départ de ma mère, sa passion n'a fait que redoubler.

Senna se hâta de poursuivre avant qu'il ne pose de question sur le départ de sa mère.

— Sir Gerald a basculé du mauvais côté de la barrière. Il a contracté des dettes auprès d'hommes... peu recommandables.

— Votre père a de mauvaises fréquentations ?

— Il est prêt à négocier avec n'importe qui, du moment qu'il obtient de l'argent. Peu lui importe. Vous ne pouvez pas comprendre...

— En quoi ces fréquentations sont-elles mauvaises ?

— Ce sont de sales types, issus de tous les milieux.

Bien que distraite par son corps sculptural et humide, elle se rendit compte qu'elle évoquait un sujet qu'elle n'avait pas abordé depuis des années.

— Ils viennent tard le soir. Il y a des éclats de voix, des messes basses, comme s'ils partageaient des secrets inavouables. Le lendemain, mon père disparaît avec eux.

— Vous l'appelez sir Gerald ?

— Oh..., souffla-t-elle, troublée.

Il était décidément très perspicace, ce qui avait le don d'agacer Senna.

— C'est une habitude que j'ai prise avec mes clients.

— Eh bien, je m'étonne qu'un homme tel que lui ait une fille aussi déterminée et énergique.

— Vous plaisantez ! répondit-elle en riant.

— Ne m'avez-vous pas fait évader de cette prison ?

Il revint pour ramasser sa cotte de mailles. Au moment où il se penchait, Senna remarqua un détail qui lui glaça les sangs.

— Mon Dieu ! murmura-t-elle.

Il avait le dos lacéré de traces laissées par les coups de fouet qu'il avait endurés. Certaines étaient encore rouges, tandis que d'autres étaient plus anciennes. Horrifiée, elle se leva.

— Seigneur…

Il se retourna. Senna pouvait presque entendre le claquement du cuir sur sa peau satinée. D'une main tremblante, elle effleura la chair meurtrie, puis croisa le regard de Finian.

Il avait les iris tachetés de vert…

— Vous avez souffert, vous aussi, murmura-t-il en observant les ecchymoses qui marquaient encore son visage.

— Finian…, souffla-t-elle, les yeux embués de larmes.

Elle se pencha vers son sac.

— J'ai apporté un onguent, dit-elle en vidant tout le contenu de son baluchon qui s'éparpilla dans l'herbe.

Elle brandit une petite boîte qu'il regarda, la mine impassible.

— Les plaies ont-elles suppuré ? s'enquit-elle.

— Non, je ne pense pas.

— Attendez, je vais vérifier, dit-elle d'un ton sans réplique.

Elle aurait aimé croire que les larmes qui lui piquaient les yeux n'avaient aucune signification. Elle tenait simplement à ce que le seul homme susceptible de l'aider à rentrer chez elle reste en bonne santé.

— Tournez-vous, puis ne bougez pas…

Réprimant le trouble qui s'empara d'elle au contact de sa peau nue et chaude, elle serra les dents et appliqua l'épaisse pommade en lents mouvements circulaires. En réaction, il se raidit.

— Je vous fais mal ?

— Oui, grommela-t-il.

Elle s'interrompit, le temps d'observer son profil altier.

— Beaucoup ?

— On peut le dire, admit-il.

— Bien…

Il se laissa néanmoins soigner sans protester. Quand elle eut enduit tout son dos, elle recula pour examiner le résultat.

— Je crois avoir couvert toutes les plaies, conclut-elle en vérifiant une dernière fois.

— Moi voici redevable, une fois de plus, déclara-t-il en la regardant droit dans les yeux.

Son regard se posa sur les doigts encore maculés d'onguent. Il s'approcha et prit sa main dans la sienne.

Senna entrouvrit les lèvres. Doucement, il caressa de son pouce la lèvre inférieure de la jeune femme, qui frémit de tout son corps.

— Comment vous remercier ? Que voulez-vous de moi, Senna ?

— Tout ce que je veux, c'est rentrer à la maison.

Chez elle, là où il n'y avait pas de loups, ni de soldats à ses trousses. Elle voulait revoir le ruisseau qui coulait derrière sa ferme, dormir dans un lit confortable, voir le soleil se coucher, par la fenêtre, tandis qu'elle notait des chiffres dans ses registres…

Chez elle, où elle avait vu les mois s'écouler avec pour seule compagnie celle des domestiques. Hélas ! à mesure que les dettes s'étaient accumulées, elle avait dû se séparer de tout son personnel.

— Est-ce vraiment ce que vous voulez le plus ? Rentrer chez vous ?

Non, criait son cœur. Non, non !

— Oui, répondit-elle tristement.

Il relâcha sa main puis ils prirent leurs sacs et se mirent en route, sans un mot, sous les arbres, sans laisser la moindre trace de leur passage.

20

— Dieu soit loué, un bateau !

Senna eut la réaction inverse.

— Ô mon Dieu ! Un bateau…

Cela faisait trois jours qu'ils s'étaient évadés du château de Rardove. Ils étaient tapis dans l'ombre, au bord d'un fleuve. Sur un îlot, en son centre, se dressait un hameau. Cinq embarcations amarrées à la berge se balançaient sur l'eau.

— En bateau, nous avancerons bien plus vite et plus aisément.

— Vous comptez voler un bateau ? demanda-t-elle sèchement, comme si ce larcin était l'aspect le plus grave de la situation.

— Telle est bien mon intention…

Courbé en avant, Finian descendit rapidement le talus jusqu'à la rive, puis s'enfonça dans les roseaux et les joncs. Il n'y avait personne en vue de ce côté. Sur la rive opposée, en revanche, les villageois vaquaient à leurs occupations. Quelques femmes lavaient leur linge, et un enfant aux pieds nus courut d'une chaumière à une autre en pleurant.

Senna emboîta le pas à Finian, ce qui devenait vraiment une habitude, songea-t-elle amèrement.

S'il était dangereux de marcher pendant la journée, se déplacer en bateau en pleine nuit le serait plus encore. Or, c'était ce qu'ils allaient faire.

Cachés dans les roseaux, ils observèrent les villageois, sur leur îlot. Senna avait l'impression d'être revenue à l'époque où elle jouait à cache-cache avec son frère. Avec William, ils avaient coutume de courir dans les champs, sans une mère pour les gronder. Ensuite, William avait été confié à un chevalier chargé de son éducation.

En observant les frêles embarcations, elle se dit que son frère savait sans doute nager. Soudain nerveuse, elle sortit son flacon de whisky et en but une gorgée.

— Je ne sais pas nager, avoua-t-elle.

— Il ne manquait plus que cela…

— Pourquoi devrais-je savoir nager ?

— Parce que c'est utile pour traverser un fleuve, répliqua-t-il.

— J'ai d'autres talents, marmonna-t-elle en buvant encore.

— C'est vrai. Vous gagnez de l'argent, vous buvez comme un trou et vous parlez sans cesse.

— Je sais aussi manier une arme, au cas où cela vous intéresserait, dit-elle avec un sourire.

Finian se tourna vers elle et la dévisagea longuement. Puis il lui adressa un sourire canaille et se détourna. Le bourdonnement des insectes les enveloppa.

— Vraiment ? Qui donc vous a appris à manier une arme ?

— Mon frère William. Il m'a enseigné un tas de choses, vous savez. Grimper aux arbres, tirer à l'arc, utiliser un couteau… Nous avons eu une jeunesse plutôt agitée, ajouta-t-elle comme Finian paraissait étonné.

— Mon Dieu! railla-t-il en cassant un roseau pour en mordiller l'extrémité. Vous étiez donc délurée. N'est-ce pas interdit?

— Quoi? D'enseigner à une femme l'art de manier une arme?

— Non. De vous l'enseigner à vous.

Il lui adressa un sourire taquin. Allongé au bord de l'eau, il attendit que les villageois s'éloignent.

— Comment pouvez-vous être aussi détendu? demanda Senna. Avec tout ce qui s'est passé, et ce qui risque de nous arriver... Vous semblez tellement... à l'aise.

Il lâcha son roseau pour afficher un sourire radieux.

— Je pourrais être en bien plus mauvaise posture, à l'heure qu'il est, Senna. Pour le moment, je suis très bien, avec vous.

Le soleil apparut peu à peu, réchauffant l'atmosphère. Senna brisa un roseau comme elle avait vu Finian le faire. Elle voulut le mâchonner, mais le cracha aussitôt.

— Ce n'est pas très bon!

— Vous me parliez de votre frère qui vous a appris un tas de choses interdites...

— Je n'ai encore fait de mal à personne. Je ne suis pas très douée, au tir à l'arc.

— Je suis certain que, avec quelques efforts, vous obtiendrez des résultats.

Ils parlaient à voix basse. Quelque chose dans la posture de Finian, dans son souffle un peu court, suggérait que toute son attention était rivée sur elle.

Pour se donner une contenance, elle se mit à jouer avec une longue herbe.

— Je m'étonne que votre père ait accepté tout cela..., poursuivit-il.

Elle esquissa un sourire triste. Il semblait s'intéresser de près à son père. Cela faisait des années qu'elle n'avait pas parlé de lui, à part quelques brefs échanges avec William. Sir Gerald brillait en général par son absence.

— Je ne le voyais que très rarement.

— Et que pensait votre mère en vous voyant manier les armes ? demanda-t-il en se penchant légèrement vers elle.

— Ma mère nous a quittés. Je crois que j'avais cinq ans. Je ne la connais pas.

Il mâchonna son roseau en silence, puis reprit :

— Vous n'avez aucun souvenir d'elle ?

Senna secoua vigoureusement la tête pour mieux mentir.

— J'ai même oublié son parfum...

Elle sentait la rose et l'herbe fraîche. Les roses jaunes de son jardin, qui abondaient.

Une libellule voleta près de l'épaule de Finian telle une flèche irisée, puis s'éloigna.

— Vous avez donc grandi seule avec votre frère...

Elle savait que son ton nostalgique en disait long. Craignant de lire dans ses yeux du mépris, voire de l'indifférence, elle tourna vers lui un regard hésitant.

Loin de ce qu'elle redoutait, il l'observait avec attention. Lorsqu'il hocha la tête, elle se sentit enfin acceptée.

Une vague de désir la submergea.

Finian la regardait comme si ce qu'elle racontait n'était pas honteux. Or, le comportement de son père était inqualifiable, depuis le départ de sa mère. Celle-ci lui faisait honte également. Toute petite, déjà, Senna vivait dans la honte de l'abandon, mais elle n'avait jamais baissé la tête.

— J'ai pris les rênes de l'entreprise familiale à l'âge de quinze ans. Mon père n'était jamais à la maison. William travaille, mais je ne sais pas exactement ce qu'il fait ; il refuse d'en parler. Il loue ses services à divers seigneurs, je crois. Il n'est pas encore marié. C'est plutôt mauvais signe.

— Que pense-t-il de votre venue en Irlande ?

— Il n'est pas au courant.

Le silence s'installa entre eux. Finian fixait la rivière. Il n'y avait plus personne en vue, sur l'îlot.

— On y va, annonça-t-il en se levant.

Le soleil dardait ses rayons brûlants tandis qu'ils avançaient à pas de loup. Il flottait dans l'air un parfum de pin, de fleurs, d'eau fraîche. L'Irlande était décidément d'une grande beauté.

Les roseaux bruissaient légèrement à leur passage, et une douce brise balayait la rive. L'eau était d'un bleu si intense qu'il en était presque éblouissant. Senna appréhendait de monter en bateau.

Ignorant la splendeur du paysage, résignée à souffrir de nausées, Senna regardait droit devant elle.

Arrivée près des barques, elle posa les mains sur le bord de l'une d'elles et voulut monter à bord.

— Non ! fit Finian derrière elle.

Elle se retourna.

— Pas celui-ci, dit-il en lui faisant signe. Venez. Prenons celui-là.

Il désignait une barque plus petite, cachée parmi les joncs. Avec un soupir, elle baissa la jambe, sans toutefois lâcher le bord du bateau, ce qui fut une grossière erreur.

La barque s'éloigna, emportée par son élan, mais sa corde l'immobilisa aussitôt. Surprise, Senna perdit l'équilibre et tomba à l'eau avec un grand « plouf ». Elle se débattit et ses mains s'enfoncèrent dans la vase. Le propriétaire du bateau n'allait pas tarder à accourir, attiré par le vacarme.

— Qu'est-ce que vous fabriquez ?

En effet, il n'avait pas perdu de temps… Senna tenta de se retourner pour voir à qui elle avait affaire et aperçut Finian qui approchait. En levant les yeux, elle croisa son regard chargé de dédain. Mais peut-être se méprenait-elle, car elle était tête en bas…

Il la releva sans difficulté et l'aida à regagner la rive.

Trempée, mortifiée, elle ôta vivement les longues herbes qui lui pendaient sur les épaules.

Puis elle observa l'homme au visage ridé qui se tenait auprès de Finian et qui la dévisageait.

— Qu'est-ce que vous fichiez dans mon bateau ?

— Je voulais seulement monter à la proue… la poupe… enfin, il est un peu mouillé, mais pas trop, bredouilla-t-elle.

Les deux hommes étaient visiblement perplexes.

— Grand-père, murmura Finian.

Senna ne comprit pas la suite de ses propos, car il s'exprimait dans une langue inconnue, chantante et mélodieuse qui la fascinait. La langue irlandaise.

Il était plus époustouflant que jamais, penché vers ce vieil homme avec respect. Cette langue avait quelque chose de féroce qui attirait la jeune femme. Sans crier gare, Finian jeta quelques paquets dans la barque qu'elle avait failli retourner.

— Nous allons porter ces paquets à Cuil Dubh pour vous, grand-père. Merci encore !

Le vieillard demeura fermement campé sur ses jambes. Pour son grand âge, il semblait étonnamment robuste. Il paraissait vaguement mécontent, mais ne protesta pas. Finian se hâta, intimant à Senna de monter à bord.

Elle hésita. Le vieil homme la toisait d'un air soupçonneux. Il avait les yeux d'un bleu intense et d'épais sourcils gris. Quant à son visage, il était tanné par la vie au grand air. Senna sourit avec tendresse au souvenir de son grand-père qu'elle n'avait pas revu depuis le départ de sa mère.

L'Irlandais lui rendit son sourire.

— En route, Senna.

D'instinct, elle glissa la main dans une bourse qu'elle portait autour du cou, entre plusieurs couches de vêtements. Elle en sortit quelques-unes des pièces dérobées à Rardove et les remit au vieil homme.

— Merci, grand-père, dit-elle tout bas en lui faisant signe de ne rien dire.

Il accepta l'argent, de quoi vivre confortablement pendant un bon moment, sans doute. Il cacha sa joie, mais lui adressa un clin d'œil malicieux et charmeur. Senna rougit et courut vers le bateau.

Ils s'éloignèrent. Bientôt, le vieil homme disparut au loin, dans les roseaux. Au-dessus d'eux volait un cormoran aux ailes sombres.

21

— Vous lui avez remis une pièce ?

Étonnée par son ton sec, Senna détourna les yeux du cormoran et hocha la tête.

— Vous l'avez acheté, reprit-il avec dédain. Vous êtes ainsi, vous les Anglais.

— Et vous, les Irlandais, vous aimez croire que vous comprenez le sens des choses. Ce n'était pas un pot-de-vin. Si vous ne le comprenez pas, je ne dis plus rien.

— Le jour où vous vous tairez, il brûlera en enfer, railla-t-il.

— Vous êtes bien moqueur !

— Allongez-vous, ordonna Finian.

— Pardon ?

— Un Irlandais et une Irlandaise qui remontent le fleuve avec un chargement de peaux, cela n'a rien de remarquable. Ce n'est pas votre cas, alors couchez-vous !

— En quoi suis-je remarquable ? demanda-t-elle en s'exécutant.

Il se contenta de la regarder.

Elle insista toutefois pour ôter quelques vêtements, histoire de ne pas rôtir au soleil. Il se montra réticent, mais elle finit par obtenir gain de cause.

Au terme de nombreuses gesticulations, elle se retrouva couchée au fond de l'embarcation, vêtue d'une fine chemise en lin.

Hélas ! les sacs de peaux, qui auraient pu lui servir de matelas étaient entassés sur un banc, avec l'arc et l'épée de Finian, bien cachés.

Elle chercha une position confortable, mais se trouva recroquevillée dans une flaque d'eau croupie qui dégageait une odeur de moisissure.

— Finian…

— Oui ? fit-il sans la regarder, ramant de ses bras puissants.

— Je crois qu'il y a du poisson.

— En effet. Ces eaux sont très poissonneuses.

— Je voulais dire à bord de ce bateau.

Il se mordit la lèvre.

— Si vous riez, je me lève ! prévint-elle.

— Chut ! fit-il soudain.

Senna entendit aussitôt des éclats de voix provenant de la rive. La panique s'empara d'elle. Des Anglais. Des soldats anglais !

Ils les avaient retrouvés.

— Arrête-toi, l'Irlandais ! ordonna l'un d'eux.

Finian enfonça ses rames pour freiner le bateau, histoire de ne pas éveiller les soupçons, mais il veilla à ne pas s'approcher de la rive.

— On dirait la barque du vieux O'Mallery, fit un soldat.

— Ça m'étonnerait, marmonna un autre. O'Mallery, y prête pas ses affaires. Y prêterait pas sa queue à sa femme, paraît-il. Alors son bateau… Viens par ici, mon vieux !

Senna sentit Finian se lever telle une vague sur le point de déferler. Elle saisit sa botte. De sa main libre, elle lui fit signe de se rasseoir, de se calmer.

— Pour moi, implora-t-elle dans un murmure.

150

— Ils ne sont que deux, maugréa-t-il entre ses dents.

— Pour l'instant. Vous dites que vous appréciez ma compagnie. J'apprécie la vôtre, alors laissez tomber.

— Je n'arrête pas de laisser tomber, dit-il posément.

Elle s'en inquiéta. Finian fixait la rive, défiant sans doute du regard les soldats anglais.

— Je vous promets que vous ne le regretterez pas, souffla-t-elle, affolée.

Il esquissa un sourire.

— Allez, viens par ici !

Les effets du whisky encouragèrent Senna à agir, au point qu'elle se rendit à peine compte de ce qu'elle faisait. Elle prit une profonde inspiration et déchira sa chemise, exposant ses seins. Puis elle se redressa, échevelée, du moins l'espérait-elle.

Finian en demeura bouche bée.

— Bon sang ! s'exclama un soldat, depuis la rive.

Senna afficha un sourire lubrique et prit Finian par les cuisses, le visage contre son entrejambe.

— Bonjour, les gars ! lança-t-elle d'une voix rauque.

Elle ne savait pas jouer les séductrices.

— J'espère qu'on ne vous dérange pas...

Elle imita de son mieux l'accent de Finian. Sous le regard médusé des soldats, Finian réagit comme l'exigeait la situation. Il prit la jeune femme par la nuque et plaqua ses lèvres contre son membre légèrement durci. De toute évidence, ce geste lui était familier. Senna fut parcourue d'un frisson de désir.

Les deux soldats éclatèrent d'un rire gras en se tapant dans le dos. Quand il s'agissait de jouir des faveurs d'une femme, les hommes oubliaient la guerre.

— Vous pouvez passer à l'offensive, maintenant, marmonna-t-elle.

— Vous croyez ?

— Essayons une autre stratégie alors, reprit-elle en haussant le ton. Bonne journée, les gars ! Nous, en tout cas, on va passer du bon temps !

Finian reprit ses rames et l'embarcation fila. L'un des soldats avança, l'air inquiet. Troublé par la scène à laquelle il venait d'assister, il leva un bras hésitant.

Une fois de plus, Senna se laissa inspirer par l'alcool. Elle se pencha pour effleurer de nouveau l'entrejambe de Finian de ses lèvres. Les deux soldats n'en croyaient pas leurs yeux : ils poussèrent des cris de joie. La main de Finian se crispa imperceptiblement sur sa nuque.

Le bateau filait sur les eaux, mais Senna demeura immobile. Agenouillée entre les jambes de Finian, elle ne ressentait plus l'inconfort de sa position. Seul comptait le contact des cuisses de Finian, la chaleur du soleil. Il avait la tête baissée vers elle, mais le visage dans l'ombre.

Elle se promit de ne plus jamais boire une goutte de whisky.

— Je me sens pleine d'audace, dit-elle.

Elle avait l'impression de voler.

— C'est une très mauvaise idée, répondit Finian d'une voix tendue.

Il tenta de se ressaisir. Elle avait les cheveux mouillés, emmêlés, scintillants et soyeux, les lèvres charnues et humides, et son regard malicieux ne lui disait rien qui vaille. Il ôta la main de sa nuque.

— Une très mauvaise idée, répéta-t-il.

— Mais c'est ainsi, répondit-elle.

Avait-il décelé l'esquisse d'un sourire ? Cette vierge anglaise était-elle en train de le provoquer ?

Non, songea-t-il tristement. Cette déesse qui l'avait libéré de prison était en train de le rendre fou.

— Non, Senna, la prévint-il.

— Mais... Pourquoi pas ?

— Vous jouez avec le feu.

— J'aime peut-être jouer avec le feu...

— Dans ce cas, vous allez vous brûler.

— Et si je vous embrassais ? suggéra-t-elle d'une voix suave.

Senna n'avait aucune expérience, il le savait. Ce petit jeu trahissait sans doute une attirance bien innocente.

Toutefois, il émanait d'elle une telle sensualité...

— Si vous m'embrassiez, Senna, je vous allongerais dans l'herbe et je vous ferais hurler de plaisir.

Elle parut perplexe, faillit dire quelque chose mais y renonça et reprit place au fond du bateau.

— Alors, toujours audacieuse ? s'enquit-il non sans satisfaction.

Elle fixa la rive et secoua la tête.

— Non. Enfin, oui, mais l'audace ne m'a jamais réussi.

Il ne dit mot.

— Il ne semble pas très avisé de faire preuve d'audace, sur le plan stratégique, n'est-ce pas ? poursuivit-elle.

Il n'était pas d'accord avec elle, mais il se garda de le lui dire.

— Ne jouez pas avec moi, Senna. Je ne suis plus un gamin.

— Je ne jouais pas...

— Maintenant, vous savez que si.

— Oui, je le sais.

Le soleil d'automne était chaud et radieux. Sa lueur derrière Senna donnait l'impression qu'elle était nimbée d'or.

— Et pourtant, je me sens encore pleine d'audace, avoua-t-elle.

Finian posa lentement ses rames. Comment un homme pouvait-il résister à une telle innocence ?

— Vraiment ? fit-il.

— Je m'interroge, répondit-elle, le rouge aux joues.

— Quoi ? insista-t-il, alors que le regard de Senna était clair : elle voulait ce qu'il pouvait lui donner.

Jamais il n'avait connu d'érection plus intense. Depuis trois jours, il avait envie d'elle sans pouvoir la faire sienne. Il aurait aimé se convaincre que ce désir n'avait rien de particulier. Senna n'était qu'une femme parmi d'autres, dotée d'un esprit vif et d'un corps à se damner.

— Si je vous demandais de faire quelque chose, reprit-il à voix basse, le feriez-vous ?

— Oui, souffla-t-elle.

— Glissez la main le long de votre jambe.

Elle ne put réprimer un gémissement et baissa les yeux vers la main qui reposait sur son genou. Lentement, elle la remonta le long de l'intérieur de sa cuisse. Son pied glissa sur le bois humide, mais elle le cala au fond de la coque. Peu à peu, Finian se laissa dériver vers le désir charnel.

Elle s'arrêta entre ses cuisses. Finian devina la chaleur de ses replis encore inexplorés.

Elle était appuyée contre le bord de l'embarcation, un bras posé sur son ventre, les lèvres entrouvertes, le regard vif.

— Et maintenant ? demanda-t-elle.

Était-ce une provocation ou une véritable question ? Et s'il lui répondait ? Devait-il prendre sa virginité et lui briser le cœur ? Car c'était tout ce dont il était capable, avec une femme.

Il passa une main dans ses cheveux et faillit faire tomber une rame, qu'il rattrapa de justesse.

— Rien, Senna, répondit-il enfin.

— Comment ? fit-elle en se redressant.

Il se remit à ramer.

— Détendez-vous et admirez le paysage.

— Mais…

— Et rhabillez-vous. Couvrez-vous bien, ajouta-t-il d'un ton qui se voulait implacable.

Cela dit, il avait appris que l'on n'obtenait pas forcément d'elle ce qu'on lui demandait.

— Mais…, protesta-t-elle en tirant sur la chemise qui lui arrivait à peine à mi-cuisses, là où il brûlait de s'attarder. Mes affaires sont trempées et…

— Rhabillez-vous ou je n'irai pas plus loin.

Il ne la regardait pas. Combien de temps pourrait-il résister à ce corps brûlant, à ces courbes divines et offertes ? Une minute ? Trois ?

Ils avaient encore plusieurs jours à passer ensemble.

De mauvaise grâce, Senna enfila la tunique en peau et les chausses.

— C'est mieux, ainsi ? s'enquit-elle.

— Parfait, répondit-il sèchement.

Elle s'assit et le foudroya du regard.

22

La colère de Senna n'apaisait en rien ses tourments. Elle ne supportait pas de se trouver dans ce bateau, avec Finian, sans qu'il la touche. C'était de la folie ! Mais il avait éveillé une faim mystérieuse en elle et elle mourait d'envie du contact de ses mains sur sa peau. C'était ridicule. Et si elle était en train de perdre la raison ?

Au lieu de se soucier de Rardove et de sa soif de vengeance ou encore de la façon dont elle allait rentrer chez elle et sauver son commerce de laine, elle ne pensait plus qu'à cet Irlandais.

Au diable le whisky et ses effets pervers !

Ils n'échangèrent que quelques mots de tout l'après-midi. En fin de journée, Senna mourait de chaud... et d'ennui. Le bateau filait tranquillement sur les eaux. Chaque fois qu'un village se profilait à l'horizon, Finian lui ordonnait de se cacher au fond de l'embarcation. En dehors de ces moments-là, il ne se passa rien entre eux.

La chaleur était accablante.

— Pourriez-vous accoster ? demanda-t-elle.

— Vous êtes folle ?

— Non, répondit-elle en articulant pour bien se faire comprendre. Je me sens sale. J'empeste.

— Pas du tout, assura-t-il.

— C'est vous qui êtes fou. Je me suis vautrée dans la boue !

— Nous ne nous arrêterons pas.

Un silence pensant s'installa.

— Rien que la tunique…, implora-t-elle.

— Non ! rétorqua-t-il avec un regard meurtrier.

— J'ai trop chaud ! s'exclama-t-elle, boudeuse.

C'était sans doute l'heure la plus chaude de la journée.

— Non !

— Je meurs de chaud, gémit-elle.

— Si vous enlevez un seul vêtement, Senna, je vous jette à l'eau.

— Rien que…

— Attention ! la prévint-il le plus sérieusement du monde. J'imagine que vous n'avez pas appris à nager, depuis tout à l'heure…

— Bien sûr que non.

— Alors restez tranquille.

— Je le suis.

— Nous sommes presque arrivés.

— Ce n'est pas trop tôt !

Il grommela.

— Vous ronchonnez tout le temps ! déclara-t-elle.

— Et vous, vous ne cessez de vous plaindre, répliqua Finian. Reposez-vous un peu. Allongez-vous sur les peaux et fermez les yeux.

« Et ma bouche, sans doute », songea-t-elle amèrement.

Finalement, ils trouvèrent un compromis. Senna se pencha par-dessus bord et s'aspergea le visage et les bras sans se dévêtir. Pendant ce temps, Finian regarda dans la direction opposée.

— J'ai terminé, annonça-t-elle.

Il se remit à ramer dans un silence pesant.

Une heure plus tard, elle crut qu'elle allait devenir folle tant elle s'ennuyait, sous cette chaleur accablante. Par chance, elle n'avait pas mal au cœur, sur ces eaux calmes, de sorte qu'elle put manger un morceau. Le bateau ne tanguait pas, au moins.

Elle chercha une nouvelle fois une position plus confortable et se massa le dos.

— Je crois que j'ai une crampe, dit-elle en tendant une jambe.

— Connaissez-vous les bateaux, Senna ?

— Un peu, oui, répondit-elle, méfiante, tandis que sa crampe se dissipait.

— Dans ce cas, vous devriez savoir qu'il ne faut pas remuer sans cesse, car vous risquez de tomber à l'eau.

— Vraiment ? railla-t-elle.

— Continuez comme ça et vous en ferez l'expérience, la prévint-il froidement, sans un regard.

— Je pourrais ramer…

— Non.

— Pourquoi pas ?

— Parce que nous sommes presque arrivés.

Dans son enthousiasme, elle voulut se retourner. La barque dévia de sa trajectoire et buta contre une pierre qui affleurait à peine. Déséquilibrée, Senna voulut se redresser. Son pied frappa le fond de l'embarcation et, dans un craquement, traversa le bois.

Ahurie, elle observa son pied gauche, immergé jusqu'à la cheville. L'eau commençait à envahir la barque. Désespérée, elle se tourna vers Finian.

Il se leva, une rame en main, sidéré. La barque allait couler !

— Finian ! s'exclama-t-elle, affolée.

Il soupira et lui dégagea délicatement le pied. Puis il la souleva dans ses bras et, sans hésiter, la jeta par-dessus bord.

— Non ! cria-t-elle en essayant de s'agripper à ses épaules.

— Vous n'avez de l'eau que jusqu'aux genoux, dit-il, et la rive n'est qu'à quelques mètres.

Elle se retrouva dans l'eau, un sac sur le dos et un lot de peaux sous le bras. C'est alors que les soldats anglais sortirent de la forêt, à quelque distance.

23

Elle se figea.

— Finian..., dit-elle entre ses dents.

Il avait halé la barque jusqu'à la berge et était en train d'en sortir leurs affaires.

— Merde ! marmonna-t-il en voyant les Anglais.

Comment les choses avaient-elles pu aussi mal tourner ? songea Senna amèrement. Cette fois, elle fut prise d'une nausée due à la terreur qui s'était emparée d'elle. Puisqu'ils avaient quitté le bateau, il ne restait qu'une solution, fuir.

Finian ne perdait pas de vue les soldats casqués. Il rassembla leurs bagages et les prit sur son dos.

— Ce n'est pas le moment de leur jouer le même tour que tout à l'heure. Ils risquent de vouloir assister à tout le spectacle.

Elle frémit.

— Qu'allons-nous faire, alors ?

— Leur faire croire que nous sommes des braconniers.

Il se mit en route. Senna le suivit, traînant son fardeau. Les soldats s'approchaient. Ils avaient la mine patibulaire et des armes acérées.

Finian s'arrêta pour les attendre.

— Comment vous sentez-vous ? demanda-t-il à Senna.

— Bien, mentit-elle, car elle était terrifiée.

— À la bonne heure.

Les Anglais les rejoignirent puis les encerclèrent. Leur chef prit la parole :

— Qu'est-ce que vous fabriquez, par cette belle journée ?

— On se promène.

Il posa la pointe de son épée sur leurs paquets de peaux.

— Que transportez-vous ?

— Des peaux d'otaries, répondit Finian.

Senna ne s'étonna pas vraiment de le voir soutenir le regard du soldat. Il semblait totalement maître de lui. En revanche, elle fut stupéfaite de l'entendre imiter à merveille l'accent de l'ouest de l'Angleterre. Il portait une tenue d'Anglais, des vêtements subtilisés chez Rardove, mais il n'avait rien d'anglais, avec ses traits celtiques, ses yeux limpides, et ses longs cheveux noirs. Tout en lui évoquait sa terre natale. Même les jeunes soldats qu'ils avaient croisés plus tôt l'avaient remarqué. Or, il s'exprimait en cet instant comme s'il était originaire du Shropshire.

— Vous êtes anglais ? demanda le soldat d'un air soupçonneux.

Finian opina.

— On ne le dirait pas, à vous regarder.

— Vraiment ? Parce que je suis là, parmi les autres, à braconner ?

Ce fut un argument de taille. Le soldat grommela et observa Senna.

— Et elle ?

— C'est ma femme.

— Elle est jolie.

— Elle est enceinte.

— Et elle pose des pièges avec vous ? fit le soldat en arquant les sourcils.

— Je viens de rentrer, répondit Finian.

Le soldat le dévisagea longuement, puis se tourna vers ses hommes.

Finian écarta légèrement les jambes, prêt à se battre. Il émanait de lui une incroyable puissance.

— Richard ? dit Senna en posant une main sur son bras. Et si nous laissions ces soldats de notre roi alléger notre fardeau ? Ensuite, nous pourrions partir…

Il dégagea son bras.

— Donner tout notre butin de l'hiver ? maugréat-il tandis que les soldats examinaient le lot.

— Je connais ce sceau vert, Jacks, murmura un soldat.

— Oui, moi aussi, dit un autre.

— O'Mallery, expliqua Finian, un peu tendu.

Senna eut l'impression que les choses allaient mal tourner.

— Gaugin, répondit le soldat. Le marchand de fourrures de Coledove. Ce sont ses sacs, et il n'a pas l'habitude de les distribuer.

— C'est chez lui que nous allons, dit Finian, de plus en plus nerveux.

— Prenez-les, intervint Senna, au bord de la panique. Emportez-les chez Gaugin pour nous, voulez-vous ?

Le chef la regarda, puis se tourna vers Finian.

— Je crois que c'est vous qu'on va prendre à la place… O'Melaghlin, répondit-il.

Finian ne prit pas le temps de se poser de questions.

Se plaçant devant Senna, il saisit son épée. Avant que le chef puisse à son tour prendre la sienne, il lui transperça le ventre. Sous son casque, l'homme afficha un air stupéfait, puis s'écroula, mort.

Rapidement, il régla leur sort aux autres de quelques coups précis et mortels. Comme toujours durant la bataille, il avait été totalement concentré sur sa tâche. Il avait cependant perçu la présence de Senna non loin de lui. Elle tenait... un couteau ?

Dieu les préserve !

Le souffle court, il baissa son épée, désormais encerclé de quatre cadavres. Il sentait son sang bouillonner dans ses veines, le poussant à l'action, encore et encore.

Peu à peu, il retrouva une respiration normale. Il se tourna alors vers Senna.

Bouche bée, elle demeurait figée, tenant toujours son couteau, sur le point de le lancer.

— Je... Ils... bredouilla-t-elle.

— Tout va bien, dit-il calmement pour la ramener à la réalité. C'est fini.

Elle avait les yeux écarquillés. Il lui baissa doucement le bras et lui prit le couteau.

— Vous n'en avez plus besoin, assura-t-il. Vous êtes en sécurité.

— Je m'en serais servie, vous savez, murmura-t-elle d'une voix tremblante. Mais je ne voulais pas... vous blesser par accident.

— Merci.

Il examina les soldats. Des hommes de Rardove. Leurs camarades n'allaient pas tarder à retrouver leurs dépouilles. Dans une journée tout au plus, le baron saurait qu'ils n'étaient pas partis vers le nord.

Devinerait-il qu'ils se rendaient à Hutton's Leap ? Turlough, son compagnon qui avait été capturé, avait-il fini par parler ? Avait-il révélé que leur mission consistait à retrouver le livre de teintures ? Finian n'avait aucun moyen de le savoir, et cela n'avait guère d'importance, en réalité. Plus rien ne l'arrêterait, désormais.

— En route, dit-il.

Ils abandonnèrent les peaux. D'autres hommes étaient à leurs trousses, et Finian n'avait aucune envie de les rencontrer.

24

— Vous les avez vus où cela ?

Rardove avait réitéré lentement sa question, comme si le soldat qui venait d'arriver était stupide. Pentony se dit que c'était sans doute le cas. Ces hommes étaient généralement idiots au point de jurer allégeance à Rardove en échange d'une terre ou d'un poste.

On devait probablement penser la même chose de lui, bien sûr, mais lui faisait pénitence.

— Au bord du fleuve. C'était un Irlandais, c'est sûr. Mais la fille l'était aussi, mon seigneur.

Le jeune soldat jeta un regard éperdu à son compagnon, qui semblait tout aussi mal à l'aise que lui.

— Elle était irlandaise, je le jurerais, bredouilla celui-ci.

— Ah oui ? railla Rardove. Elle était jolie ?

— Oh oui !

— Rousse ? Les cheveux longs ?

— Eh bien, ils étaient plutôt dorés, et elle avait des formes…

— C'est bien ma maudite faiseuse de teintures !

Le soldat avait le visage écarlate, et pas seulement parce qu'il avait passé l'après-midi au bord de l'eau, négligeant son travail au donjon. Pour une fois, l'indiscipline avait eu du bon. Pentony était aussi certain que Rardove qu'il s'agissait bien des fugitifs.

— Que faisaient-ils ? s'enquit Rardove.

— Ils étaient dans un bateau.

Rardove s'arrêta net derrière la table.

— Et vous ne les avez pas arrêtés ? Vous les avez laissés s'éloigner tranquillement et tuer quatre soldats anglais ?

— Nous ne savions pas que c'était eux. Et la femme, nous l'avons prise pour une catin !

Le baron se figea.

— Comment ? demanda-t-il, la mâchoire crispée.

— Ne vous fâchez pas, milord, balbutia le soldat, mais, elle était en train de…

Sa voix s'étrangla.

— En train de quoi ? insista le baron d'une voix haut perchée.

— Et puis merde ! fit le soldat. Elle était en train de le sucer, cet Irlandais, et ils…

Rardove explosa. Comme s'il voulait la projeter au loin, il saisit le bord de la table en hurlant et la souleva. Un pichet rebondit sur le sol et une dizaine de parchemins s'envolèrent. Il les piétina rageusement en lâchant une bordée de jurons. Trop massive pour se retourner totalement, la lourde table retomba sur ses pieds avec fracas.

— Nom de Dieu !

Il donna un violent coup de poing dans un meuble contenant parchemins et encriers, puis se mit à arpenter la salle d'un pas lourd, balayant tout sur son passage.

— Maudite putain !

D'un coup de pied, il projeta contre le mur le pichet qu'il avait fait tomber de la table.

— Je vais la mettre à genoux et elle me suppliera !

Il s'en prit à un chandelier qui se fracassa sur les dalles. Pentony s'empressa d'éteindre la flamme de son talon.

— Je la soumettrai !

Rardove se tourna vers ses soldats.

— Ils descendaient le fleuve ?

— En effet, milord, répondit l'un d'eux en tremblant.

— Ils partent donc vers le sud, fit Rardove à l'intention de Pentony, qui opina. Mais pourquoi ?

Il baissa le ton, comme s'il réfléchissait, et s'assit sur un banc.

— Pourquoi le sud ? O'Fail est au nord ! Que mijote O'Melaghlin ?

La flamme des chandelles projetait sur les murs des ombres vacillantes.

— Il doit avoir rendez-vous avec cet espion du nom de Red, conclut-il, impressionné malgré lui. Mais où peut bien avoir lieu cette rencontre ? Qu'y a-t-il, au sud, assez près de ma frontière et assez sûr pour les Irlandais ?

Il avait appuyé les bras sur la table en chêne et observait pensivement la flamme d'une chandelle. Au bout d'un moment, il se redressa et sourit.

— L'abbaye de Hutton Leap n'est-elle pas dirigée par une femme ?

Pentony, qui connaissait la réponse aussi bien que lui, resta impassible.

Rardove éclata d'un rire tonitruant qui résonna dans la salle silencieuse puis il convoqua l'un de ses capitaines et lui donna ses instructions.

— Tous les occupants de l'abbaye, qu'ils soient religieux ou non, doivent être interrogés. L'un d'entre eux est peut-être ce fameux Red. Si c'est le cas, amenez-le-moi. Ne perdez pas de temps. Vous avez jusqu'à demain soir, conclut-il.

Le capitaine hocha la tête et tourna les talons. Rardove jeta un regard aux deux jeunes soldats tremblants.

— Vous avez quitté votre poste et vous avez laissé filer des fugitifs sous votre nez. Vous n'êtes même pas fichus de reconnaître O'Melaghlin ! Vous ne me servez à rien. Débarrassez-moi le plancher ! Et si l'un d'entre vous est encore ici au couvre-feu, il ne verra pas le jour se lever.

Ils sortirent, hébétés, escortés par un garde casqué. Le baron était accompagné de sa garde personnelle à tout moment, même à l'intérieur du château. C'était probablement une décision avisée, surtout si Balffie réussissait à ramener Senna.

25

— Pourquoi fait-il si sombre? marmonna Senna en trébuchant une fois de plus sur une racine.

Le problème n'était pas l'obscurité, mais son corps.

Finian avait réussi à soigner ses doigts fracturés, mais elle était fourbue. Tous ses muscles lui faisaient mal tandis qu'ils gravissaient une nouvelle colline. Quant à son dos, elle préférait ne pas y penser.

— Je crois que je vais de plus en plus mal, gémit-elle.

Cette fois, Finian lui répondit, alors qu'il s'était montré laconique depuis plus d'une heure.

— Vous irez mieux demain, assura-t-il. Votre corps va s'habituer à ce type d'effort.

— Ah..., souffla-t-elle en écartant des mèches de cheveux de son visage.

— Vous vous êtes bien comportée, tout à l'heure, dit-il en la regardant par-dessus son épaule.

C'était un compliment. Senna garda cependant les yeux rivés sur le terrain accidenté.

— Vous aussi. J'ignorais que vous saviez imiter l'accent du Shropshire.

— Je n'en ai pas souvent l'occasion.

— Je m'en doute...

Il se contenta d'un grommellement. Ils revenaient au point de départ...

Ils poursuivirent leur marche en silence. Ignorer la douleur était une chose, mais les gargouillis de son estomac qui criait famine étaient presque aussi pénibles. Elle n'avait pas dérobé suffisamment de vivres pour un tel périple. Au moment de sa fuite, elle s'attendait à filer vers Dublin... Elle aurait tout donné pour un peu de viande fraîche.

Finian se retournait régulièrement pour surveiller sa progression. Il l'aida à éviter certains obstacles et à franchir les passages délicats.

— Faites attention ! Vous n'arrivez donc pas à garder les yeux ouverts ? s'exclama-t-il comme elle trébuchait encore.

— Faites attention ! marmonna-t-elle en imitant son ton impatient.

Au même instant, son pied heurta une pierre et elle se mit à sautiller de douleur.

Finian ne se retourna pas, ne ralentit même pas.

— Cela vous apprendra à me contrarier.

— Vous croyez ? fulmina-t-elle.

— Oui.

Trop épuisée pour trouver une repartie cinglante, elle se borna à foudroyer le dos de Finian d'un regard meurtrier.

Ses longs cheveux noirs flottaient sur ses épaules. Il avançait la tête haute, tout en scrutant les alentours, et marchait d'un pas souple, sans le moindre effort apparent. Après avoir franchi un ruisseau d'un bond, il se retourna pour lui tendre la main.

Redressant fièrement la tête, Senna l'ignora. Elle en voulait à Finian d'être aussi à l'aise, alors qu'elle vivait un calvaire. Après s'être avancée sur un tronc couvert de mousse, elle prit son élan.

Hélas ! elle se retrouva dans le ruisseau, de l'eau jusqu'aux genoux.

Maudits Irlandais !

Finian attendit sans dire un mot qu'elle le rejoigne en pataugeant tant bien que mal. À la lueur de la lune, elle observa son visage dur. Dès qu'elle ouvrit la bouche pour parler, il se détourna en secouant la tête et reprit sa marche.

— Nous allons nous arrêter ici pour manger, annonça-t-il un peu plus tard.

Senna trouvait sa dureté injuste et se sentait rejetée, mais elle s'assit près du trou qu'il venait de creuser et où il jetait déjà des brindilles. Si seulement elle pouvait dormir, ne serait-ce que quelques instants !

— Montrez-moi vos doigts, ordonna-t-il en prenant place à côté d'elle.

— Ils vont bien, assura-t-elle en serrant sa main blessée contre sa poitrine.

— Senna…, fit-il avec un mélange d'agacement et de perspicacité.

— Ça va, répliqua-t-elle.

Avait-elle grincé des dents ?

— Quel était ce bruit ? demanda-t-il en observant les alentours.

Elle regarda derrière elle.

— Peut-être un oiseau, ou un petit animal qui rentrait dans son terrier…

— Je vais nous trouver à manger avant que nous ne repartions, dit-il.

— Ce soir ? demanda-t-elle, incrédule. Nous allons encore marcher cette nuit ?

Finian ramassa son arc.

— Vous avez une meilleure idée ?

— Je voudrais dormir.

— Pas maintenant. Il nous reste quelques heures de marche, répliqua-t-il en s'enfonçant dans le bois.

— Où allez-vous ? s'enquit Senna.

— À la chasse.

— Attendez, je veux vous aider ! s'exclama-t-elle, furieuse d'être négligée de la sorte.

Il s'arrêta net et fit volte-face.

— Qu'est-ce que vous dites ?

— Je peux vous aider, répéta-t-elle en désignant son arc. À chasser...

— Vraiment ? fit-il d'un ton plus que perplexe. Dans ce cas, volontiers. Venez.

Il tendit la main avec galanterie, l'invitant à le précéder.

Senna passa devant lui en relevant le menton.

— J'ignore pourquoi vous êtes d'aussi mauvaise humeur, dit-elle, mais il vaudrait peut-être mieux crever l'abcès, car vous êtes fort désagréable.

Sans crier gare, Finian la saisit par le bras et la plaqua contre un tronc d'arbre.

— Crever l'abcès, dites-vous ?

Son regard noir rappela à Senna qu'il était un guerrier. Mais quand il reprit la parole d'une voix rauque, elle comprit qu'il était avant tout un homme. Un homme viril, puissant. Un chasseur.

— C'est vous, mon abcès, Senna ! Vous ne saisissez donc pas ?

Il s'approcha d'elle et resserra son emprise sur son bras.

— Dois-je vous faire une démonstration de ce que j'ai envie de vous faire ?

Pantelante, elle fut prise d'un vertige. Dans la pénombre, elle ne voyait que sa silhouette qui la dominait de toute sa hauteur. Il semblait sur le point d'exploser.

— Voulez-vous que je vous dise ce que je veux ? reprit-il.

Elle bredouilla un mot qui ressemblait à un « oui ». Il fallait qu'il continue, sans quoi elle risquait de mourir de désir.

— Je veux glisser les mains sur votre corps, m'emparer de votre bouche. Je commencerai par où vous voudrez. Je m'agenouillerai devant vous pour vous adorer.

Elle sentit ses jambes se dérober. Finian la rattrapa et fit exactement ce qu'il avait dit : il lui caressa la taille, le dos.

— Je veux goûter ta saveur... Je peux, Senna ? Tu me le permets ?

— Seigneur...

— Je peux caresser ta jambe ? Sentir ton désir, entre tes cuisses ? Je peux te faire mienne, être en toi ?

— Oui, murmura-t-elle en rejetant la tête en arrière, contre le tronc d'arbre. Elle sentait la chaleur du corps de Finian se propager en elle. Son sexe gonflé de désir palpitait contre son ventre. Troublée, elle se cambra contre lui et enroula un bras autour de son cou. Son corps semblait se mouvoir malgré elle.

— Tu as compris, Senna ? grommela-t-il en ondulant des hanches.

— Oui...

— Tu en veux davantage ?

— Oh oui...

Il la saisit par les fesses et la souleva de terre pour la poser sur ses hanches, jambes écartées. Ainsi coincée entre le tronc d'arbre et le corps brûlant de Finian, elle ne put réprimer un gémissement de désir. Il entama des mouvements sensuels dont elle épousa d'instinct le rythme.

— Ne bouge pas, murmura-t-il.

Elle obéit. Chaque muscle de Finian était tendu. Il frémit, puis demeura immobile pendant une minute. Senna n'entendait plus que son souffle saccadé, et le sang se mit à bouillonner dans ses veines.

Enfin, il se pencha vers son oreille et déclara d'un ton sensuel :

— Je vais te regarder jouir...

Aussitôt, il s'empara de sa bouche et l'embrassa férocement, l'explorant de sa langue avide. Elle enfouit les doigts dans ses cheveux et laissa échapper des plaintes rauques. Enfin, il s'écarta pour reprendre son souffle et déposa un chapelet de baisers brûlants dans son cou, sur son épaule...

Lorsqu'il ouvrit le col de la tunique de Senna pour révéler la pointe de ses seins, elle s'offrit à lui, l'invitant à aller plus loin.

Il glissa une main sous la fine tunique pour caresser sa peau frémissante. De son pouce, il effleura un mamelon durci. Elle ferma les yeux et se cambra davantage. Réprimant un juron, il remonta le vêtement et se pencha légèrement pour prendre le mamelon entre ses lèvres.

Pour Senna, ce fut une explosion sensuelle. Une onde de plaisir la parcourut tout entière. Elle poussa un cri, remuant la tête d'un côté à l'autre. Jamais elle n'avait rien ressenti de tel, jamais elle n'aurait pu imaginer une sensation aussi puissante et délicieuse...

Quand elle cessa enfin de trembler, Finian la déposa à terre, mais ne s'écarta pas d'elle.

Il avait le souffle court, la peau moite de sueur, le regard dur. Senna ne l'avait jamais vu ainsi. Elle s'écarta et Finian fit de même. Après avoir vacillé un instant, elle abaissa sa tunique.

Un peu étourdie, Senna regarda autour d'elle. Rien n'avait changé. C'était étrange...

Était-il possible que Finian ait fait naître ces sensations en quelques secondes ? Elle avait l'impression que sa seule présence suffisait à l'embraser.

— Attendez-moi près du feu, dit-il sèchement.

Elle en avait assez de ce ton sec et eut envie de se donner à lui uniquement pour qu'il cesse de la traiter de la sorte. Elle s'en voulut de sa faiblesse face à un homme.

— Je n'attendrai pas près du feu, répliqua-t-elle en détournant légèrement le regard dans un semblant de dignité. Je compte manger votre gibier, alors je dois vous aider à le tuer. Je vous l'ai dit, je sais manier les armes.

— Vous avez même précisé que vous n'étiez pas douée pour cela, dit-il, le regard sombre.

Senna faillit s'esclaffer.

— Je ne suis pas bonne à grand-chose, Finian, mais cela ne doit pas m'empêcher d'agir.

Sur ces mots, elle tourna les talons et s'enfonça dans les bois. Il lui emboîta le pas sans rien dire.

— De plus, reprit-elle, j'ai précisé que je n'étais pas très douée au tir à l'arc!

Il lui désigna une clairière, un peu plus loin.

— Ce qui signifie? demanda-t-il.

Enfin, elle le regarda dans les yeux, ce qu'elle n'avait pas fait depuis cette explosion sensuelle et les ondes de plaisir qui l'avaient submergée.

— Que je manie fort bien le couteau.

— Comment parvenez-vous à vous approcher suffisamment de votre proie?

— Je ne m'approche pas, répondit-elle, les mains sur les hanches. Je lance mon couteau.

Elle se remit en route.

— Senna…

Elle s'arrêta, mais sans se retourner.

— Je suis désolé.

Sans doute avait-il perçu sa souffrance dans ses yeux. Comment avait-elle pu se rendre à ce point vulnérable en quelques jours à peine ? Ce fut à son tour d'être sèche. Elle se contenta de hocher la tête.

— Je vous ai effrayée ?

« Non, j'y parviens très bien toute seule », songea-t-elle.

— Ce n'est rien. Nous avons perdu la tête…

— Je n'ai absolument pas perdu la tête, protesta-t-il d'une voix grave et posée.

— Ah non ?

— Pas du tout.

— Alors qu'est-ce qui vous a pris ?

— Ma tête n'avait rien à voir là-dedans, reprit-il au terme d'un silence.

— Je sais…

Il prit une profonde inspiration, puis poussa un long soupir.

— Je crois que nous pouvons admettre qu'il n'est pas raisonnable d'avoir le moindre contact, Senna…

— C'est le moins que l'on puisse dire.

— Cela ne se reproduira plus.

— Bien sûr, répondit-elle en hochant la tête.

— Et vous devez cesser…

— Quoi ? demanda Senna.

Finian ne répondit pas tout de suite.

— Senna, vous devez comprendre que je suis à votre merci.

— J'ai peine à le croire, avec toutes vos armes…, fit-elle, la gorge nouée.

— Il ne s'agit pas d'épée et d'arcs, hélas ! C'est plus compliqué que cela…

— Pas pour vous, assura-t-elle.

Elle inspira l'air frais de cette fin de journée.

— C'est un peu difficile pour moi, avoua-t-elle en redressant la tête, mais j'ai déjà presque oublié de quoi nous parlions. Pas vous ?

176

Elle l'observa un instant, incapable de déchiffrer son regard.

— Oui. De quoi parlions-nous ?

— De muscles, d'abcès, je ne sais plus…

— D'arcs, murmura Finian en caressant la joue de Senna. Vous disiez que vous n'étiez pas très habile au tir à l'arc.

— Ah oui ?

— Oui, assura-t-il avec l'esquisse d'un sourire.

Elle croisa son regard, ses yeux bleus si perspicaces.

— C'est vrai, je tire très mal à l'arc, Finian. Mais si vous me voyiez manier le couteau…

26

Le sourire ravageur de Finian s'élargit. De toute évidence, il approuvait. Seigneur ! Elle était perdue… Si elle avait succombé à son charme, il n'y était pour rien, après tout. Mais où était passé son instinct de survie ?

— Le couteau, dites-vous…

Était-ce de l'incrédulité qu'elle décelait dans sa voix ? C'était toujours mieux que de la pitié, et Senna aimait relever les défis qu'on lui lançait. Cependant, elle préférait ne pas penser aux circonstances dans lesquelles son entreprise avait été sauvée de la ruine, quand elle avait quinze ans.

Elle ne voulait plus jamais y penser.

— Vous avez des doutes ? demanda-t-elle.

Il pinça les lèvres, mais ses yeux pétillaient encore.

— Je connais peu de gens capables de lancer le couteau, admit-il.

— Regardez-moi, dit-elle d'un air assuré.

— Je ne fais que cela, Senna.

Elle rougit et se détourna.

— Il y a une clairière, un peu plus loin, dit-il. Dès le coucher du soleil, elle grouille de…

— De lapins.

Senna avança silencieusement jusqu'à la lisière de la clairière où en effet plusieurs lièvres étaient en train de se nourrir. Cachée dans les hautes herbes, elle se mit en position de tir et plissa les yeux. Non loin d'elle, Finian banda son arc. Lequel des deux serait le premier à faire mouche ?

Senna se concentra sur un lièvre énorme, impossible à manquer.

D'un coup sec, elle projeta son arme, dont la lame étincela au soleil couchant. L'animal s'écroula net.

Senna bondit de joie et se précipita dans la clairière tandis que les autres lièvres détalaient. Elle était capable de subvenir à ses propres besoins ! Elle ne dépendait de personne…

Elle retourna vers Finian en tenant fièrement sa proie par les oreilles et lui sourit.

— Bon sang, souffla-t-il d'une voix rauque. Vous êtes efficace.

— Je sais, fit-elle, ravie.

En réalité, il la trouvait merveilleuse, admirable et terrifiante à la fois. Il avait envie de la prendre dans ses bras, mais c'était trop dangereux.

— Très efficace, reprit-il. Mais la prochaine fois, tâchez de ne pas alerter toute l'armée anglaise avec vos cris de joie.

Elle rougit et lui tendit le lièvre.

— Je n'aurais pas dû me laisser aller, admit-elle. J'ai fait trop de bruit ; je me sentais tellement…

— Je sais, dit-il.

Elle voulut lui reprendre l'animal, mais Finian secoua la tête.

— Vous l'avez abattu. À moi de le préparer.

— Vous avez raison, répondit-elle avec un grand sourire.

— Comme toujours…

Il mit à griller leur proie sur un petit feu de camp. Senna était si proche de lui qu'elle était presque assise sur ses genoux, mais il se garda de lui en faire la remarque.

— Hmm, fit-elle en humant l'odeur de la viande qui commençait à rôtir. Cela sent bon. Tenez, j'ai des herbes, ajouta-t-elle en sortant une petite bourse de son sac.

— Des herbes ? Que diable avez-vous donc apporté d'autre ? J'ai besoin d'une marmite pour faire bouillir de l'eau.

— La prochaine fois, peut-être. Pour l'heure, vous devrez vous contenter de ce que j'ai.

Elle glissa les mains entre ses cuisses pour se réchauffer un peu. Finian lutta contre l'envie de lui répondre que ce qu'elle avait ferait plus que le contenter. Il avait l'impression de se préparer pour la bataille ou d'être sur le point de sauter du sommet d'une falaise, comme il le faisait quand il était adolescent, pour plonger dans les eaux bleues de la mer. Il se sentait invincible, à l'époque.

Il plongeait délibérément, alors, et il n'y avait pas moyen de revenir en arrière. Ce n'était pas ce qu'il souhaitait maintenant. Il incisa la chair du lièvre et y glissa des herbes avant de retourner la viande, qui dégageait un délicieux fumet. Du coin de l'œil, il vit Senna se lécher les babines.

— Vous n'avez pas eu peur, en voyant les soldats anglais ? demanda-t-il.

— Non. J'étais terrifiée.

— Le fait que je les aie tués n'a pas paru vous bouleverser particulièrement.

— J'élève des moutons, je vais à la chasse, répondit-elle sans croiser son regard. La mort ne me fait pas peur.

— Il ne s'agissait pas de vulgaires lièvres, Senna.

— Si j'ai appris à lancer le couteau, ce n'est pas pour tuer des lapins. Mais ces animaux constituent un excellent entraînement, car ce sont des cibles mouvantes.

— Avez-vous déjà tué un homme ? reprit Finian en retournant la viande.

Elle ne répondit pas tout de suite.

— J'ai tout fait au moins une fois.

« Tout ? » songea-t-il. Que voulait-elle dire par là ?

Il s'affaira à la tâche sans poser de question.

Enfin, il retira leur repas du feu et le plaça sur une pierre pour qu'il refroidisse un peu. Ils mangèrent de bon appétit sans parler, en se léchant les doigts.

Bientôt, ils devraient se remettre en route pour quelques heures de marche. Pour l'instant, le temps n'existait plus. C'était comme s'ils avaient été seuls au monde sous le ciel étoilé.

— Je ne m'étais jamais autant régalée, Finian.

Du coin de l'œil, il la vit bâiller. Puis elle soupira et glissa inconsciemment une main le long de sa cuisse, dans un geste sensuel. Finian dut détourner la tête.

Comme il aurait été facile de profiter de la situation ! Elle était courageuse, belle… S'il n'y prenait garde, il allait certainement perdre la raison, comme son père, après quoi il aurait le cœur brisé quand elle le quitterait pour un autre.

Les femmes étaient sournoises par nature, et désirables aussi. La vie le lui avait appris, et il refusait d'en faire de nouveau l'amère expérience.

27

Tranquillement, ils attendirent le crépuscule. Finian était allongé sur le dos, Senna recroquevillée sur elle-même.

Le ciel se teintait de gris et peu à peu les oiseaux cessèrent de chanter. Les grenouilles les remplacèrent, et une chouette hulula avant de fondre sur la clairière, en quête d'une proie. Une chauve-souris voleta au-dessus de leurs têtes.

— Pourquoi êtes-vous venue en Irlande, Senna ? s'enquit Finian, rompant le silence.

Senna sursauta en entendant sa voix, même s'il n'avait pas parlé fort. Bien qu'il ne l'ait pas touchée, elle frémit, comme ce premier soir, au château de Rardove, lorsqu'il avait posé la main sur son épaule.

— Pour affaires, répondit-elle.

Il tendit le bras pour ramasser une brindille, faisant saillir son biceps.

— Vous êtes donc venue pour l'argent.

— Pour quelle autre raison ? demanda-t-elle d'un ton indifférent.

— En effet.

— Vous ne comprenez pas ! s'exclama-t-elle, furieuse de devoir se justifier face à sa réprobation.

— Ce que je comprends, c'est que c'était une bien mauvaise idée...

— Je ne vous le fais pas dire, répliqua-t-elle avec un rire plein de dérision. C'est une habitude, dans ma famille.

Elle arracha vigoureusement une touffe d'herbe, faisant voler de la terre. Elle avait de plus en plus de mal à ne pas trahir ses émotions. Nerveuse, elle ramassa un bâton dont elle entreprit d'arracher l'écorce.

— Aviez-vous entendu parler de Rardove, de sa cruauté légendaire ?

— Non. En tout cas, pas assez pour m'attendre à... tout cela.

Comment aurait-il pu deviner ? Elle regrettait d'être partie à l'aventure en pays étranger, si nobles qu'aient été ses motivations de départ.

Mais elle déplorait surtout la façon dont Finian la regardait, en cet instant. Il semblait quelque peu déçu.

— Vous ne comprenez pas, répéta-t-elle en se redressant fièrement.

— Oh si, je comprends, assura-t-il, la mine grave. Ma mère a été confrontée au même choix.

— Lequel ?

— Celui que toutes les femmes doivent faire, dit-il en observant le feu de camp. Le cœur ou l'argent.

Les yeux de Senna s'embuèrent de larmes de rage et d'impuissance. Que pouvait-il savoir des choix d'une femme à qui personne n'adresse jamais un mot ? Qui passe son temps penchée sur ses livres de comptes ?

— Votre mère a de la chance d'avoir eu le choix, rétorqua-t-elle. La plupart des femmes ne l'ont pas. A-t-elle épousé votre père par amour ou pour son argent ?

— Elle ne l'a pas épousé.

Senna se figea.

Finian ferma les yeux. Pourquoi diable venait-il de lui faire cette révélation ? Il serra les dents. La curiosité de Senna était éveillée, maintenant. Peut-être même éprouvait-elle de la compassion.

— Elle devait avoir ses raisons, dit-elle d'une voix douce, en savourant le contact frais de la terre sous ses doigts.

— Oui, concéda-t-il avec un rictus amer. Elle avait ses raisons. D'excellentes raisons, même. Un grand château, un lord anglais, des coffres pleins d'or...

Il se leva vivement.

— Ça suffit, décréta-t-il.

— Elle a certainement fait ce qu'elle jugeait préférable, insista Senna, la gorge nouée. On arrive toujours à gérer les choses...

— Gérer, dites-vous ? C'est là votre conception de la vie ?

— Absolument.

Il ne perçut même pas la fierté qui perçait dans la voix de la jeune femme, car il était hors de lui.

— Dites-moi, Senna, quel bilan dressez-vous de votre gestion des choses, en cet instant, en pleine campagne irlandaise, loin de chez vous ? railla-t-il.

— J'ai commis une erreur, avoua-t-elle en levant la tête. Une terrible erreur...

En plongeant dans son regard fixe, il comprit enfin sa souffrance.

— Je n'aurais pas dû, Senna.

— Non. Vous avez parfaitement raison.

Elle afficha un sourire un peu forcé, mais sa voix était dure comme la pierre. Parviendrait-il un jour à percer cette carapace ?

— C'est étrange, reprit-elle, nous avons tous les deux été abandonnés par notre mère... Quelle tristesse ! La vôtre était motivée par l'argent, la mienne par la passion. Moi, j'avais cinq ans et mon frère William à peine un an. Il me semblait si lourd à porter... Mais je m'en suis sortie.

Ses yeux scintillaient comme des pierres précieuses.

— Enfin, pas très bien, comme vous me l'avez fait remarquer, ajouta-t-elle.

— Senna..., dit Finian d'une voix qu'il ne reconnut pas lui-même.

— Chacun fait de son mieux...

— Senna...

— Votre mère a-t-elle fini par revenir ? Pas la mienne.

— Senna...

— Est-elle revenue, Finian ?

Il s'accroupit devant elle et la prit par le menton pour l'obliger à lui faire face. Elle tremblait légèrement, les yeux embués de larmes.

— Écoutez-moi, je vous en prie...

Elle se figea et posa sur lui un regard dur.

— Est-elle revenue, Finian ? répéta-t-elle plus vivement, comme si elle tenait absolument à entendre une histoire différente de la sienne.

— Oui, répondit-il, à l'agonie. Elle est revenue, puis elle s'est suicidée. Je l'ai retrouvée pendue à un chêne.

— Seigneur ! Le monde est si cruel... Elle n'aurait jamais dû faire une chose pareille, murmura Senna en le prenant par les épaules tandis qu'il se penchait vers elle.

— Non.

Il posa une main sur sa nuque et sentit sa chaleur.

— Certains affirment qu'elle paie son geste, maintenant.

— Ne dites pas cela. C'est faux.

— Vous croyez ?

Elle posa le front contre le sien.

— Mon cœur est hérétique, avoua-t-elle. J'ai rencontré de nombreux prêtres, au cours de mes déplacements. Certains ont le cœur généreux, d'autres sont implacables. C'est à se demander s'ils vénèrent le même Dieu… Ils ne tiennent pas tous le même discours.

Finian esquissa un sourire. Elle avait décidément un avis sur tout.

— J'ai entendu des opinions divergentes, moi aussi. Qu'en pensez-vous ?

— Je crois que chacun de nous a une place au Paradis. Comment pourrait-il en être autrement ?

Il la prit par la main.

— Ah…, fit-il d'une voix rauque.

Elle voulait l'aider et lui tenait à la sauver. Il y avait de quoi pleurer… Lui qui avait tant de problèmes à résoudre se portait au secours de cette femme à qui il venait de dévoiler sa plus grande honte.

— Vous comprenez ? s'enquit-elle doucement.

— Oui, je comprends.

Il déposa un baiser sur ses doigts, puis la relâcha.

— Finian…

— Vous êtes prête à repartir ? demanda-t-il en se levant.

Senna ouvrit la bouche pour ajouter quelque chose, mais se ravisa.

— Je suis prête.

— Encore une heure de marche et nous serons arrivés, promit-il.

Il s'engagea sur un sentier qui s'enfonçait dans les bois. Son sac sur l'épaule, elle lui emboîta le pas. Ils ne dirent plus un mot sur leurs mères respectives. Toute parole était désormais inutile.

28

Trempée par la traversée d'une rivière, épuisée et fourbue, Senna fut soulagée lorsque Finian s'arrêta au bout de deux heures de marche. Elle n'en pouvait plus.

Au cœur d'une petite clairière, elle se laissa tomber dans l'herbe et leva les yeux vers Finian.

— Cela suffit pour aujourd'hui, dit-il d'une voix douce.

Elle se massa l'épaule puis s'allongea, la tête sur son sac, et s'assoupit presque aussitôt.

Finian la contempla, recroquevillée comme un petit animal, les bras autour de ses effets. Quelques mèches s'étaient échappées de sa tresse. Tournant les talons, il alla monter la garde au sommet d'une butte, un peu plus loin.

Immobile au clair de lune, Finian prit plusieurs profondes inspirations. Le vent soufflait par bourrasques, portant une odeur de terre humide. En entendant un hululement, il se crispa. Au sommet d'un arbre, il perçut un bruissement d'ailes. Puis un autre son le perturba, à sa gauche, et il posa la main sur la poignée de son épée.

Un bruit de sabots, au loin… Le murmure d'une voix étouffée… Le craquement du cuir, le tintement des éperons.

Des soldats.

Il sortit son épée et retourna auprès de Senna à pas de loup.

— Debout, souffla-t-il à son oreille. Nous avons de la visite…

Elle rouvrit vivement les yeux.

— Nous allons avoir besoin de votre adresse à lancer le couteau, expliqua-t-il avant de lui indiquer un arbre derrière lequel se poster.

Elle se leva, sortit son arme, et vérifia la présence du second couteau qu'elle portait contre sa cuisse, puis alla se mettre à l'affût.

Le bruit des sabots cessa soudain. Il y eut un grognement, puis des voix qui s'exprimaient dans un anglais inintelligible. Finian ressentit alors des picotements de mauvais augure sur sa nuque et se tendit, prêt au combat, les sens en alerte.

Le sang bouillonnant dans ses veines, il se cacha derrière un tronc, et scruta la pénombre.

La forêt était trop dense. Il n'y voyait pas grand-chose, mais entendait le souffle court de Senna, non loin de lui.

Le bruit de sabots reprit. Il attendit, guettant le moindre son, puis se tourna vers Senna pour lui faire signe de rester silencieuse, quoi qu'il arrive.

Il demeura un instant abasourdi. Était-ce bien la jeune femme qui venait d'émerger d'un profond sommeil pour apprendre que sa vie était en péril ? Elle ne manifestait aucune peur.

Au contraire, il émanait d'elle une force et une énergie incroyables. Plaquée contre l'arbre, elle scrutait les alentours de ses yeux noisette. D'une main, elle repoussa ses cheveux de son visage, tandis que de l'autre elle tenait son couteau, prête à l'action.

Elle affichait une stupéfiante assurance.

— Nous sommes toujours en vie, souffla-t-elle avec un sourire intrépide.

Finian eut alors la certitude d'avoir une partenaire de choix. Cela faisait si longtemps qu'il n'avait pas pu compter sur un allié de confiance !

Peut-être même n'avait-il jamais eu cette chance.

Il reporta son attention sur les bois. Les soldats semblaient s'éloigner. Faisant signe à Senna de ne pas bouger, il partit dans leur direction.

Bientôt, il eut la certitude que les soldats avaient passé leur chemin et revint sur ses pas. De retour dans la clairière, il constata que Senna n'avait pas bronché.

— Ils sont partis, murmura-t-il.

Elle tremblait d'exaltation, ce qu'il avait peine à comprendre. Cette petite femme frêle courait un grave danger, et elle était sans défense... Avec ou sans arme, elle n'était pas de taille à affronter un soldat. Or, elle affichait un sourire qui transperça le cœur de Finian.

Alors qu'il pensait que Senna n'était qu'une femme sensuelle et pleine de surprises, façonnée par un passé tumultueux, il découvrait une personne pleine de ressources qui le laissait pantois.

— Ils nous cherchaient ? s'enquit-elle.

— Je l'ignore, mais j'en doute. Ce chemin qui relie deux villes n'est guère fréquenté.

— Pouvons-nous rester ici en toute sécurité ?

— Je ne veux pas prendre de risques. Vous voulez bien marcher encore un peu ?

Elle hocha la tête. Comme elle avait défait sa tresse, ses cheveux cascadaient librement sur ses épaules.

— Toute la nuit, s'il le faut, ajouta-t-elle. Mais il fait très sombre.

— Nous trouverons notre chemin. Et votre main ?

— Je ne sens plus rien, répondit-elle, un peu étonnée.

Ils se remirent en route en silence et avancèrent jusqu'au lever du soleil. Lorsque les premières lueurs de l'aube transpercèrent les feuillages, ils passèrent tour à tour de l'ombre à la lumière dorée des rayons de soleil encore timides. Il flottait dans l'air une fraîche odeur de résine. C'était une belle journée qui s'annonçait.

Ils firent deux haltes. Une à midi pour dormir un peu, l'autre dans l'après-midi, pour une toilette rudimentaire dans un ruisseau.

En marchant, ils bavardèrent, sans jamais évoquer les nuits précédentes. Finian lui parla de sa famille nombreuse, de son amour pour la musique et des rêves de sa jeunesse.

La plupart du temps, il avait les yeux rivés sur Senna. Il suivait le moindre de ses mouvements. Quand elle riait, il admirait la courbe de ses lèvres. Son regard était si intense qu'elle en rougissait parfois. Alors il se détournait une fraction de seconde puis recommençait son manège.

Lorsque la pénombre ne lui permit plus de déchiffrer son regard, il évoqua leur rencontre manquée avec les soldats.

— Aviez-vous déjà ressenti cette impression bizarre de déborder d'énergie, alors que vos jours étaient comptés ? demanda-t-elle d'une voix presque inaudible.

Troublé, il opina sans un mot. Il connaissait ce sentiment d'exaltation, face à la mort.

Peu de gens réagissaient ainsi, et Senna en faisait partie.

Il était très près d'elle, quand il lui avait annoncé qu'elle allait peut-être mourir, et son regard pétillant l'avait laissé sans voix.

Elle était comme une créature venue d'un autre monde et elle ne s'en rendait même pas compte !

En fait, rectifia-t-il, elle avait conscience de n'être à sa place nulle part. Ce qu'elle ne soupçonnait pas, en revanche, c'était qu'elle avait une place qui l'attendait dans son cœur.

29

Senna demeura éveillé bien après que Finian se fut endormi. L'excitation due aux événements, sans doute. Alors que cela aurait dû l'inquiéter, elle se sentait… exaltée, vivante, agitée.

Elle sortit un flacon de whisky de son sac et en but une longue rasade. Finian dormait profondément. Il avait les doigts croisés sur sa poitrine et respirait lentement, une jambe pliée.

Senna s'accorda une dernière gorgée et rangea le flacon. Puis elle contempla Finian. Elle le dévora des yeux, plus précisément.

Ce whisky était décidément savoureux.

Des idées saugrenues lui vinrent. À quoi bon jouer la prudence ? Elle avait passé l'essentiel de son existence à s'ennuyer. Finian lui avait donné le goût de la vie. Depuis son arrivée en Irlande, elle avait tout subi. Jamais elle n'avait ressenti un tel désir…

Et une telle envie de profiter de la vie…

Lentement, elle s'agenouilla près de Finian. Elle voulait simplement le toucher, sentir son corps, le caresser, être caressée… Elle n'en pouvait plus de sa solitude.

Elle posa doucement les mains à plat sur son torse et se pencha vers lui pour inhaler son odeur.

Au contact de ses cheveux sur ses bras, Finian ouvrit les yeux et distingua les courbes de ses seins à quelques centimètres de lui.

— Qu'est-ce que vous faites, Senna ?

Elle ne recula pas, comme il s'y attendait, mais resta sagement agenouillée. Cette femme était une séductrice-née. Il fronça les sourcils.

— Tout va bien ?

— Finian, je voudrais vous demander quelque chose...

Elle semblait intimidée.

— Oui ? fit-il après une légère hésitation.

— Vous vous rappelez ce qui s'est passé, avant ?

— Avant quoi ?

— Avant ! fit-elle en agitant la main. Avant d'aller à la chasse, après le trajet en bateau... contre le tronc d'arbre...

Il grommela et passa les mains sur son visage. Son membre avait durci instantanément à l'évocation de ce souvenir.

— Bon sang... maugréa-t-il. Comment pourrais-je l'oublier ?

— Je réfléchissais...

— Eh bien, cessez de réfléchir.

Elle se pencha davantage vers lui.

— Je pensais à ce qui m'est arrivé...

Il grogna.

— Il ne vous est pas arrivé la même chose, reprit-elle.

Il jura dans sa barbe.

— Senna..., gémit-il, la mâchoire crispée.

— N'est-ce pas ?

— Non, admit-il. Qu'est-ce qui vous prend ? Vous savez bien que...

— Je sais, susurra-t-elle à son oreille. C'était à cause du whisky...

— Pas du tout, répliqua-t-il sombrement.

— Alors des plantes…, insista-t-elle en se lovant contre lui. Finian, j'aimerais tant qu'il vous arrive cette chose. J'aimerais vous voir… comme vous m'avez vue.

Comment résister ? Les cheveux de la jeune femme formaient comme un voile autour de sa tête. Elle l'embrassa d'abord sur les joues, le front, le menton, avant de s'emparer de ses lèvres.

Il mourait d'envie de la faire sienne sur-le-champ, mais il réprima ses pulsions. Elle parut hésiter, ce qui ne fit qu'attiser la passion de Finian. Il posa simplement une main sur sa hanche, sans la guider, sans la caresser.

Elle glissa les lèvres le long de son cou jusqu'à sa clavicule puis, avec un regard interrogateur, s'empara du bas de la tunique de Finian.

— Si vous avez froid…

Il se redressa et retira vivement le vêtement. Senna retint son souffle en contemplant son torse viril puis entreprit de lécher du bout de la langue la ligne de son flanc.

— Senna…, souffla-t-il, les dents serrées.

— Chut ! C'est mon tour, cette fois, chuchota-t-elle.

Sans crier gare, elle se mit à sucer son mamelon. Il réprima un grognement rauque et posa les mains sur ses fesses. Elle gémit longuement.

— Ne t'arrête pas…, implora-t-il.

Elle reprit ses petits coups de langue sensuels. D'une main, elle caressa sa cuisse musclée et remonta vers son bas-ventre. D'instinct, il guida ses doigts hésitants vers son sexe dressé. Le souffle court, elle les posa sur son membre durci. Il l'invita à augmenter la pression sur sa peau soyeuse. De son autre main, il lui caressa une fesse et s'aventura vers son entrejambe.

— Oh ! souffla-t-elle.

— Déshabille-toi, ordonna-t-il en tirant sur ses chausses.

Elle s'affairait déjà sur les cordons de son vêtement. Il lui vint en aide et la dénuda en un clin d'œil.

Senna posa les lèvres sur le ventre de Finian et l'embrassa, le caressa à coups de langue avides, jusqu'à ce qu'il soit sur le point d'exploser. Il insinua une main entre ses cuisses ; elle était humide et offerte, brûlante de désir. Il la pénétra d'un doigt, cherchant le point sensible.

Submergée par le plaisir qu'elle attendait depuis si longtemps, Senna rejeta la tête en arrière. Lorsque Finian entama un mouvement de va-et-vient dans les replis humides de sa féminité, elle émit une plainte rauque et enfouit le visage contre son torse.

Finian était si impatient de la faire sienne qu'il n'arrivait plus à penser. Jamais, même dans ses rêves les plus fous, il n'avait ressenti une passion aussi dévorante.

Il accentua ses caresses au rythme de ses gémissements de plaisir, tandis qu'elle ondulait des hanches.

Elle voulut alors lui ôter ses braies mais, impatient de reprendre ses caresses, il s'en chargea en étouffant un juron. De plus en plus frénétique, Senna se pencha vers lui et, ensemble, ils libérèrent la verge dressée de sa prison de tissu. Ivre de désir, Finian insinua de nouveau son doigt entre les cuisses de la jeune femme.

— Je ne sais pas quoi faire..., avoua-t-elle en rougissant légèrement.

Il la fit s'allonger sur le dos et s'agenouilla entre ses jambes.

— Comme ceci, mon amour, chuchota-t-il en enfouissant le visage entre ses cuisses nacrées.

Il donna un premier coup de langue, puis un autre. D'instinct, Senna se cambra pour mieux s'offrir à ce contact magique.

— Oh oui! s'exclama-t-elle en rejetant la tête en arrière.

Ce fut une explosion de sensations inouïes. Finian était si excité qu'il l'entendit à peine crier de plaisir. Il poursuivit ses coups de langue pour mieux la satisfaire.

— Écarte encore les jambes, souffla-t-il d'une voix rauque.

Elle obéit en gémissant, les doigts enfouis dans ses cheveux, tandis qu'il la pénétrait de deux doigts et s'affairait de sa langue à un rythme effréné.

Elle se cambra dans un spasme d'extase.

Finian était comme ivre, tant il aimait sa saveur unique. Il en avait le tournis. De ses pouces, il écarta ses lèvres et enfonça sa langue en elle.

— Oh non..., gémit-elle.

— Oh si, répondit-il en se redressant.

Senna voulut le retenir, mais il la prit par les poignets et lui plaqua les bras à terre, au-dessus de sa tête.

Il se plaça ensuite à califourchon sur l'une de ses jambes frémissantes et glissa de nouveau deux doigts en elle.

Elle se mit à crier si fort qu'il dut se retenir de la faire vraiment sienne. Toujours retenue par les poignets, elle s'arc-bouta, agitée de spasmes de plaisir, les cheveux étalés tout autour de sa tête. En ondulant des hanches, il frotta son membre contre la cuisse de Senna, qui suivit son rythme en haletant.

— Tu aimes cela, Senna? murmura-t-il.

— Oui...

Elle voulut se redresser pour l'embrasser.

— Tu aimes ce que je te fais?

— Oui… Encore…

— Qu'est-ce que tu veux, Senna ?

— Toi…, souffla-t-elle en se cambrant de plus belle. Je te veux en moi…

— Non… Je ne prendrai pas ta virginité.

Elle étouffa un petit rire sensuel.

— Mais je ne suis pas vierge !

— Comment ? fit-il à son oreille.

— Je ne suis plus vierge, et je ne peux pas avoir d'enfants, Finian. Je t'en prie…

Il ne lui en fallut pas davantage. Il réfléchirait plus tard.

— Je vais te consumer, mon ange, grogna-t-il férocement. Tu n'as jamais rien connu de tel.

Le sang de Senna se mit à bouillonner dans ses veines. Finian se coucha sur elle et se plaqua entre ses cuisses. Aussitôt, elle enroula une jambe autour de sa taille.

— Viens, gémit-elle en lui caressant le dos.

Elle prit soin de ne pas toucher les traces de coups de fouet qui marquaient encore ce corps puissant et exigeant.

Il avait le visage sombre et déterminé. Bientôt, elle sentit son membre dressé s'insinuer en elle et ferma un instant les yeux pour mieux savourer le contact de sa chair palpitante. Finian eut l'impression qu'elle l'attirait en elle. Il s'enfonça davantage, les yeux rivés dans les siens, puis se détourna pour mieux maîtriser son ardeur. Senna l'observait.

— Tout va bien ? s'enquit-il.

— C'est bon, répondit-elle d'une voix tremblante.

Se maîtrisant avec effort, il interrompit sa pénétration pour déposer mille baisers sur son visage.

— Dis-moi… Est-ce que Rardove…

— Non, assura-t-elle. Il n'a même pas essayé. Je crois que je lui fais peur.

— Moi aussi, j'ai peur de toi, murmura-t-il en reprenant son lent mouvement.

Ses coups de reins étaient à la fois un délice et une torture. Elle était tellement offerte, passionnée, qu'il dut redoubler d'efforts pour se retenir. Il sentit le pied de la jeune femme contre son dos…

Au coup de reins suivant, elle soupira, attisant la passion de Finian, qui étouffa un grognement féroce.

— C'est si bon, chuchota-t-elle en s'ouvrant davantage à lui.

Il rejeta la tête en arrière avec un grognement de plaisir. Senna se cambra, savourant ses mouvements de plus en plus rapides. Il s'enfonça au plus profond d'elle et, n'y tenant plus, enfouit le visage dans son cou, sans cesser ses coups de boutoir presque primitifs.

Des ondes de plaisir déferlèrent dans tout le corps de Senna qui s'accrocha aux puissantes épaules de Finian. Elle le vit fermer les yeux au comble de la passion. Soudain, il la saisit par les hanches et roula sur le dos, l'entraînant avec elle.

— Écarte les jambes, dit-il à son oreille avant de s'enfoncer davantage encore. Je n'en peux plus…

— Tu es fatigué? railla-t-elle.

— Non, mais je suis sur le point de me déverser en toi. Tu vas aimer ça…

Elle le chevaucha en rythme, la tête rejetée en arrière. Quand il lui parlait ainsi, elle avait l'impression que sa voix seule pourrait la rendre folle de plaisir.

La tête lui tournait. Elle posa les mains sur ses épaules et se pencha vers lui, le menton sur son front, les genoux enfoncés dans le sol. Ensemble, ils montèrent vers l'extase.

— Oh! cria-t-elle, étonnée par un dernier coup de reins.

Elle fut secouée de spasmes incontrôlables et se mordit la lèvre.

— Encore…, gémit-elle d'une voix vibrante, tandis qu'une vague l'emportait dans le précipice du plaisir.

— Quoi? fit-elle en voyant son sourire, quelques secondes plus tard.

— Rien, fit-il en la prenant par les hanches.

— Je t'en prie… Encore…

— Je n'ai pas l'intention d'arrêter…

Senna sentit une nouvelle vague enfler en elle et se laissa emporter par le tourbillon.

Finian explosa au même instant dans un ultime spasme. Il la garda ensuite dans ses bras, pantelante et repue.

Ils restèrent longuement ainsi enlacés, tandis qu'elle répétait son prénom, encore et encore, le corps frémissant. Rassasié, Finian s'attarda en elle, épuisé et choqué.

30

— Choqué ? rugit Rardove.

Assis à table Pentony opina. Rardove se mit à grommeler de plus belle. Les yeux injectés de sang, la barbe mal taillée, il négligeait son apparence, ce qui n'était pas dans ses habitudes.

— C'est le terme qu'il emploie ? demanda-t-il à Pentony. Choqué ?

Le sénéchal lisait un message qui venait de leur parvenir. Le sceau apposé à la cire rouge figurait un chevalier en armure : le sceau du roi Édouard.

— Et mécontent, ajouta Pentony.

— Mécontent !

Pentony hocha la tête sans regarder le baron. Il n'éprouvait nul besoin de le voir. L'entendre fulminer suffisait à son bonheur.

Avec un juron, Rardove saisit le pichet de vin et se servit. Il était déjà passablement aviné.

Depuis le départ de Senna, il était en proie aux insomnies et à la fureur. Il buvait plus que de raison et malmenait ses serviteurs. Ce matin-là ne faisait pas exception à la règle, même si une terrible migraine semblait l'empêcher de hurler trop fort. À la lueur des chandelles, il avait le visage bouffi et le teint rougeaud.

L'abus de vin finirait sans doute par l'emporter. Pentony reprit calmement sa lecture de la missive royale.

— Le roi se trouve à la frontière galloise, guettant le moment propice. Dès que les vents seront favorables, il mettra le cap sur l'Irlande. Il a envoyé le gouverneur Wogan en avant-garde pour s'entretenir avec vous. Si le temps le permet, il viendra en Irlande en personne.

Rardove vida son gobelet de vin d'une traite puis le jeta à terre.

— À la bonne heure ! lança-t-il. Cet émissaire saura ainsi combien la situation est difficile, avec ces maudits Irlandais !

— Il saura également que vous comptez fabriquer la teinture de *wishmés* à son insu.

Rardove fronça les sourcils, mais ce n'était qu'une bravade, et Pentony en avait conscience. Le roi était particulièrement efficace quand il s'agissait d'obtenir des informations sur les rébellions qui couvaient. C'était d'ailleurs pour cette raison qu'il y en avait si peu. Le dénommé Red devait être fou pour se dresser contre la volonté d'Édouard, un ennemi redoutable, déterminé et brutal.

Et il semblait savoir ce que Rardove mijotait derrière son dos.

Le roi ne serait certainement ni choqué ni déçu, mais plutôt enragé et assoiffé de vengeance, dès qu'il aurait confirmation que la légende des *wishmés* n'était plus une légende. Rardove possédait des échantillons qui en attestaient. Une seule personne avait été capable de produire cette teinture depuis cinq siècles : Elisabeth de Valery.

Sa fille Senna représentait la dernière chance de Rardove, une chance infime, certes, mais la seule. Elle avait beau affirmer ne rien savoir des teintures, la légende affirmait que ce talent était héréditaire.

Or, sa mère avait noté la recette secrète avant de s'enfuir. Encore un trait héréditaire, songea Pentony. Hélas ! Elisabeth avait emporté son secret avec elle. De plus, elle était mariée à sir Gerald de Valery, un négociant en laine, dont elle était éperdument amoureuse. Plus que de Rardove. Les triangles amoureux ne donnaient jamais rien de bon.

Cela dit, Pentony soupçonnait Elisabeth de ne jamais avoir fait partie d'un tel triangle. Elle n'aimait que sir Gerald. Alors pourquoi était-elle venue en quête de cette teinture ?

Car elle était venue. Elle avait quitté son mari pour rejoindre Rardove et ses plages indigo. Elle avait préféré la possibilité de produire sa teinture à la douceur du foyer.

La passion était décidément un défaut familial. Le père, lui, avait le démon du jeu. Senna semblait être le seul membre solide du clan.

Une ombre se profila soudain sur le seuil, mais le baron ne leva même pas les yeux. Pentony fit signe au soldat d'entrer.

Lourdement armé, l'homme s'approcha de la table sur laquelle Rardove était avachi.

— Milord, nous avons arrêté un homme qui pourrait bien être Red.

Rardove se redressa et regarda autour de lui.

— Eh bien, où est-il ?

— À l'abbaye, répondit le soldat en évitant son regard.

— Quoi ? Que fait-il là-bas ?

— Elle… nous a jetés dehors.

— Elle ?

— La mère supérieure.

Pentony esquissa un sourire malgré lui.

— Elle a fait *quoi* ? s'écria Rardove, incrédule. Mais ce n'est qu'une femme et vous avez une épée, non ?

— Certes, milord, mais Dieu est de son côté…

Rardove afficha une expression indéchiffrable, puis son visage devint écarlate.

— Dehors ! hurla-t-il.

Le soldat fila sans demander son reste.

Pentony se leva et rassembla les parchemins qui jonchaient la table.

— La trahison sévit en Irlande, depuis quelque temps, remarqua-t-il d'un ton posé. Vous, O'Melaghlin, Red…

Rardove ne répondit pas, mais l'air se fit soudain plus lourd, dans la salle. Sous le regard appuyé de son maître, Pentony resta impassible. Un mélange d'étonnement et de… joie apparut sur les traits de Rardove, comme si son sénéchal avait été une femme superbe et dénudée. C'était étrange…

— Nom de Dieu ! souffla Rardove. Vous êtes décidément un génie, Pentony !

Celui-ci n'y comprenait plus rien, Pentony se sentit soudain oppressé.

— Milord ?

— Asseyez-vous et écrivez, ordonna le baron.

Pentony ne broncha pas.

— Écrire quoi, milord ?

— La trahison ! Vous l'avez dit vous-même, la trahison fait rage en Irlande. Ces maudits Irlandais sont par trop téméraires. Les intrigues de Red le prouvent. Il est temps que cela cesse !

— Comment cela ?

Rardove se mit à arpenter la salle.

— Cette alliance entre Red et les Irlandais met la paix du roi en péril, le long des côtes de son royaume. Édouard ne va pas apprécier.

Pentony comprit enfin. Il s'agissait de détourner l'attention du roi des manigances de Rardove... C'était habile.

— Édouard sera furieux d'apprendre que d'autres Celtes se dressent contre lui. Il a déjà assez à faire avec les complots qui se préparent en Écosse. Alors ? Écrivez ! Qu'est-ce que vous attendez ?

Pentony s'assit et trempa sa plume dans l'encrier.

— À qui ? demanda-t-il pour la forme.

— Wogan, le gouverneur. Il arrive, n'est-ce pas ? Nous allons envoyer des cavaliers à sa rencontre et lui exposer les projets des Irlandais.

Le sénéchal griffonna sur le parchemin.

— Il n'est pas question que j'attende la guerre sans réagir, reprit Rardove d'un ton pensif en se grattant la barbe. Informez également tous les seigneurs des alentours, et tous mes vassaux.

— Pourquoi, milord ? s'enquit Pentony.

Rardove s'approcha de la fenêtre et l'ouvrit pour laisser entrer le soleil qui éblouit le sénéchal.

— Le gouverneur d'Irlande se dirige vers le nord, déclara Rardove. Le roi d'Angleterre aussi. Il est temps de déclarer la guerre aux Irlandais.

31

Allongé sur le dos, Finian contemplait les étoiles. Depuis vingt ans, il se battait pour reconquérir ses terres, dont les plages de *wishmés*, et pour ne jamais tomber entre les griffes d'une femme.

Et voilà où il en était… À séduire une femme. Cette idée ne lui déplaisait cependant pas. Après tout, il n'avait rien fait de plus que coucher avec une femme superbe et intelligente. Rien d'autre…

Il étouffa un grognement de rage. Il ne pouvait se mentir. Plus rien ne serait comme avant. Non seulement il avait séduit Senna, mais il l'avait faite sienne. Il l'avait possédée.

Et ce n'était pas terminé, songea-t-il, prenant enfin conscience de la faim qui le tenaillait.

Elle était blottie contre lui, un peu frémissante. Il n'avait aucune envie de se retirer d'elle. Quelques minutes après l'extase, elle était encore parcourue de frissons tandis qu'il la caressait tendrement.

Elle leva la tête pour le regarder. Il lui sourit.

— Tu es réveillée ?

Elle hocha la tête.

— Je peux te poser une question ?

— Je te dirai tout ce que tu veux.

« Non, faillit-il répondre. Ne dis jamais ce genre de choses. »

— Que voulais-tu dire en affirmant que tu n'étais pas innocente ? demanda-t-il.

Senna ne parut nullement étonnée par sa question.

— J'ai été mariée.

— Quand ?

— Il y a dix ans. J'avais quinze ans.

Cette information le troubla légèrement.

— Pendant combien de temps ?

— Une seule nuit.

Il esquissa un sourire, puis lui caressa la joue.

— Tu aimes les relations de courte durée, on dirait. Que s'est-il passé ?

— Il est mort.

— Comment ?

Elle haussa les épaules. Il avait du mal à discerner les traits de son visage, au clair de lune, mais elle semblait triste.

— C'est à cause de moi. Il était vieux et méchant. J'étais enceinte, mais j'ai perdu l'enfant. Ce fut… un moment terrible, pour moi. Le médecin m'a dit que je n'aurai jamais d'autres enfants.

— C'est affreux, murmura-t-il en posant la main sur sa joue.

Senna ne voulait plus vivre dans le passé. Ce qu'elle voulait, désormais, c'était Finian.

— Tu m'as fait vivre des moments merveilleux, dit-elle en enfouissant le visage dans son cou.

Il lui caressa le dos, puis s'attarda sur sa hanche.

— Je suis heureux de l'entendre, répondit-il d'un ton charmeur. Moi aussi, j'ai vécu des instants merveilleux.

— Quand recommencerons-nous ? demanda-t-elle timidement.

Finian écarta ses cheveux de son visage et plongea son regard dans le sien.

— Quand as-tu envie de recommencer ?

À son grand étonnement, elle se resserra autour de son sexe toujours en elle.

Il la prit par la nuque et l'attira lentement vers lui. Pour la première fois, Senna décela dans son regard une lueur grave qu'elle ne lui connaissait pas.

Leurs ébats furent plus tendres et langoureux, loin de la passion débridée de la première fois. Le cœur battant, Senna épousa son rythme en soutenant son regard.

Ils échangèrent un baiser plein de révérence. Finian prit le temps de l'explorer avec délices, jusqu'à perdre haleine, embrasant ses sens de plus belle, mais avec tendresse. Son sexe se raidit en elle, provoquant un soupir d'aise.

Une brise matinale fit voleter les cheveux de la jeune femme sur sa peau moite. Senna déposa mille petits baisers sur son front, ses paupières, ses lèvres. Noyée dans cette douceur, elle comprit qu'elle était perdue.

Il lui caressa la joue à son tour, jusqu'à ce qu'elle l'implore, frémissante, emportée par une passion décuplée. Il la prit par les hanches et s'enfonça en elle plus profondément avant d'entamer un va-et-vient sensuel.

Agrippée à lui, elle tenta d'accélérer le mouvement, mais il la retint et se retira un instant, mais pas totalement. Senna s'agita d'impatience.

— Ne me torture pas…

Finian ne se fit pas prier davantage. Senna gémit en sentant monter la fièvre désormais familière. Il se mit à murmurer des mots doux à son oreille, lui demandant ce qu'elle voulait de lui. Elle modifia sa position pour lui procurer un plaisir différent, face à face.

— Tu aimes ? demanda-t-il en la sentant frissonner de tout son corps.

— Finian..., souffla-t-elle d'une voix rauque.

Elle ne cessait de répéter son prénom, encore et encore, comme s'il n'existait plus que lui dans tout l'univers.

Glissant une main entre leurs corps fébriles, il la plaqua au sol et s'insinua entre ses cuisses pour lui procurer le plaisir qu'elle réclamait avec tant de fougue.

Elle ne put réprimer un cri qui l'encouragea à poursuivre ses attentions. Il s'exécuta avec bonheur. Pantelante, Senna rejeta la tête en arrière. Une onde de plaisir parcourut ses membres et son corps tout entier.

— Je veux que tu jouisses pour moi, murmura-t-il en la titillant de ses doigts.

Elle la fit monter vers les sommets de l'extase, de plus en plus fort, de ses doigts experts qui tourmentaient sa chair humide et gonflée de désir. Plus il s'enfonçait en elle, plus elle s'embrasait.

Il explosa enfin. Agitée de spasmes, elle l'attira encore et encore, refusant de la libérer. Il se noya en elle et la serra farouchement contre lui. Repue, Senna ferma les yeux, oubliant toute raison pour ne plus penser qu'à Finian.

Lui qui connaissait si bien le corps des femmes, lui dont le charme attirait les plus jolies dans son lit, n'avait jamais eu envie de donner son cœur. Il menait une vie pleine de dangers, et elle était tombée amoureuse de cet homme.

Ils restèrent enlacés en silence, leurs souffles mêlés, avant de sombrer dans un sommeil bienfaisant.

Les premières lueurs de l'aube révélèrent un paysage verdoyant nimbé d'une brume humide. Le groupe de cavaliers avançait en rang. Sur leur tunique, les hommes arboraient un corbeau fondant sur une proie. Sous leurs casques, ils scrutaient les environs. Si elle se trouvait là, ils la captureraient.

Et si l'Irlandais l'accompagnait, il mourrait.

32

Le lendemain, Senna et Finian étaient tapis non loin de Hutton's Leap, à l'orée des bois. Le soleil était au zénith. Dans le village, les gens allaient et venaient.

— Tu connais cet endroit ? s'enquit Senna.

— Un peu, répondit-il, évasif. J'y ai eu plusieurs rendez-vous.

— Il doit bien y avoir des habitants qui soutiennent les Irlandais, non ?

— Nous n'avons guère d'amis, ici, assura-t-il.

— Mais il y a pourtant des Irlandais. Nous sommes en Irlande, non ? Il s'agit de ton peuple, Finian. Ils peuvent se montrer solidaires, si on leur donne de bonnes raisons de l'être.

— Tu penses à de l'argent, répliqua-t-il avec un regard de biais. Senna, sache que pour la plupart des gens, l'argent a moins d'importance que leur âme ou leur vie.

— Je ne pense nullement que l'argent a plus d'importance que la vie humaine, protesta-t-elle. Mais je pense qu'on peut convaincre certaines personnes.

— Je sais très bien ce que tu penses, dit-il en lui posant sur la tête un grand chapeau qu'il avait dérobé dans un jardin à la sortie d'un village.

Elle l'ajusta avec coquetterie.

— Il me va bien ? demanda-t-elle.

— Tu es superbe, mais garde la tête baissée.

— D'accord, murmura-t-elle. Toi aussi. Tu risques d'attirer l'attention plus que moi, avec tes grands airs. Enfin... Tu es imposant.

— J'ambitionne de devenir roi.

Ils déambulèrent jusqu'aux portes de la ville, parmi une foule de badauds.

— C'est très bruyant, commenta Senna.

Finian était satisfait de son déguisement, qui masquait ses traits. Avec sa cape, elle avait tout d'un jeune écuyer, à condition de ne pas y regarder de trop près, bien sûr.

Finian estimait qu'il ne devrait pas rencontrer trop de difficultés, si loin vers le sud. Rardove les recherchait très certainement au nord, chez le roi O'Fail, et non dans cette bourgade animée. Les Irlandais susceptibles de tuer quatre soldats anglais au bord d'une rivière ne manquaient pas...

Mais même si Rardove lui attribuait ces quatre morts, Finian n'avait pas le choix. Red l'attendait, muni du précieux manuel.

— C'est bruyant, en effet, confirma-t-il en observant les sentinelles qui patrouillaient sur les remparts.

Il était aux aguets, tous ses sens en alerte.

— Tu passes ton temps dans les villes, n'est-ce pas ?, pour négocier des contrats. Tu dois briser le cœur de bien des hommes.

— J'évite les villes, au contraire, dit Senna en regardant autour d'elle. Je n'aime pas le bruit...

Elle leva les yeux vers le ciel.

— Garde la tête baissée !

Un groupe animé les suivait. Tant mieux. Ils feraient diversion. Ils arboraient des tenues de ménestrels aux couleurs chatoyantes. L'un d'eux avait un singe perché sur l'épaule. Sans doute allaient-ils donner un spectacle.

— C'est un singe ? s'exclama Senna, les yeux écarquillés.

Sa voix, qu'elle cherchait à déguiser, était encore plus séductrice que de coutume.

Le ménestrel l'entendit et éclata de rire.

— C'en est un, madame.

Finian réprima un juron. Il savait que le déguisement de Senna ne pouvait tromper les autres que de loin. Il venait d'en avoir la confirmation.

— Venez donc voir notre spectacle, ce soir, ajouta l'homme avec un sourire.

Il s'intéressait plus à la cliente potentielle qu'à la femme, ce qui rassura Finian.

— Pour la modique somme d'un demi-denier, dit l'artiste.

Sur ces mots, il s'inclina galamment et adressa un clin d'œil à Senna.

— Et nous recherchons toujours de jolies volontaires, poursuivit-il. Pour elles, l'entrée est gratuite.

Finian revit sa position.

Senna esquissa un sourire et secoua timidement la tête.

— Je n'avais jamais vu de singe, murmura-t-elle.

Finian résista à l'envie de déposer un baiser sur le bout de son nez pourtant maculé de boue. Il risquait d'attirer l'attention sur lui.

Un garde était en poste à la porte, inspectant bagages et paquets, sans oublier les charrettes qui se rendaient à la foire. Dès qu'il arriva devant le garde, Finian se crispa, prêt à se battre ou à s'enfuir. Par chance, l'homme lui fit signe d'avancer avant de s'intéresser aux ménestrels.

— Dépêche-toi, chien d'Irlandais ! lui lança-t-il.

Pour la première fois de sa vie, Finian résista sans mal à son envie de fracasser la tête d'un Anglais contre le mur et pressa le pas.

Ils se hâtèrent dans les ruelles. Il faisait très chaud, et la foule se pressait devant les échoppes vendant toutes sortes de marchandises, de la sellerie à la broderie, sans oublier les chandelles et l'argenterie. Le son familier d'une enclume que l'on frappe retentit au loin, dans l'atelier d'un forgeron.

Finian se dirigea d'un pas vif vers la place centrale, en espérant que Senna ne s'arrêterait pas.

Une estrade était installée sur la place. Elle servait soit aux spectacles de rue, soit aux exécutions. Un homme haranguait la foule, annonçant une vente de vin. Nul ne semblait l'écouter.

— Attends-moi ici, ordonna-t-il à Senna lorsqu'ils arrivèrent près du puits.

L'endroit était à l'ombre. Senna se fit aussi discrète que possible, les bras croisés, à observer la foule d'un œil distrait, tel un écuyer attendant son maître.

Finian eut envie de l'embrasser.

La file des promeneurs déambulait de boutique en boutique. Quelques jongleurs racontaient des histoires salaces, sur la place, attirant les curieux, tandis que des marchands ambulants proposaient des petits pains. Senna passerait inaperçue, il en était certain, et il n'en avait pas pour très longtemps.

Si quelqu'un s'avisait de toucher un seul de ses cheveux...

— Je reviens, dit-il, la mine grave.

Elle hocha la tête, confiante, mais sa mâchoire était crispée. Finian fit mine de lacer ses bottes et l'invita à en faire autant.

Furtivement, il déposa un baiser sur ses lèvres.

— Tu es très courageuse. Je reviens vite te chercher.

Il se redressa et, sans regarder en arrière, se dirigea vers l'abbaye où l'attendait son espion.

33

À l'intérieur, il faisait frais grâce à l'épaisseur des murs. Finian parcourut la nef et s'agenouilla, tête baissée, avant de se signer. En entendant un léger sifflement, derrière lui, il se retourna.

Une silhouette en aube s'approcha.

— Ma mère.

L'abbesse lui effleura la tête.

— Par ici, dit-elle.

Finian la suivit dans une petite cour pavée inondée de soleil, puis dans un autre bâtiment. Il mit un certain temps à s'accoutumer à la pénombre. Ils se trouvaient dans une vaste salle où les nonnes écrivaient et illustraient leurs superbes manuscrits enluminés.

— Vous êtes en retard, mon fils, dit la mère supérieure.

— J'ai été retardé.

— Il est peut-être trop tard…

— J'ai fait de mon mieux.

— Le Seigneur n'en a cure, répondit-elle d'un air sévère.

Finian balaya les lieux d'un regard.

— Ils sont venus.

— Qui ? s'enquit-il vivement.

— Ils voulaient la même chose que vous, et avec autant d'ardeur.

— Ma mère, où est-il ?

Elle désigna une porte, au fond de la salle. Sous sa manche qui remonta légèrement, Finian aperçut un bras étonnamment robuste.

— Descendez les marches, traversez le cloître vers les dortoirs. La dernière porte à droite. Votre épée reste ici, ajouta-t-elle.

Finian la lui tendit sans protester. Il pouvait toujours recourir aux lames dissimulées sur lui, en cas de besoin.

Il traversa vivement le cloître où les nonnes s'affairaient sous le soleil. L'une d'elles, qui balayait la cour, lui lança un regard à la dérobée. Finian gravit les marches et longea le couloir.

Il prit à peine le temps de frapper et ouvrit la porte.

— Red ?

Il s'arrêta net. Red gisait à terre, un filet de sang s'écoulant de sa tête.

Finian s'agenouilla près de lui.

— Red ? Seigneur, Red ! s'exclama-t-il en le prenant par la nuque. Tu devrais être au lit.

Dans le silence, il entendit voler une mouche. Finian s'assit sur le plancher et prit doucement l'espion dans ses bras.

— Red !

Il ouvrit enfin les yeux.

— Bon sang, mon vieux ! lança Finian en posant la tête de son ami sur ses genoux. Tu vas bien ?

— L'Irlandais, gémit Red. Non, je ne vais pas bien. Je vais mourir. Je t'attendais. Pourquoi faut-il que vous arriviez toujours en retard, vous les Irlandais ? Où est Turlough, au fait ?

— Il est mort.

— Le pauvre vieux…

Finian détacha l'outre d'eau qu'il avait à sa ceinture et la porta à la bouche desséchée de Red, qui but lentement. Il déclinait à vue d'œil.

— Les sœurs ne t'ont pas soigné ?

— À quoi bon ? Mais la mère supérieure est une femme merveilleuse.

Finian plongea dans son regard plein de douleur.

— Il y a cinq jours, quand je suis arrivé ici...

— Pardonne-moi d'être en retard. J'ai été capturé.

— D'accord. Je me dépêche... Je suis sorti de mon lit avant de mourir. Il est là-bas...

Il désigna le mur.

— Derrière une pierre. Il y a un point. Tu creuseras.

— C'est la recette ?

— Dans toute sa splendeur fatale.

Finian était soulagé. Depuis longtemps, il voyait Red pour échanger des renseignements, Finian pour l'Irlande, Red pour l'Écosse. Tous deux œuvraient contre le roi Édouard et son appétit insatiable pour les terres celtes.

Finian déposa Red à terre et examina l'endroit indiqué. Il tâtonna un peu pour déplacer la pierre marquée d'un point. Lorsqu'il l'eut enlevée, il glissa la main dans le trou et en sortit un petit manuscrit, un traité en miniature, protégé par deux plaques de bois.

— C'est cela ?

Red hocha faiblement la tête.

— La recette est codée...

— Comment l'as-tu retrouvée, après toutes ces années ?

— Peu importe... ouvre-le.

Finian obéit presque à contrecœur. Il fut d'abord frappé par la qualité des couleurs, des pages entières d'enluminures représentant des plantes de toutes formes, des coquillages, des oiseaux... Des récipients, des mortiers, des arbres et de minuscules insectes très finement dessinés. Et des hommes et femmes en train de... danser, la tête rejetée en arrière, dans diverses postures de plaisir. Leurs corps semblaient moites de sueur. Ces personnages semblaient plus heureux que la plupart des êtres vivants. Si l'abbesse voyait cela, elle serait furieuse.

Finian releva la tête, intrigué. Red opina, puis haussa les épaules. Il poursuivit sa lecture, se concentrant sur le texte, malgré les images émoustillantes. C'était du latin, une succession de lettres, de mots, avec parfois un chiffre, au cœur d'une page de vélin. La présence de ces chiffres était troublante.

— C'est de l'arabe, fit Red d'une voix brisée.

Qu'il s'agisse de chiffres romains ou arabes, il s'agissait de mesures. Distances, quantités... tout y était.

Outre les scènes érotiques, l'ouvrage était constitué de dessins, de plans représentant des châteaux, des moulins, des trajectoires de trébuchets... et des explosions.

C'était un ouvrage militaire.

— C'est le fruit d'un esprit meurtrier, remarqua Finian.

— Ce teinturier avait du génie, admit Red, le souffle court.

La même scène apparaissait sur plusieurs planches : un roi portant couronne et drapé dans une cape. Le bas de son corps s'effaçait peu à peu, avant de disparaître, comme si l'encre était délavée ou si elle avait été accidentellement diluée dans de l'eau. Mais l'effet obtenu était délibéré.

— Qu'est-ce que c'est ? demanda Finian.

— Cela ressemble à quoi ? fit Red à voix basse, les yeux fermés, même s'il semblait deviner à quoi son compagnon faisait allusion.

— On dirait un homme qui disparaît.

— Ou bien que l'on rend invisible...

— C'est insensé, commenta Finian.

Red se redressa légèrement, à grand-peine, et glissa la main sous son gambison de cuir. Il lui tendit quelque chose, mais Finian distinguait mal ce que c'était.

Il s'approcha et regarda de plus près. On aurait dit comme un battement d'ailes de libellule au-dessus de l'eau, sur la paume de Red, une sorte de scintillement. Finian toucha quelque chose qu'il voyait à peine. Chaque fois qu'il tentait de concentrer son regard dessus, l'objet devenait flou. Pourtant, il était bien réel.

— Prends-le...

— Qu'est-ce que c'est ? demanda Finian en prenant cette chose presque immatérielle entre ses doigts.

— C'est ça, répondit Red en désignant l'image du roi qui disparaissait. Vois ce qu'il peut faire.

— C'est de la folie ! protesta Finian, qui avait conscience de perdre un temps précieux, mais qui tenait à comprendre. Réduits en poudre, ces coquillages sont explosifs. En tant que teinture, ils créent le plus bel indigo...

— Et appliqués sur un certain type de laine, ils donnent ce résultat...

Finian sentait en effet la texture de la laine, sous ses doigts, mais il ne voyait rien ! Enfin, pas vraiment... Et plus il redoublait d'efforts, moins il voyait clair.

— Certains petits morceaux de tissu sont visibles... Je dirais un dixième de la surface.

— On dirait presque... qu'il se matérialise de nouveau.

Finian leva le tissu à la lumière et vit un morceau de laine indigo strié de rouge. Il avait la forme d'une tunique pour enfant. Hélas ! il disparut aussitôt pour se fondre contre le mur, à part ces quelques points.

— C'est de la magie, commenta l'espion.

Finian était plus terre à terre que son compagnon.

— Le manuel indique comment obtenir ce résultat ?

— Oui, répondit Red péniblement.

— Mais comment ? Le secret des *wishmés* a disparu depuis des siècles !

— Ce manuel n'a pas mille ans.

— Non, Dieu soit loué, dit Finian, troublé par les implications de cette information.

Red puisa dans ses dernières forces pour froncer les sourcils.

— Dieu n'a rien à voir dans tout ça, crois-moi. Nous devons nous débrouiller sans lui. Maintenant, écoute-moi bien. Si je remets ce manuel aux Irlandais, c'est pour une raison précise.

— J'ignorais qu'il existait une condition.

— Je vais mourir. Je pose mes conditions si je le veux. Vous devrez vous servir de ce livre.

— Que veux-tu dire ? demanda Finian en posant le tissu. Pourquoi donnes-tu le livre aux Irlandais maintenant ?

Les mots sortaient difficilement de la bouche du mourant.

— Les Écossais ont signé… un traité… d'alliance avec la France. Édouard est fou de rage. Il risque d'envahir l'Écosse. Aussi sûr que je vais mourir… Ne le laisse pas faire !

— Comment l'en empêcher ?

— Bon sang ! Je viens de t'en donner les moyens. Il te suffit de provoquer quelques explosions pour attirer son attention. Détourne-le de l'Écosse…

— Attirer son attention, répéta Finian. Sur l'Irlande.

— L'Écosse va tomber, O'Melaghlin. Puis ce sera le tour de l'Irlande. Nous allons tous nous retrouver à sa botte, un jour ou l'autre. L'Écosse en a plus qu'assez de solliciter de l'aide sur le continent. La France, c'est si loin. Nous avons besoin de l'Irlande.

— Nous ? Mais tu es anglais !

Red soupira, le regard éteint.

— Ma femme était écossaise.

Ils demeurèrent silencieux, puis Finian reprit la parole :

— Je ne te promets pas une guerre pour sauver l'Écosse au prix de l'Irlande. C'est impossible.

— Salaud, souffla Red. Je m'en doutais. Encore une condition… Très importante.

Ses paroles étaient de plus en plus décousues.

— Rardove a fait quérir une teinturière…

— Qui ? demanda Finian, saisi d'effroi.

— Elle vient d'Angleterre… Aide-la à partir

— Je crois que c'est déjà fait, répondit Finian.

— Tant mieux. Protège-la de ton mieux. À présent, file. Ceux qui m'ont agressé sont des hommes de Rardove. Ils vont revenir… Va-t'en !

— Je ne veux pas te laisser…

— Nom de Dieu, je suis déjà mort !

Quelques instants plus tard, il poussa son dernier souffle.

Finian ferma les paupières du plus grand espion anglais jamais rallié à la cause écossaise.

34

Le soleil se couchait presque quand Senna finit par succomber au parfum alléchant des petits pains et des tourtes. Elle mourait d'envie de déguster un plat chaud, des œufs, de la viande, peut-être... En voyant un passant acheter une part de tourte, elle se pencha vers lui pour renifler le mets, au grand étonnement de l'inconnu. Senna recula aussitôt pour ne pas éveiller ses soupçons. Du jambon! Avec des herbes! Elle sentit son estomac gargouiller de plus belle.

Elle acheta quatre parts qu'elle paya à l'aide d'une pièce sortie de sous ses vêtements. Elle en dévora deux et en conserva deux autres pour Finian, dans son sac. Rassasiée, elle regarda la nuit tomber lentement. Elle rit du numéro des jongleurs, au son de la flûte.

Finian apparut enfin comme par enchantement et la serra contre lui avec ardeur.

— Il faut filer au plus vite, souffla-t-il.

Il scruta la foule et prit Senna par le bras. Il allait l'entraîner quand un brouhaha se fit entendre.

Un groupe de soldats en armure monta sur l'estrade en poussant devant eux un homme richement vêtu. Sans doute le responsable de la guilde des marchands, également maire de la ville.

Finian resserra son emprise sur le bras de Senna et l'attira en arrière, contre l'échoppe d'un cirier.

Sur la place, le silence se fit. Un soldat donna une bourrade au maire. Celui-ci déroula un document.

— Lord Rardove requiert les services des habitants de cette ville ! clama-t-il. Il y a six jours, un prisonnier irlandais détenu par lord Rardove pour trahison s'est évadé.

Nul ne parut impressionné par cette nouvelle, mais les gens ne savaient sans doute pas grand-chose du baron cruel.

— Cet Irlandais a enlevé la fiancée de lord Rardove.

Ce détail capta l'attention de tous. Senna et Finian échangèrent un regard.

— Lord Rardove offre une récompense à quiconque retrouvera cet Irlandais et sa fiancée, soit une pièce d'or.

La foule s'agita. Quelques jeunes gens partirent en courant pour répandre la nouvelle à tous les ambitieux.

Le maire poursuivit son affligeant discours.

— Le moindre renseignement annulera toute dette envers Sa Seigneurie.

Un soldat s'avança et écarta le maire sans ménagement. Puis sa voix s'éleva :

— Lord Rardove tient absolument à retrouver ces deux personnes ! Trouvez-les ! Vous toucherez cinq livres de plus !

Les questions fusèrent de toutes parts tandis que Finian entraînait Senna loin de la place, dans la grande rue, en direction de la porte ouest.

— Pas trop vite, dit-il. Sinon, nous allons attirer l'attention.

Un soldat arborant les armes de Rardove surgit d'une ruelle. Senna sentit son estomac se nouer.

Elle enfonça son chapeau sur sa tête et baissa les yeux en s'efforçant de marcher d'un pas tranquille.

Le soldat s'éloigna dans la pénombre.

— Finian ?

— Quoi ?

— Ils vont fermer les portes, dit-elle en essayant de ne pas trahir son angoisse.

— Je sais.

Qu'ils cherchent à les prendre au piège ou qu'il s'agisse tout simplement du couvre-feu, Senna et Finian allaient devoir passer la nuit en ville, où grouillaient les soldats de Rardove.

Ils se frayèrent un chemin dans la foule et hâtèrent le pas. Soudain, une trompe retentit.

Ils se mirent à courir, évitant les ivrognes qui sortaient des tavernes. Ils bifurquèrent à droite et descendirent une pente menant à la porte sud. En voyant les deux immenses battants en chêne se refermer avec fracas, ils s'arrêtèrent net.

Senna faillit pousser un cri.

Les soldats actionnèrent les verrous et barrèrent l'issue, puis ils reprirent leur poste de part et d'autre de l'entrée. Sur les remparts, les sentinelles patrouillaient.

Senna demeura hébétée, incrédule.

— Viens, murmura Finian.

— Nous avons de quoi les payer, dit-elle. J'ai de l'argent. Moyennant un pot-de-vin, ils nous laisseront sortir...

— Et pour une somme encore plus rondelette, ils nous livreront à Rardove.

Il désigna une ruelle sombre dans laquelle ils s'engagèrent.

— Où allons-nous ? demanda Senna en trébuchant.

— Chez les sœurs.

— Comment ?

— Les sœurs.

En arrivant à l'angle de l'abbaye, Finian vit la mère supérieure céder en grimaçant le passage à trois soldats qui envahirent les lieux.

Finian recula et s'appuya contre le mur, près de Senna.

— Ce n'est pas sûr ? s'enquit-elle.

— Pas vraiment.

Un bruit de pas retentit. Il posa une main sur sa tête et l'obligea à se baisser, puis il s'accroupit à son côté, derrière le tronc d'un arbre. Trois soldats passèrent, brandissant une lanterne. Des hommes de Rardove, bien sûr.

Senna et Finian retinrent leur souffle jusqu'à ce qu'ils aient disparu au loin.

— Vite, partons d'ici !

Elle prit la main qu'il lui tendait. Une mèche de ses cheveux s'était échappée de son chapeau. Elle la remit en place et emboîta le pas à Finian.

De temps à autre, ils croisaient un page muni d'une torche, suivi d'un bourgeois. Bientôt, ce fut la nuit noire sur toute la ville. Les feux avaient été éteints pour éviter tout incendie.

Seules tavernes et maisons closes demeuraient ouvertes. Finian se rua vers le Chardon, où ils entrèrent.

35

— Ce n'est pas vraiment le genre de refuge que j'imaginais, commenta Senna.

De toute évidence, les lieux étaient mal famés.

— Est-ce le genre d'endroit que fréquente assidûment un futur souverain ? railla-t-elle.

— Je veille à l'éducation de mon écuyer, répliqua-t-il en la poussant vers une table, au fond de la salle.

La taverne était quasiment déserte. Pour tout mobilier, elle comportait quelques planches posées sur des tréteaux, des barriques, quelques tables et chaises branlantes. C'était le genre d'endroit où la bière coulait à flots. En général, les hommes se contentaient de s'enivrer jusqu'à tomber raides, à moins qu'ils ne gagnent suffisamment au jeu pour s'offrir les faveurs d'une prostituée.

Une seule table était occupée. Il était encore tôt et, après l'annonce de Rardove, les habitants fouillaient les ruelles en quête des fugitifs susceptibles de leur rapporter une pièce d'or.

Trois hommes exubérants discutaient de la récompense promise pour la capture de l'Irlandais. Ils semblaient ravis à l'idée de lui infliger une bonne correction, après sa capture.

Pourtant, ils étaient en train de se remplir la panse de bière, dans cette taverne sordide. Peu après, ils montèrent l'escalier en titubant, suivant une femme qui ondulait des hanches. Deux autres prostituées les rejoignirent. Quelques instants plus tard, une femme se présenta à la table de Finian et de Senna.

Senna garda la tête baissée jusqu'à ce qu'elle reparte, mais ses cheveux apparaissaient sous son large chapeau. Il était manifeste qu'elle était une femme. Finian était mortellement inquiet.

De plus, elle fabriquerait des teintures ? C'était de la folie !

Au fond, il savait que c'était la vérité.

— Comment trouves-tu l'Irlande ? s'enquit-il.

— Tu parles des soldats en maraude et des barons déments ? répondit-elle en croisant son regard.

— Je parlais des rivières...

Elle se mit à rire tout bas.

— Elles sont longues, larges et profondes. Et elles me donnent le tournis.

— Et moi ?

Elle esquissa un sourire à damner un saint.

— Tu es long et large...

— Et profond ?

— Pas du tout ! assura-t-elle en secouant la tête.

— Nous verrons cela plus tard, promit-il en prenant sa chope pour boire une gorgée de bière.

Senna rougit et détourna la tête.

Ils étaient les seuls clients, désormais. Quelques filles attendaient près des tréteaux, entourant une femme à la mine fatiguée qui les observait depuis leur arrivée.

— Que faisons-nous ici ? s'enquit Senna.

— Les hommes de Rardove fouillent toutes les maisons. Nous allons attendre qu'un riche marchand se présente, puis nous lui déroberons quelques objets quand il sera occupé à l'étage.

— Tu ne penses vraiment qu'à voler ton prochain!

— J'en ai toujours rêvé.

— Quel genre d'objets?

— Des capes, de l'argent... tout ce qui pourra nous aider à franchir les portes de la ville en toute discrétion. Nous ne tiendrons pas toute une nuit, ici.

Elle fit la moue.

— Tu as une meilleure idée? demanda Finian en croisant les bras.

— Eh bien, pas vraiment un plan...

— La fin justifie les moyens, Senna.

— Certes, mais je n'aime pas l'idée de dépouiller des marchands, même riches et occupés ailleurs.

— C'est normal, ce sont tes confrères.

— Ou alors en dernier recours, concéda-t-elle. Si cela se révélait nécessaire. Mais il existe un autre moyen...

Le regard de la jeune femme se posa sur la patronne et ses filles.

Il se prit à espérer que Senna ne songeait pas à ces prostituées.

Un terrible fracas en haut de l'escalier, à l'extrémité de la salle, attira l'attention de tous.

Un homme foudroyait du regard le pichet qui venait de s'écraser à ses pieds sur le palier. Il retourna en titubant vers la chambre qu'il venait de quitter.

— Sale garce! hurla-t-il d'une voix avinée. Je ne remettrai plus les pieds ici!

— Je l'espère bien, rétorqua une voix féminine. Mais tu vas payer pour ce que tu as pris!

L'homme secoua la tête et longea le couloir d'un pas chancelant jusqu'à la porte suivante à laquelle il frappa. Deux hommes lui ouvrirent, en tunique et en chausses.

— On s'en va, leur dit-il.

Sur ce, l'homme aviné descendit l'escalier d'un pas hésitant et leva une main en voyant la patronne se diriger vers lui.

— Je refuse qu'on me traite de la sorte, Esdeline, clama-t-il après avoir émis un rot sonore. Soit cette fille s'en va, soit c'est moi !

Ses deux comparses le rejoignirent en finissant d'ajuster leurs vêtements et tous trois titubèrent vers la sortie.

Les trois filles, dont celle qui avait apparemment lancé le pichet sur son client, descendirent à leur tour. Elles semblaient furieuses et au bord des larmes.

— C'est le troisième en une semaine, marmonna l'une d'elles. Il est parti sans payer !

Quelques grommellements suivirent. La patronne, qui était retournée se percher sur son tabouret, écoutait sans dire un mot.

— Avec tous les soldats qui sont arrivés ces derniers jours, les affaires marchent mieux que de coutume, déclara une petite blonde qui semblait terrorisée. Ils paient toujours, eux. Et bien.

Une autre l'observa avec pitié.

— Ouais, mais ils ne vont pas s'éterniser, ma belle ! Ils s'en iront et reviendront une fois par mois, comme toujours.

— Balffie est un client régulier...

Senna se tourna vers Finian. Il avait pâli. Balffie...

Esdeline écarta une mèche de cheveux du visage de l'une des filles.

— Allons, Maire, va te laver, ordonna-t-elle d'une voix douce. Tu prendras mon savon parfumé.

Le visage de la jeune fille s'illumina.

— C'est pas un peu de parfum qui va obliger ces types à nous payer ! lança l'une des filles.

Les autres approuvèrent.

— Ce qui vous arrive est triste, commenta tout à coup Senna. C'est triste, mais pas étonnant...

36

Abasourdi, Finian se tourna vers Senna qui s'était levée. Il voulut la retenir par le bras, mais elle se dirigea vers le fond de la salle.

Il eut toutes les peines du monde à rester assis. S'il se jetait sur elle pour la bâillonner et l'emmener à l'étage, il risquait d'attirer plus encore l'attention sur eux. Et s'il la faisait sortir d'ici, ils seraient capturés au bout de quelques minutes.

Les prostituées observèrent avec attention la jeune femme qui venait à leur rencontre. Elles semblaient soudain plus sidérées que furieuses.

— Qu'est-ce qu'il y a de si triste ? lança l'une d'elles, qui avait le teint cireux. Vous avez donc des raisons d'être triste ? De quoi je me mêle ?

— Ce ne sont pas mes affaires, je sais, admit Senna en atteignant le bar. Et bientôt, cela ne vous concernera plus non plus.

— Qu'est-ce que vous nous racontez là ?

— Je vous dis que ce n'est pas une façon de tenir un établissement.

— Comment ? s'exclamèrent en chœur les prostituées les plus âgées.

La patronne écoutait en silence.

— Si vous continuez ainsi, je ne donne pas six mois à cette maison, reprit Senna.

— Certaines d'entre nous sont là depuis trois ans, remarqua une jeune femme.

— Six mois, répéta Senna en se tournant vers la patronne qui restait de marbre.

— Tais-toi, Mary, dit la femme qui avait lancé le pichet au visage du client récalcitrant.

Elle se tourna vers Senna, curieuse mais méfiante.

— J'imagine que vous êtes experte dans l'art de tenir une maison, railla-t-elle.

Finian ravala un juron dans son coin.

— Que nous suggérez-vous ? s'enquit la patronne.

— Faites payer plus cher, répondit Senna.

— Comment ?

— C'est évident, déclara Senna.

Finian l'imaginait déjà dans ses calculs. Il s'adossa plus confortablement en soupirant. Il ne pouvait plus rien faire pour l'empêcher de continuer.

De toute façon, le plan qu'il avait hâtivement élaboré avait peu de chances de réussir. Provoquer ces prostituées serait peut-être plus efficace. Il décida de faire confiance à Senna.

— Vous devez augmenter vos tarifs, reprit-elle.

— Certains ne paient déjà pas comme ça ! lança une prostituée. Et vous voulez qu'on leur en demande davantage ?

— Ils ont assez d'argent, je vous le garantis.

Finian but une gorgée de bière. Senna était visiblement dans son élément.

— Les vauriens qui viennent ici ? fit la blonde en secouant la tête. Ils sont fauchés, je vous dis.

— Ils ont de l'argent, répéta Senna. Et si vous l'exigez, ils paieront. Il suffit de demander plus pour vos services que pour une chope de cette bière, sans vouloir vous offenser, madame.

La patronne ne parut guère s'offusquer des propos de Senna, qu'elle balaya d'un geste.

— Quant à vous faire payer après... ce n'est pas bon, dans le commerce. Prenez l'argent avant de commencer ! Surtout dans votre domaine, que je connais mal, certes, mais j'ai un père et un frère. Je vous garantis que la qualité de votre... prestation aura autant de valeur si elle est réglée à l'avance.

Finian ne put s'empêcher de sourire.

Le groupe de femmes était constitué d'Irlandaises et de Saxonnes, ainsi que d'une Écossaise.

— Vous êtes bien le seul... établissement de ce type en ville, n'est-ce pas ?

Les femmes hochèrent la tête.

— Dans ce cas, les clients viendront. Si vous êtes moins faciles à obtenir, ils vous accorderont une plus grande valeur.

— C'est comme moi, j'ai besoin de manger tous les jours, renchérit la plus âgée, au visage strié de rides. Eh bien, moins j'en ai, plus j'en veux !

— Ils reviennent toujours, confirma la patronne.

— Bien sûr, lui dit Senna avec un sourire.

La patronne porta un gobelet de vin à ses lèvres. Visiblement, c'était un vin de qualité. Concentrée sur ses propos, Senna s'appuya sur le bar. Finian croisa les bras.

— Les clients savent exactement ce qu'ils veulent, et ils sont prêts à payer le prix.

Les filles se turent, pensives.

— Il n'y a pas grand-chose de plus à tirer de notre clientèle habituelle, assura Esdeline de sa voix éraillée.

— Vous avez raison, concéda Senna. Vous devrez un jour partir vers une ville plus grande, où vivent des seigneurs, des marchands et des officiers. Des hommes fortunés. En attendant, il faut viser plus haut...

Un silence troublé s'installa.

— Il y a des soldats, par ici ? reprit Senna. Intéressez-vous à leurs capitaines. Aux notables, à l'évêque...

Toutes retinrent leur souffle. Finian rouvrit les yeux. Trois filles avaient posé la main sur leur cœur. Le sourire de la patronne s'élargit.

— Bon, peut-être pas l'évêque, admit Senna, mais son régisseur. Est-ce concevable ?

— Vous avez bien jaugé la situation, déclara la patronne. J'avais oublié tous ces principes.

Finian vida sa chope.

— Vous devrez verser plus d'argent à vos filles, dit Senna.

— Ce ne sont pas mes filles, répliqua Esdeline. Elles sont indépendantes. Leur âme leur appartient.

— Et il est bon qu'il en soit ainsi. Vous dirigez une... entreprise. Ce qu'il vous faut, c'est de l'argent. Il faut décorer cette salle, la rendre attrayante et originale. Et changez de robes, de toilettes, portez des rubans. Et, je vous le répète, augmentez vos tarifs.

— Comme si on pouvait se permettre de s'offrir toutes ces choses dont vous parlez ! marmonna une fille.

— J'ai bien quelques sous, renchérit une autre.

— Moi aussi, fit une autre en s'avançant.

Une main noueuse déposa quelques pièces sur le comptoir.

— Voici ma contribution.

— Grand-maman ! s'exclama la patronne. Où avez-vous trouvé cela ?

— Vous ne savez pas tout de moi, répliqua la vieille femme.

— C'est une belle somme, commenta la patronne, mais cela ne suffit pas.

Senna croisa son regard.

— C'est loin d'être suffisant, en effet, déclara-t-elle.

Elle retourna vers Finian et commença à fouiller dans son sac.

— Avons-nous grand besoin d'argent, dans l'immédiat, Finian ? demanda-t-elle.

— Nous devons payer ces consommations.

— Certes, mais à part cela ?

Il la dévisagea longuement et l'imagina vêtue d'une robe verte, des rubans dans les cheveux, un collier orné d'une pierre précieuse autour du cou. Sur un lit. Il lui enlevait sa robe, mais elle gardait son collier…

— J'ai bien quelques idées. Tu as des économies ?

— Un peu.

— Un vrai trésor, dis-moi. Où as-tu trouvé tout ça ?

— J'ai apporté cette bourse d'Angleterre.

— Vraiment ?

— Oui. Le reste provient des coffres de Rardove, pour payer mes frais. À combien se monte ton tarif ?

— Il est très élevé, répondit-il en souriant. Tu es une voleuse très douée, Senna. Combien lui as-tu dérobé ?

— Rien qu'une poignée de pièces, dit-elle en lui montrant son butin.

— Vraiment ?

— Rien qu'une poignée… dans chaque coffre.

Il se mit à rire.

— Alors, en avons-nous vraiment besoin ?

— Oui.

— Autant que ces filles ?

Finian observa le groupe de femmes, dont certaines étaient pieds nus.

— Non, admit-il.

Elle parut si radieuse qu'il eut envie de l'embrasser.

— Nous devons régler nos consommations, dit Senna en rejoignant les filles, et nous voudrions deux autres bières. Voici qui devrait suffire pour ça et une autre petite chose, peut-être…

Les yeux écarquillés, elles fixèrent la bourse que Senna venait de déposer devant elles. La patronne en examina le contenu et releva la tête.

— Que voulez-vous ? demanda-t-elle, soudain méfiante.

— À boire, répondit Senna. Et un moyen de quitter la ville sans nous faire remarquer.

Le silence se fit. Personne ne demanda comment elle détenait une telle somme alors qu'elle n'avait pas de cheval. Elles se tournèrent vers Finian, sans poser la moindre question.

— Qui est-ce ? demanda enfin la patronne en le désignant.

— C'est mon…

Finian était impatient d'entendre sa réponse.

— C'est mon Irlandais.

Il sourit.

Les filles se mirent à glousser.

— Où est-ce que je peux trouver le même ? demanda la blonde, taquine, provoquant l'hilarité générale.

— Nous sommes en Irlande, répondit Senna. Il y en a partout.

— Pas comme lui.

La patronne le regardait dans les yeux. Il hocha imperceptiblement la tête. L'espace d'un instant, elle ne bougea pas, puis elle se tourna vers Senna.

— La garde est relevée toutes les heures, dit-elle. Souvent, nous devons escorter des clients après la fermeture des portes, la nuit.

Senna parut surprise par cette pratique.

— Combien leur demandez-vous pour ce service ?

— Ils paient, en effet, confia Esdeline.

— Je l'espère bien, fit Senna.

— Ma charrette ne devrait pas éveiller les soupçons. Ce soir, vous allez escorter cet homme.

Lorsque Senna le rejoignit, Finian lui prit la main.

— C'était très gentil, souffla-t-il.

Elle haussa les épaules et détourna les yeux.

— Ce n'est que de l'argent. De plus…

Elle s'interrompit. Ils avaient tous entendu la même chose.

Un grondement, une cavalcade, des hommes qui s'approchaient.

Une femme alla entrouvrir la porte. Elle la referma vite, affolée.

— C'est tout le régiment !

— Vite, cachez l'argent ! lança la patronne.

Les filles s'affairèrent. L'une d'elles fit signe à Finian et Senna et les entraîna vers la porte du fond. Finian s'approcha d'Esdeline.

— Madame, pour tout ce dont il vient d'être question… faites confiance à Senna. Mais vous avez aussi besoin de protection. Envoyez un message de ma part au roi O'Fail. Dites-lui que j'ai une dette à régler et qu'il vous envoie un garde. Demandez Tiergnan, c'est l'un de mes gardes personnels. Il a l'air d'une brute, mais c'est un colosse au cœur d'or.

— Je le ferai, dit-elle, la gorge nouée. Et quel est donc votre nom ?

— Je crois que vous le savez déjà, répondit-il en lui baisant la main.

Sur ces mots, il suivit Senna.

37

Un charretier à la mine renfrognée les condui-
sit bien plus loin qu'ils ne l'espéraient, cachés
parmi les bottes de foin, sans attirer l'attention
de quiconque. Il les déposa au bord de la route
et s'éloigna sans un regard.

Finian entraîna Senna dans les bois où les
soldats anglais n'osaient s'aventurer. Ils marchèrent pendant une heure, puis s'arrêtèrent au bord
d'une rivière. Senna put se débarbouiller tandis
qu'il se reposait

— Parle-moi de ta laine, dit-il.

Le visage ruisselant, elle leva les yeux vers lui.

— Tu veux dire de mes petites bêtes bêlantes ?

— C'est ainsi que tu les surnommes ? demanda-
t-il avec un sourire.

— Pour moi, elles sont synonymes d'espoir.

Elle s'essuya avec un pan de sa tunique, mais il
restait un peu de boue sur sa joue. Finian lui fit
signe d'approcher et ôta la dernière tache.

— Elles donnent une laine bien spécifique, je
crois, reprit-il.

— En effet, répondit-elle en s'asseyant près de
lui.

Finian sentit son cœur s'emballer.

— Qu'a-t-elle donc de particulier, cette laine ? insista-t-il d'un ton désinvolte.

— Je l'ai créée ! répondit Senna, presque offusquée. J'ai mis des années à élaborer des croisements. Ma laine est d'une douceur unique et elle absorbe la teinture d'une façon exceptionnelle. Sans parler de sa solidité, lors du tissage. Il n'y a pas mieux au monde !

— Au monde ? répéta Finian. C'est bien ce que je pensais.

Rardove était au courant... Finian maîtrisa son enthousiasme à grand-peine. Le baron aurait beau disposer de tous les renseignements possibles, s'il n'avait pas les moyens de produire la teinture et l'explosif, il était impuissant. Or, Finian détenait le précieux manuel, désormais. Et il bénéficiait de la présence d'une teinturière hors pair...

— Tu m'as dit que Rardove voulait teindre ta laine. Devais-tu t'en charger toi-même ou désirait-il uniquement ta laine ?

Senna détourna la tête.

— Cet homme est fou !

— Certes, mais es-tu capable de transformer les *wishmés* en indigo ?

— Non ! s'exclama-t-elle. Jamais je ne le ferai !

Voilà qui était intéressant.

— Vraiment ? Jamais ? demanda-t-il.

— Jamais !

— Mais tu en serais capable, non ?

Elle ouvrit la bouche, sans doute pour protester, puis se ravisa et le dévisagea un long moment, au point qu'il se sentit mal à l'aise, ce dont il n'avait pas coutume. En général, c'était lui qui menait la danse. Cette fois, il se sentait jugé.

— J'en doute, avoua-t-elle enfin à voix basse.

— Mais c'est pour cela que Rardove t'a fait venir chez lui, non ?

— En effet.

— Es-tu ce qu'on appelle une faiseuse de teintures ?

— C'est un titre qui a coûté la vie à certains, Finian.

— Je sais, mais tu dois me répondre. L'es-tu ?

— Non, mais ma mère l'était, confia-t-elle au terme d'une longue hésitation.

Il hocha la tête et afficha une mine impassible pour ne rien trahir de ses émotions.

Elle semblait au bord de la panique, et il ne voulait pas l'effrayer.

Seigneur ! Il disposait des services d'une teinturière…

Pendant des centaines d'années, ces femmes avaient vécu dans la peur d'être découvertes. La prudence avait fini par l'emporter sur la passion pour l'indigo issu des *wishmés*. Son secret s'était perdu au fil des ans ; les mères avaient cessé de transmettre leurs recettes à leurs filles.

Or, la recette existait encore, et Finian la possédait. Hélas ! Senna ne voulait rien entendre.

Quelle importance ? songea-t-il amèrement. Qui avait le pouvoir d'agir contre le destin ? Les parents de Finian étaient faibles, incapables de maîtriser leurs désirs, leurs émotions, mais il avait été élevé par le roi O'Fail, son tuteur… C'était un privilège rare. Un roi l'avait pris sous son aile. Pourquoi cédait-il à l'amertume, en cet instant ?

Il devait penser à Senna avant tout. Que faire d'elle ? L'aider à rentrer chez elle, comme promis, ou révéler aux Irlandais qui elle était ?

Ce serait une trahison de cacher cette information au roi O'Fail, mais Senna ne voulait pas fabriquer cette teinture. S'il parlait d'elle au roi, elle devrait obtempérer. Elle se retrouverait dans une posture aussi délicate et sinistre que chez

Rardove, et elle lui en voudrait d'être contrainte, captive…

Tout ce qu'elle détestait. Cependant, si tel était son destin… Il l'observa. Elle affichait la même expression soucieuse que lorsqu'ils avaient évoqué Rardove et son père, le premier matin de leur périple.

— Travailler pour Rardove est une perspective repoussante, admit-il, lui donnant ainsi l'occasion de lui proposer ses services.

Le pari était osé. Il scruta son visage, en quête d'une réaction.

— Je ne peux pas fabriquer cette teinture, répondit-elle.

— Mais si, tu peux. Tu ignores de quoi tu es capable, au contraire de Rardove. Pour la première fois de sa vie, il avait raison, Senna. Ce talent est héréditaire.

— C'est ce qu'affirme la légende, dit-elle en haussant les épaules.

— Non. C'est moi qui te le dis.

— Et comment le saurais-tu? demanda-t-elle avec dédain.

— Cela fait des siècles que cette histoire circule dans ma famille.

— Ce qui prouve que ce n'est qu'une légende!

— Peut-être, mais cela ne signifie pas pour autant que c'est un tissu de mensonges.

— Ces histoires sont pourtant des inventions pures et simples, rétorqua-t-elle.

— Je te répète que tu es capable de fabriquer cet indigo issu des *wishmés*. Il suffit que tu le veuilles. Rien ne t'en empêche.

— À part le fait que j'ignore comment on s'y prend, railla-t-elle.

Finian ne répondit rien.

— Je n'ai pas ce don, reprit-elle.

— Ça, c'est ce que tu ne cesses de répéter, Senna. Tu n'as même pas le courage d'essayer, pour voir si c'est ou non le cas.

Finian s'était exprimé d'un ton dur. Avait-elle le choix ? Suffisait-il de ne pas vouloir faire quelque chose pour en être dispensé ? Dès qu'il croisa son regard, il comprit qu'elle n'avait aucune intention de fabriquer cette maudite teinture.

— Tu crois pouvoir m'apprendre la vie, mais je ne souhaite pas en savoir davantage. Mon père m'a permis de découvrir de quoi j'étais capable…

Elle se tut un instant, puis reprit :

— Les Irlandais convoitent donc cette teinture, eux aussi ?

Comme il se contentait de la regarder, Senna esquissa un sourire amer.

— Naturellement…

— La question est de savoir si tu es en mesure de fabriquer cette teinture, Senna.

— Non. La question est de savoir si tu vas leur révéler qui je suis.

38

L'aube était proche quand William de Valery
atteignit le château de Rardove.

Il fut introduit dans la salle et demanda à voir
Senna. Ne la voyant pas venir, il se mit en colère
et exigea de rencontrer le maître des lieux. Les
domestiques s'affairèrent, mais nul n'apparut
pendant trois quarts d'heure. Les hommes de
William attendaient, la main sur le manche
de leur épée.

Un domestique passa la tête dans la chambre
du baron, prêt à esquiver tout jet d'objet de la part
de son maître.

— Milord ?

— Quoi encore ?

— Sir William de Valery vous demande, milord.

Rardove ouvrit les yeux.

— Qu'est-ce que tu me racontes ?

— Il est dans la grande salle, un peu fâché de
devoir attendre.

— De Valery ? répéta le baron en se dressant sur
son séant. Que fait-il ici, bon sang ?

— Il souhaite voir sa sœur, milord…

Cinq minutes plus tard, Rardove apparut dans
la grande salle pour découvrir la présence d'une

demi-douzaine de chevaliers. Son regard s'arrêta sur celui qui ressemblait le plus à Senna.

L'homme avait ôté ses gants et son casque, qu'il portait sous le bras. Il avait aussi baissé sa cotte de mailles, révélant ses cheveux blonds. Ses cuissardes en cuir étaient crottées, de même que ses vêtements. Le groupe semblait avoir chevauché jour et nuit. Pourtant, même fourbu, le chevalier blond semblait en alerte. Il rejoignit Rardove en quelques enjambées dès qu'il l'aperçut.

— Milord.

— Sir William, répondit le baron avec un sourire avenant.

Le chevalier ne semblait guère disposé à échanger des amabilités, car il ne lui rendit pas son sourire.

— Je viens voir ma sœur.

— Ah, Senna...

Il fit signe à un domestique de leur apporter à boire.

— On ne m'a pas encore permis de la voir, insista William.

Rardove croisa les doigts, tel un moine, et soupira.

— Il y a un léger problème, je le crains, déclara-t-il.

— Un problème, dites-vous ?

— Elle est... partie.

— Comment ? demanda William, surpris.

— Elle a été enlevée par un Irlandais.

— Enlevée ? répéta William, incrédule.

— Eh oui ! Ce pays est sauvage, vous savez.

— Qu'est-ce que vous me chantez là ? s'insurgea William en posant une main sur son épée, geste qui n'échappa pas au baron.

— Cela remonte à presque une semaine. J'étais alité, souffrant, quand un prisonnier irlandais s'est évadé de son cachot en emmenant Senna.

— Comment diable a-t-il pu faire une chose pareille ?

— Il l'a tout simplement emmenée…

— Mais pourquoi ?

Rardove se contenta d'un geste d'impuissance.

— Je n'en ai pas la moindre idée, hélas !

— Où est-il allé ? demanda William.

— Finian O'Melaghlin est le premier conseiller du roi O'Fail. Sans doute l'a-t-il emmenée chez lui. J'ai envoyé des hommes au château, mais il est imprenable.

— O'Melaghlin ? J'ai entendu parler de lui.

— Cela ne m'étonne pas, reprit Rardove avec un soupir exagéré. Il a une certaine réputation, en effet. Mais ces Irlandais sont sournois. Ils ne sont pas fiables. Naguère, j'ai bien essayé de conclure une alliance avec eux, mais ils ont refusé. On ne peut plus compter sur personne, de nos jours…

— En effet, milord.

Les deux hommes se toisèrent longuement, puis Rardove se tourna vers un plateau portant des gobelets qu'un serviteur venait de déposer sur la table.

— Vous connaissez mal ce pays, sir William. Je vous déconseille de contrarier le peu d'alliés que vous y avez.

— Je m'en souviendrai.

— Vous ferez bien, dit Rardove en versant le vin. Quant à votre sœur, sachez que je fais tout ce qui est en mon pouvoir pour la retrouver.

— Et vous, sachez que, s'il lui arrive malheur, le sang coulera, répliqua William d'un ton implacable.

Rardove posa lentement son gobelet sur la table.

— Hélas ! milord, votre délicieuse sœur ne se trouvant pas sous mon toit, à l'heure actuelle, je suis impuissant.

Furieux, William se tourna vers ses hommes, qui l'observaient avec attention.

— Je ne vois toujours pas pourquoi cet Irlandais l'aurait enlevée, reprit-il en posant un regard méfiant sur le gobelet de vin.

— Ce sont nos ennemis, expliqua Rardove. Un peu de vin ? suggéra-t-il avec un geste magnanime.

William ne dit mot.

— Pour vos hommes, peut-être ?

Rardove brandit sa carafe pour la montrer aux cinq chevaliers et aux cinq écuyers, qui ne bronchèrent pas. Il n'insista pas.

— Expliquez-moi pourquoi O'Melaghlin a enlevé ma sœur.

— Ces types ne sont que des barbares. Ils n'ont pas plus d'honneur que des moutons. J'en détenais plusieurs dans mes cachots. O'Melaghlin a sans doute profité d'une occasion en se disant qu'il emmènerait la jeune femme par orgueil.

— Sans doute, concéda William en le détaillant d'un œil méfiant.

Face à cette insolence, Rardove s'empourpra de colère, mais il se contint et se pencha vers son visiteur pour lui parler à voix basse.

— Malheur à vous, jeune homme, s'ils font de vous un ennemi, comme je le suis moi-même. Vous ne connaissez pas ce pays, mais votre insolence pourrait bien vous jouer des tours, face à ces maudits Irlandais.

— Si Senna ne revient pas indemne, vous vous en mordrez les doigts, je vous l'assure.

— Venons-en au cœur de problème, voulez-vous ? répliqua Rardove en posant enfin sa carafe. Les Irlandais sont imprévisibles, capricieux.

— Quel est votre plan ? s'enquit William.

— Il n'y a qu'une solution. J'ai convoqué mes vassaux. Le gouverneur Wogan est en route, ainsi que le roi Édouard.

— Le roi d'Angleterre se porte au secours de Senna ?

— Il vient éviter une rébellion à la frontière irlandaise tandis qu'il tente de maîtriser les Écossais, expliqua Rardove.

— Une rébellion ? Et Senna se trouve impliquée dans les combats ?

— Ne vous inquiétez pas. Nous allons attaquer ces Irlandais d'ici trois jours.

De Valery réfléchit quelques instants, Rardove guetta sa réaction. Quel camp allait-il choisir ? S'il ressemblait à sa sœur, il ferait un choix politique.

Le jeune homme s'approcha du baron et le regarda droit dans les yeux.

— Je vous le répète : s'il arrive quoi que ce soit à ma sœur, je vous massacre.

Rardove serra les dents. La solution politique était exclue, apparemment. Il avait le pouvoir d'anéantir ce blanc-bec en quelques mots. Il lui suffisait d'évoquer le souvenir de sa mère, ici, au château, lorsqu'elle lui accordait ses faveurs... Mais dans l'immédiat, mieux valait garder le silence là-dessus. De Valery serait furieux d'apprendre que sa mère avait séjourné chez lui et qu'elle était morte en essayant de s'échapper. Pour l'heure, il préférait ne pas s'en faire un ennemi.

William donna à ses hommes le signal du départ. Leurs pas lourds résonnèrent bientôt dans l'escalier.

— Pourrai-je compter sur votre présence lors du rassemblement ? lança Rardove alors que William s'apprêtait à quitter lui aussi la salle.

— Vous savez parfaitement ce que vous pouvez attendre de moi, milord, répondit William par-dessus son épaule.

— Vingt-quatre chevaliers et leur suite, fit Rardove avec un sourire.

— J'y serai, promit William en s'engageant à son tour dans l'escalier.

La porte s'ouvrit, laissant entrer un peu de lumière, le temps que le groupe franchisse le seuil, puis elle se referma, replongeant les lieux dans leur pénombre sinistre.

Leurs chevaux les attendaient dans la cour, environnés d'un épais brouillard, et les hommes en armure se mirent en selle. William remit son casque et fit de même. Puis il releva sa visière, exposant son visage.

En passant sous la herse en tête de ses troupes, William se redressa fièrement. Comme de coutume, il tenait ses rênes d'une main souple et se montrait aussi impassible qu'un moine lors des offrandes de la Saint-Michel. Il ne laissait paraître aucune émotion, et surtout pas la rage qui l'habitait et qu'il devait maîtriser pour qu'elle soit bénéfique.

Senna enlevée par un Irlandais ! Cela ne pouvait arriver qu'à elle. Elle était venue conclure un marché, et elle se trouvait impliquée dans des événements cruciaux pour l'avenir de toute une génération.

De plus, les terres qu'il avait obtenues à grand-peine se trouvaient menacées. Il affirmait volontiers n'avoir que faire de ce territoire, mais c'était uniquement parce qu'il ne gérait aucun domaine. Le manoir familial lui serait revenu, bien sûr, mais jamais il n'en priverait Senna.

C'était elle qui gérait les affaires de la famille depuis qu'elle avait réglé une dette de son père à l'aide de sa propre dot, après la mort de son mari. Celui-ci avait reçu un coup de couteau en plein cœur.

« Des bandits », avait affirmé Senna, mais le coupable n'avait jamais été arrêté.

Si Senna ne s'en était pas chargée elle-même, William aurait volontiers éliminé cette ordure. L'expression du visage de Senna le lendemain de son mariage aurait suffi pour donner des idées de meurtre à n'importe qui. En conséquence, William avait enseigné à sa sœur l'art de tirer à l'arc et de manier le couteau.

Pour l'heure, il possédait des terres, et avait la ferme intention d'en devenir le maître, contrairement à l'impression qu'il donnait parfois.

Certes, il ne savait pas grand-chose de l'Irlande. En tout cas, il n'en savait pas assez pour être certain que Rardove disait vrai à propos de l'absence d'honneur des Irlandais. Peu importait. Ils détenaient Senna et, si nécessaire, il les transpercerait un par un de son épée pour la récupérer.

Il mit sa monture au trot. Ses hommes l'imitèrent et ils se mirent en route vers le château de Valery.

39

Finian s'arrêta au sommet d'une colline. Au loin, Senna distinguait les reflets argentés d'une rivière, parmi les arbres.

— Monte, Senna.

Elle observa l'arbre qu'il lui indiquait. En pleine nuit, les branchages n'étaient qu'une masse sombre.

— Monter où ?

Il désigna une plateforme en bois construite entre les branches.

— N'est-ce pas pour la chasse au cerf ? demanda-t-elle.

— Pour une fois, je peux remercier les Anglais, concéda Finian.

Ils montèrent à l'échelle de corde qui permettait d'accéder à la plateforme. Senna s'y hissa puis s'écarta pour permettre à Finian de la rejoindre. Lorsque ce fut fait, il remonta l'échelle.

La plateforme formait un croissant autour du tronc. À part le bruissement des feuilles sous la brise, le silence était total.

Finian s'assit, les jambes dans le vide, et fit signe à Senna de s'approcher. Il lui entoura les épaules de son bras et lui désigna la vallée, au loin.

— Tu vois ces terres ? demanda-t-il.

— Oui…

— Elles appartiennent à ton frère.

— Comment ? s'exclama Senna, surprise.

— Tu ignorais donc qu'il possédait des terres dans la région ?

— Oui. William ne parle jamais de ses activités. Je ne sais rien de ce qu'il gagne ou perd.

— Vraiment ? Je n'ai pas eu besoin qu'on me le dise. Ton roi a conquis ces terres et les a offertes à un homme à qui il devait un service. Ton frère, en l'occurrence.

Ils observèrent le manoir, en contrebas. La forêt qui l'environnait avait été largement déboisée. Au cœur de l'espace ainsi dégagé se dressait une butte sur laquelle était construit le manoir qu'encerclait une clôture en bois hérissée de piques.

Il y avait aussi quelques dépendances, des chaumières, des granges, et un petit hameau, au pied de cette butte. À cette heure tardive, il n'y avait aucun villageois en vue, mais une charrette renversée gisait devant ce qui devait être une petite étable.

— Pourquoi me racontes-tu cela ?

— Tu souhaites toujours rentrer chez toi, Senna ?

— Euh…

— Pour quoi faire ? Gérer tes comptes ? Ton entreprise ?

— Ce n'est pas cela, mentit-elle d'un ton morne. Mais ai-je vraiment le choix ?

— Tu pourrais rester avec moi.

Senna ne parvint pas à masquer sa stupeur. Impassible, Finian la regardait comme s'il venait de lui demander un morceau de pain.

— Pardon ? demanda-t-elle enfin.

Il prit une mèche de cheveux dans sa main et se pencha pour l'embrasser dans le cou avec une grande douceur.

— Veux-tu rester avec moi ? murmura-t-il.

— Je... je...

Il glissa une main le long de son cou, jusqu'au creux entre ses seins.

— Cela veut-il dire oui ? insista-t-il.

À sa grande honte, Senna se sentit perdre tous ses moyens face au charme de cet Irlandais. Régisseurs et chanceliers s'étaient inclinés devant elle et ses talents de négociatrice, et il avait suffi que Finian demande pour qu'elle soit sur le point de dire « oui ».

Il se pencha pour s'emparer de ses lèvres, mais elle le repoussa en posant un index sur son torse.

— Non, répondit-elle. Pourquoi cette question ?

Abasourdi, Finian se gratta le front.

— Tu te demandes vraiment pourquoi ?

Elle avait manifestement réussi à désarçonner un homme intelligent et puissant.

— Oui, je te le demande, déclara-t-elle. Pourquoi ?

— Parce que tu ne seras pas en sécurité, dans le manoir de ton frère.

— Dans ce cas, il ne fallait pas me faire cette proposition.

— Je voulais que tu aies le choix, grommela-t-il. Je voulais être un peu différent des autres hommes, à tes yeux.

Un peu ? Senna faillit éclater de rire. Finian brillait comme une étoile. Et c'était sans espoir. Elle était amoureuse d'un homme qui n'avait nul besoin de ses quêtes maladroites d'affection.

Pourquoi aurait-il besoin d'elle ? Certes, il la désirait, mais il n'avait pas *besoin* d'elle. Le désir s'estomperait, ce n'était qu'une question de temps.

Elle n'avait pas de mots pour décrire ce qu'elle ressentait pour lui. Quand il lui souriait, la provoquait, la regardait avec passion et affection à la fois. Et quand il la touchait… elle en avait presque le cœur brisé.

Et voilà qu'il lui offrait la possibilité de connaître le même chagrin jour après jour, quand elle se réveillerait en sachant qu'il ne serait jamais vraiment à elle. Ne l'avait-il pas exprimé clairement ? Il aurait fallu être idiote pour se bercer d'illusions.

Sans doute se marierait-il un jour, ne serait-ce que pour assumer son statut et avoir des héritiers. Mais ce ne serait pas par amour. Ni avec elle…

Il l'empêchait de réfléchir en lui caressant doucement la jambe. Puis il l'embrassa de nouveau dans le cou, entre les seins. Il glissa son index le long de sa cuisse et remonta jusqu'à sa hanche.

— C'est à cause des teintures ? demanda-t-elle franchement, espérant presque que ce soit le cas.

Ce serait une tache chez un homme qui lui semblait presque trop parfait.

— Non.

Elle se leva et alla s'adosser au tronc de l'arbre.

— Alors pourquoi ?

Finian la rejoignit et lui prit le baiser qu'elle lui avait refusé plus tôt. Cette fois, Senna ne résista pas. Il déposa ensuite un chapelet de baisers fébriles dans le pli de son cou, puis lui titilla le lobe de l'oreille, juste assez pour faire naître des frissons de plaisir. Ses mamelons durcirent. Enfin, il reprit ses lèvres.

Il l'incita à ouvrir la bouche et s'insinua en elle pour explorer les replis humides. Sans cesser de l'embrasser, il posa les mains sur ses hanches, lui abaissa ses chausses d'un geste assuré et glissa un genou entre ses jambes, plaquant son corps ferme contre le sien. Déjà, son membre était dressé de désir.

— Tu restes, n'est-ce pas ? murmura-t-il à son oreille dans un souffle brûlant.

— Tu me tournes la tête, gémit-elle.

— Reste avec moi, et je te tournerai la tête encore plus fort, insista-t-il.

— Pourquoi me demandes-tu cela ?

Il appuya sa cuisse sur son point sensible, déjà humide et palpitant de désir.

— Pour ça, répondit-il.

Il semblait sûr de lui, si certain qu'elle ne pouvait vivre sans lui..., songea Senna. Il entama un mouvement de va-et-vient sensuel jusqu'à ce qu'elle se cambre en enfouissant les doigts dans ses cheveux.

— Et pour ça, aussi, fit-il en lui titillant le lobe de l'oreille.

Submergée par une onde de plaisir, elle s'arc-bouta contre lui, au désespoir.

— Parce que je veux te regarder, Senna, poursuivit-il en prenant un mamelon entre ses dents, à travers le tissu de sa tunique.

Elle explosa de plaisir et se débarrassa presque malgré elle de ses chausses qui lui entravaient les chevilles. Lorsque Finian, qui avait délacé ses propres chausses, commença à s'insinuer en elle, la réalité reprit brutalement le dessus.

— Je suis un peu irritée..., murmura-t-elle en posant les mains sur son torse.

Il recula aussitôt. Privée de sa chaleur, Senna se sentit à la fois soulagée et frustrée. Elle ne put réprimer une plainte.

— Tout va bien, chuchota-t-il en l'embrassant.

C'était inacceptable. Si elle décidait de descendre vers les enfers de la passion absolue et d'un avenir incertain, elle refusait les demi-mesures.

— Mais j'aimerais essayer autre chose...

— Quoi ? demanda-t-il.

— Ce que j'ai déjà essayé... Faire... ça.

Elle le sentit sourire.

— Que veux-tu faire, Senna ?

— Je veux te faire...

Sa voix s'éteignit.

— Je n'ai pas pu te faire... Ce que tu m'as fait... avec ta bouche.

La tête tournée de côté, elle marmonna :

— J'ai envie d'essayer..., conclut-elle.

— Vas-y, répondit Finian d'une voix rauque.

Il s'adossa au tronc d'arbre, tandis que Senna s'agenouillait près de lui. Elle fit descendre ses chausses sur ses cuisses pour libérer son sexe déjà gonflé de désir.

Un peu hésitante, elle en parcourut la longueur de ses doigts, savourant la douceur de sa peau soyeuse et ferme à la fois. Finian frémit.

— Je peux...

— Tout ce que tu voudras, souffla-t-il, une main sur la tête de la jeune femme. Tu peux faire tout ce que tu veux.

Elle sourit et se pencha vers lui, puis elle prit une profonde inspiration. Enfin, elle glissa la langue le long de la verge dressée. Finian soupira, et crispa la main sur sa tête.

S'enhardissant, elle prit son sexe dans ses deux mains, puis palpa ses bourses lourdes et fermes. Sa virilité la fascinait. Impatiente, elle se pencha et caressa la verge de ses dents, très doucement.

— Encore, gémit-il d'une voix rauque.

Elle se plaça face à lui.

— Non ! ordonna-t-il, fébrile, en repoussant les cheveux qui masquaient le visage de Senna. Garde la tête de côté. Je veux te regarder...

Senna fut parcourue d'un frisson de désir. Ouvrant les lèvres, elle poursuivit ses caresses, titillant sa peau nacrée. Elle sentit la main de Finian se crisper davantage sur sa tête.

— Comme ça ? demanda-t-elle, ivre de l'ascendant qu'elle avait sur lui.

— Non, murmura-t-il en s'allongeant sur la plateforme.

Il avait les yeux rivés sur elle, brûlants de passion. Prends-moi dans ta bouche...

Une chaleur étrange naquit dans le ventre de Senna, l'incitant à obéir.

Elle commença par le gland soyeux. Aussitôt, Finian insinua la main entre ses cuisses. Dès que ses doigts se glissèrent dans ses replis humides, elle gémit. Ses lèvres entamèrent un mouvement de va-et-vient le long de son membre dressé.

— Relève tes cheveux, souffla-t-il.

Elle repoussa en arrière ses mèches rebelles pour qu'il puisse admirer son visage tandis qu'elle s'affairait avec enthousiasme.

— Suce-moi...

Le désir de Senna redoubla. Elle était consciente de la réaction passionnée de son propre corps qui ondulait tandis qu'elle exerçait des succions sur le membre palpitant et brûlant qui lui emplissait la bouche.

Entre ses cuisses, elle sentait la main de Finian s'affoler. Il insinua un doigt en elle tout en massant son bouton de rose humide de son pouce. Elle gémit de plaisir.

Avec une longue plainte rauque, Finian la prit par les hanches pour l'attirer vers son visage.

— Continue, ordonna-t-il, et écarte les cuisses au-dessus de ma tête...

Pantelante, elle le dévisagea, un peu choquée par cette proposition. Il voulait enfouir son visage entre ses jambes, dans sa chaleur moite...

— Senna...

Il reprit ses caresses sensuelles, un peu plus fort. Senna s'abandonna et le laissa l'attirer vers lui comme il le souhaitait. Elle se retrouva à califourchon au-dessus de sa tête.

— Finian…

— Fais-moi confiance, souffla-t-il.

Il donna quelques coups de langue dans les replis humides de sa féminité. Aussitôt, la jeune femme s'embrasa. Haletante, elle reprit son sexe palpitant dans sa bouche pour redoubler d'ardeur dans ses mouvements de succion.

Finian la tourmenta longuement, alternant les petits coups de langue et les longues caresses plus langoureuses, avant de titiller son point sensible de ses dents, de plus en plus fort.

Senna fut soudain emportée par un tourbillon de sensations. La tête rejetée en arrière, elle plongea dans l'extase en criant.

Quand elle recouvra enfin ses esprits, Finian était assis, adossé au tronc d'arbre, et elle était blottie dans ses bras. Si Senna frémissait encore, Finian était immobile, maître de lui-même, parfaitement calme…

— Eh bien, j'ai connu l'extase, dit-elle, mais toi ?

— Tu ne te rappelles pas ?

— Pas vraiment.

— Tu étais pourtant bien placée, dit-il en resserrant son étreinte.

— Je vais devoir être plus attentive, la prochaine fois, remarqua-t-elle en riant.

— Et moi, je devrais faire en sorte de t'impressionner davantage.

Elle posa la tête sur son épaule.

— Je suis déjà très impressionnée, murmura-t-elle.

40

Finian éclata d'un rire un peu las.

Le fond de l'air était frais. L'automne était clément et les récoltes abondantes. Les vaches n'allaient pas tarder à quitter les pâturages, et les paysans feraient provision de bois pour l'hiver. Et le vent marin balaierait les terres.

Pourquoi l'air sentait-il le sel de façon plus intense, à l'automne? Finian ne l'avait jamais compris. Les feuilles mortes transportaient peut-être son parfum sauvage.

Alors que les paysans se préparaient pour l'hiver, Finian sentait son sang bouillonner dans ses veines. Il avait besoin d'action. Réparer un attelage, écouter des légendes au coin du feu... très peu pour lui. Il n'en pouvait plus d'entendre les Seanchuich, des conteurs itinérants, divertir de leurs histoires quiconque les rémunérait suffisamment. Aux yeux de Finian, l'hiver n'avait aucun attrait.

Les changements de saison lui avaient toujours donné envie d'avancer, de bouger, de vivre plus intensément...

Pourtant, d'année en année, depuis cinq ou six ans, il perdait un peu plus de son enthousiasme face aux découvertes et aux nouvelles expériences.

De plus en plus désillusionné, il se disait que ce n'était pas une vie… Il avait tout connu. Ses exploits sur les champs de bataille étaient désormais légendaires ; les plus jeunes le vénéraient comme un héros.

En fait, il était las de tout cela.

Toutefois, le regard de Senna avait le don de le réveiller. Il se sentait enfin vivant, aimé. Elle s'était insinuée dans les moindres recoins de son cœur.

Lorsqu'elle se déplaça pour s'asseoir à califourchon sur ses genoux, il la prit par la taille.

— Je croyais que tu étais un peu irritée…

— C'est vrai, mais je suis surtout…

D'un mouvement de hanches, elle le prit en elle, dans sa chaleur.

— Moi aussi, avoua-t-il.

Elle sourit et l'embrassa sur le front, puis le nez. Il enfouit le visage dans son cou.

Pendant un long moment, ils ondulèrent ensemble, enlacés. Il couvrit ses seins de baisers furtifs, une main dans son dos, l'autre dans sa chevelure.

Les yeux mi-clos, Senna s'abandonnait corps et âme. Puis elle rouvrit les yeux et se pencha pour l'embrasser.

C'est alors que Finian la vit pâlir. Au même instant, il les entendit lui aussi.

Des soldats en marche. Une armée entière.

Les jambes de Senna se crispèrent, mais ils demeurèrent immobiles. Un cavalier en interpella un autre. Quelqu'un arrivait dans la clairière.

— Des éclaireurs, chuchota Finian à l'oreille de Senna.

Elle tremblait de terreur. Il crispa les doigts dans ses cheveux et l'attira vers lui pour l'embrasser.

— Chut !

Trois cavaliers surgirent dans la clairière. Seul le bruit des sabots de leurs chevaux se faisait entendre, avec le tintement du métal et le crissement du cuir. Selles, lanières, armures... des sons guerriers familiers.

— Non. Ce sera mieux dans la vallée, dit un homme. Il y aura de l'eau et quelques maisons que nous pourrons réquisitionner.

— D'ici, nous avons un meilleur point de vue, déclara l'un de ses compagnons.

Les trois hommes observèrent le paysage, en contrebas. Ils se trouvaient juste en dessous de Finian et de Senna. Il leur suffisait de lever les yeux pour découvrir les fugitifs.

Pour la première fois, Finian déplorait que Senna ait une chevelure aussi flamboyante.

Figés de peur, ils attendirent. Finian avait presque des crampes tant il était tendu. Il sentait les cuisses de la jeune femme trembler contre les siennes. Leurs visages se frôlaient, leurs lèvres se touchaient presque. Il crispa le poing.

— Mon couteau, chuchota Senna. À ta main droite...

Leurs regards se croisèrent et il hocha imperceptiblement la tête.

Pendant quelques minutes, rien ne se passa, puis les chevaux s'agitèrent un peu pour paître l'herbe fraîche, sous leurs sabots.

— Venez, marmonna alors un soldat. La rivière est plus abritée.

Un autre l'approuva et ils tentèrent de convaincre le plus récalcitrant, qui devait être leur chef.

— La vue est exceptionnelle, d'ici, déclara-t-il.

— Qu'est-ce qu'on en a à faire, de la vue ? grommela un autre. Tu espères repérer ce maudit O'Melaghlin à l'horizon ?

— Et sa putain, renchérit son compagnon

Finian se crispa malgré lui. Aussitôt, Senna se plaqua contre lui pour l'immobiliser.

— Putain, traîtresse, peu importe, rétorqua le chef. Rardove est disposé à verser vingt livres à quiconque les lui ramènera avant la bataille. Et j'en ai bien l'intention !

En entendant le mot « bataille », Finian comprit qu'il ne s'agissait nullement d'éclaireurs, mais d'un groupe de malfrats en quête d'une récompense, des mercenaires. Un seul homme était assez puissant pour réunir ce genre d'armée : Rardove.

Il avait aussi la certitude que Senna en avait conscience.

Les cavaliers firent demi-tour et en rejoignirent d'autres qui manifestement avaient attendu non loin.

— Pourvu qu'ils aillent vers la rivière ! souffla Senna.

Le vent portait les voix de la troupe.

— Il y a une clairière, déclara le chef.

— Seigneur ! murmura Senna.

Au bout d'un quart d'heure, c'est une petite armée qui avait dressé un campement dans la clairière verdoyante, à la lisière des bois, à une vingtaine de mètres du lieu où Senna et Finian étaient toujours enlacés, unis.

Terrifiée, elle plongea son regard dans celui de Finian.

— Ils s'en iront à l'aube, assura-t-il. Ils ne penseront pas à lever la tête. Nous sommes en sécurité, ici.

— Je sais, répondit-elle avec une tristesse née de l'expérience. Ici, je ne risque rien.

— Avec moi, tu es en sécurité, ajouta-t-il en crispant le poing dans ses cheveux.

— Je sais, répéta-t-elle, les cuisses tremblantes.

Finian appuya son front contre le sien. Du campement des soldats s'élevaient des exclamations et le tintement des armes.

Incapable de rester immobile toute une nuit, Senna finit par bouger. Elle se mit à onduler des hanches, ce qu'elle aurait mieux fait d'éviter.

— Senna…, fit aussitôt Finian.

— J'ai peur, souffla-t-elle.

— Je sais, dit-il en prenant son visage entre ses mains.

— Je n'aime pas avoir peur…

Elle reprit ses mouvements de hanches et Finian sentit sous ses doigts les larmes qui coulaient sur ses joues.

— Merde…, maugréa-t-il en la serrant plus fort contre lui.

Ils ondulèrent ainsi, très lentement, pendant un long moment, front contre front, enlacés. Dans l'immédiat, ils ne voulaient rien de plus que se bercer ainsi l'un l'autre.

Sentant son sexe profondément enfoui en elle, Senna accentua ses mouvements, mais sans accélérer. Elle s'ouvrit davantage et s'appuya plus fort sur lui, mais ce n'était pas suffisant.

Cherchant à mieux la satisfaire, Finian souleva légèrement ses hanches, mais n'osa se montrer plus ardent.

— Encore, gémit-elle.

— Bon sang, Senna, je ne peux pas trop bouger…

Toutefois, un coup de reins furtif la fit trembler davantage.

— Encore, supplia-t-elle à son oreille. J'en veux davantage…

Soudain, il la repoussa. Au clair de lune, elle croisa son regard de prédateur. Il lui saisit les poignets et les maintint en arrière d'une main.

Il posa l'autre sur sa gorge en exerçant une pression dans un geste à la fois dangereux et érotique. Lentement, il se pencha pour prendre un mamelon entre ses lèvres.

Rejetant la tête en arrière, Senna gémit doucement. Il s'enfonça plus loin en elle.

Ce changement d'angle intensifia les sensations de la jeune femme. Le lent va-et-vient de Finian était une véritable torture et déclenchait des ondes de délices qui la faisaient trembler de tout son corps.

Il resserra son emprise sur ses poignets et sa gorge, sans jamais se détourner de son regard. À chaque pression, elle était prise d'un spasme de plaisir. Elle se cambra en gémissant. Il mordilla son mamelon pour créer une sensation proche de la douleur.

— C'est bon ? demanda-t-il d'une voix rauque.

— Oui… Encore…

— Encore ?

— N'arrête surtout pas…

Finian émit un grognement bestial. Relâchant ses poignets, il se redressa et la prit par les fesses. Le moindre mouvement était une délicieuse torture. Il glissa la main entre leurs cuisses, là où leurs corps étaient unis, et la caressa lentement.

Le front posé sur l'épaule de Finian, Senna gémit de plus belle. Il glissa alors un doigt entre ses fesses frémissantes pour exercer une pression sensuelle.

— Oh ! souffla-t-elle, l'encourageant à poursuivre son exploration audacieuse. Oh…

Était-ce une exclamation de douleur ou de plaisir ? Les deux, peut-être.

— Encore ? proposa-t-il d'une voix qui vibrait de passion. Tu en veux encore ?

Elle ne put se retenir de lui mordre l'épaule tandis qu'elle accentuait ses mouvements de hanches. Finian en eut le tournis. Elle eut quelques soubresauts, puis s'écroula contre son torse, les muscles crispés pour mieux le retenir en elle.

— Tu as aimé ? s'enquit-il.

Haletante, elle lui mordit l'épaule en frémissant de plus belle.

— Tu me sens bien ? insista-t-il.

Le doigt humide de Finian s'enfonça encore en elle. Senna rejeta de nouveau la tête en arrière en étouffant un cri. Il fit monter le plaisir de son doigt et de son sexe. Ils explosèrent ensemble et il se déversa dans son corps, en silence. Il étouffa d'un baiser les gémissements entrecoupés d'un « Je t'aime » de Senna.

Plus tard, alors qu'elle pantelait encore, il l'aida à s'installer aussi confortablement que possible sur la plateforme. Le campement militaire était maintenant silencieux. Seuls quelques feux de camp crépitaient. Deux gardes montaient la garde, mais distraitement. Sur une branche, une chouette hulula, à l'affût d'une proie.

Quelques instants plus tard, Senna leva la tête vers Finian. Avec ses mèches de cheveux collées à son front moite, ses yeux brillant de passion, Finian la trouva magnifique.

— Tu as entendu ce que je t'ai dit, n'est-ce pas ? demanda-t-elle.

Il l'embrassa sur le front et la serra contre lui.

— Essaie de dormir un peu. Je veille. Demain, nous trouverons un cheval. Nous serons chez O'Fail à la nuit tombée.

Comme si cela pouvait résoudre quoi que ce soit...

41

Tandis que le jour se levait sur Dublin, un groupe de mercenaires faisait contre mauvaise fortune bon cœur. Ils étaient bien payés et jouissaient de certains avantages. Le gouverneur du roi en Irlande n'était pas le pire employeur qui soit.

Sur sa monture, Wogan observait ses troupes qui se préparaient.

Depuis des années, il allait de bataille en bataille, contribuait à l'avènement ou à la chute de rois irlandais, relâchait des otages ou en faisait d'autres, récompensait les plus méritants et enterrait les morts... Son visage ne trahissait aucune émotion. Intimidés par son implacable regard gris, ses hommes se hâtèrent de se mettre en selle.

Le roi Édouard n'allait pas tarder à arriver, mais Wogan avait ordre de ne pas l'attendre. Les dernières nouvelles avaient fortement contrarié le monarque et Wogan devait entamer seul les pourparlers. Les Irlandais comprendraient vite les termes d'Édouard et ils capituleraient. Sinon, ils mourraient.

Wogan souffla sur ses doigts glacés pour les réchauffer et se redressa sur sa selle. Son étalon s'agita légèrement sur les pavés humides, mais il le calma d'un mot.

Il leva un bras et fit signe à ses hommes de se mettre en route dans le brouillard, vers le nord où sévissaient les rebelles.

Ces Irlandais ne verraient rien venir avant un bon moment. Ensuite, il serait trop tard.

Le lendemain, dans l'après-midi, Finian désigna la vallée, en contrebas.

— Les terres d'O'Fail, annonça-t-il.

Senna hocha la tête d'un air posé, mais son cœur battait à tout rompre dans sa poitrine. Elle avait passé toute sa vie enfermée dans un manoir isolé, à remplir ses registres de comptes. Tel avait été son souhait. Finian semblait le déplorer. Selon lui, elle avait manqué beaucoup de choses. Or, elle ne voyait pas les choses ainsi.

Une fois veuve, elle avait décidé de sa vie. Elle avait sauvé son entreprise, élevé son frère et, jusqu'à ce que son père perde tout son argent au jeu, veillé à entretenir le domaine pour les générations suivantes. Celles-ci avaient peu de chances de voir le jour, car ni Will ni elle ne semblaient décidés à fonder un foyer. Ils refusaient tout bonnement de s'engager.

Ils menaient des vies solitaires, unis l'un à l'autre par des liens fraternels que leur père avait le don de compliquer. Une existence toute de routine et de désolation.

Jusqu'à ce jour où Senna avait sauté le pas et s'était jetée dans le vide en compagnie de Finian.

Elle s'efforça de rassembler ses cheveux emmêlés en une tresse. Sa vie solitaire ne révélait pas seulement son goût pour les chiffres et les contrats. En réalité, elle avait peur des autres. Cependant, le fait d'en avoir pris conscience ne l'aidait en rien.

Elle devait l'admettre, à présent. C'était la peur qui menait sa vie. Et à juste titre : elle avait tant à redouter. La peur courait dans son corps tout comme son sang.

Ce sang, justement, qui lui permettait de créer la plus précieuse des teintures. Les fabricantes de teintures vivaient de leur passion. Senna savait maintenant qu'elle ne valait pas mieux que sa mère.

Ils furent accueillis bien avant d'atteindre la grille du château par des guerriers qui avaient reconnu Finian. Ils échangèrent des tapes dans le dos avec des cris de joie.

— Finian O'Melaghlin, vieille crapule !

— Ah ! Par saint Patrick, Finian, on te croyait mort ! s'exclama un autre, visiblement ému.

Finian disparut au milieu d'un groupe d'amis enthousiastes.

— C'est bon de te revoir ! On a eu peur quand on a appris que tu avais été capturé. On a bien cru que tu étais mort avec les autres.

— C'est déjà triste que les autres soient morts…, répondit sombrement Finian.

— C'est vrai, admit son compagnon. Mais le roi a besoin de tous ses nobles, et perdre un grand seigneur, un conseiller tel que toi, serait une catastrophe.

Finian se contenta d'un grommellement, mais Senna écarquilla les yeux à ces propos. Un grand seigneur ? Un conseiller du roi ? Lui, un proche du roi, avec ses manières bourrues ?

Dieu du ciel, c'était un noble !

Il fut accueilli avec la même chaleur à l'intérieur de l'enceinte. Des hommes plus âgés, des femmes et une foule d'enfants se trouvaient dans la cour ou aux fenêtres. Les flammes du feu projetaient des ombres sur les murs, dessinant d'étranges silhouettes.

Les femmes grouillaient autour de Finian telle une nuée d'insectes. Dès qu'il posait les yeux sur elles, elles souriaient. Senna sentit son cœur se serrer.

Un homme grand, aux cheveux longs et vêtu d'un kilt s'approcha et salua Finian d'un signe de tête.

— Notre roi n'en croira pas ses oreilles quand je lui apprendrai que tu t'en es encore sorti de justesse. J'allais justement me mettre en route pour sauver ta peau…

— Le jour où j'aurai besoin d'un maudit Écossais pour me sauver la peau sera un triste jour !

— Un jour comme un autre, sans plus. Ça n'aurait pas été la première fois. O'Fail m'a confié cette mission, comme d'habitude. J'allais me mettre en route.

— Eh bien, tu es en retard, comme toujours.

Ils se toisèrent un long moment, puis tombèrent dans les bras l'un de l'autre en se donnant de grandes tapes dans le dos. Senna ne put s'empêcher de sourire.

— O'Fail a donc eu vent de ma capture ? demanda Finian.

— En effet, nous avons reçu un message.

— Où est le roi ?

— À l'intérieur. Il était fou d'inquiétude. Il va être heureux de te voir.

— Peut-être, dit Finian. Jusqu'à ce qu'il entende ce que j'ai à lui dire.

— Nous avons eu des nouvelles, nous aussi, reprit l'Écossais.

— Lesquelles ? s'enquit Finian.

L'Écossais jeta un rapide coup d'œil à Senna.

— Rardove raconte une histoire passionnante sur ton évasion.

— Vraiment ? J'ai une histoire à raconter, moi aussi. Mais nous verrons cela plus tard. Pour l'heure, vous n'avez qu'une seule chose à savoir,

271

dit-il en désignant Senna. C'est elle qui m'a sauvé.

Il l'attira dans leur cercle.

— Cette beauté t'a donné des ailes ? s'esclaffa un homme.

— Je vous présente Senna de Valery, déclara Finian.

Il y eut un silence, puis une voix s'éleva.

— La fiancée de Rardove.

— Elle ne l'a jamais été, expliqua Finian.

— C'est pourtant ce qu'affirme Rardove, fit un autre.

— Rardove ment comme il respire.

— Doux Jésus, O'Melaghlin ! Qu'est-ce qu'elle fabrique ici ?

— C'est moi qui l'ai amenée, dit Finian avec un regard implacable.

La tension monta d'un cran. Le cœur de Senna battait à tout rompre. L'Écossais se tourna alors vers elle avec un sourire.

— Pourquoi avez-vous libéré une canaille telle que lui ? demanda-t-il.

— Si j'avais su à quel point il était dépravé, j'aurais trouvé quelqu'un d'autre.

Le groupe se mit à rire, puis ils se dirigèrent tous vers le donjon.

— Ils ne veulent pas de moi ici, murmura-t-elle à Finian, qui s'était rapproché d'elle.

42

— Ne t'inquiète pas. Je m'occupe de toi.

Il la prit par la taille d'un geste possessif qui, l'espérait-il, éviterait tout problème à la jeune femme. Tandis qu'ils gravissaient les marches menant au donjon, il la sentit frémir de peur, mais elle se tint bien droite.

— Sais-tu quel était mon endroit préféré, ici, quand j'étais jeune?

— Non, répondit Senna.

— Je te laisse deviner, dit-il en s'arrêtant sur le seuil d'une vaste salle.

Claire et spacieuse, elle s'étendait sous leurs yeux, illuminée par de nombreuses torches. Au fond, un immense feu flambait dans la cheminée, procurant lumière et chaleur. Il y flottait un léger parfum d'herbes et de sueur mêlées.

Les gens bavardaient par petits groupes de deux ou trois. Un jeune couple semblait se chamailler, dans un coin, les yeux embués de larmes et les lèvres tremblantes.

Assis à une table, quelques jeunes gens jouaient. L'un d'eux éclata de rire et tomba à la renverse. Les autres s'esclaffèrent.

Deux chiens étaient couchés près du feu, à ronger des os. La silhouette d'un chat guettant quelque rongeur se profilait non loin de là.

Des adolescents traînaient non loin des adultes, les yeux rivés sur un groupe de jeunes filles qui babillaient autour d'une table. La main sur la bouche, elles épiaient leurs soupirants en gloussant.

Le regard de Senna se porta de nouveau sur Finian.

— Je parie que c'était la table des jeunes filles, déclara-t-elle d'une voix mal assurée.

— Non, répondit-il, ravi que son stratagème ait fonctionné. Essaie encore.

— Au milieu de l'estrade, alors, une place en vue.

Il secoua la tête.

— Dis-le-moi.

— Non. Je veux que tu trouves toute seule.

— D'accord, répondit-elle, relevant le défi.

— Je suis certain que tu trouveras, avec ton esprit vif. Sinon, il te suffira d'un sourire pour tirer les vers du nez de n'importe qui.

Plus détendue, elle afficha un sourire qui illumina son visage tandis que Finian l'entraînait dans la salle.

Il s'efforça de ne pas céder à la tentation de la protéger davantage. Il avait pour l'heure d'autres préoccupations : restituer aux Irlandais leurs droits sur leurs terres, par exemple, et éviter la guerre. Pour cela, il ne fallait pas qu'il se laisse distraire par Senna.

En l'apercevant, le roi se figea, puis il se leva lentement, faisant tomber les tablettes posées sur ses genoux.

Finian se dirigea vers cet homme qui avait accepté de le prendre en charge alors que tout le monde le croyait perdu à jamais. Aux yeux de tous, il n'était que le fils d'une femme ayant commis un péché mortel, le suicide. Elle ne pouvait que brûler en enfer. Quant à son père, il s'était enfui après cela.

Or, O'Fail avait recueilli Finian qu'il avait élevé comme son fils, faisant de lui son conseiller et son ami. Finian n'exagérait pas en affirmant qu'il lui devait plus que la vie. Il était sa raison de vivre.

Il prit la main de son tuteur.

— Bon sang, Finian, marmonna le roi en s'approchant de lui. Je t'ai cru…

Sans un mot de plus, le puissant souverain le prit dans ses bras. Senna devina la force de leur amour sans réserve.

Le roi s'écarta enfin, un sourire aux lèvres, pour prendre Finian par les épaules.

— Tu es donc venu me voir, dit-il.

— En vérité, sire, je n'avais rien de mieux à faire, ce soir…

Le roi rit de bon cœur. Dans la salle, tous les regards étaient rivés sur eux, mais nul n'osait s'approcher. À part Senna. O'Fail l'observa un instant.

— Ta mission ?

— Je l'ai accomplie, et plus encore, assura Finian à voix basse.

— Tant mieux, fit le roi en posant de nouveau un regard perçant sur Senna. Et qui est cette superbe jeune femme ?

— Senna de Valery, sire, répondit-il en l'attirant plus près.

Le roi la jaugea rapidement, puis il sourit et lui fit signe de s'asseoir à côté de lui. Senna obéit timidement, la tête baissée.

— Relevez donc la tête, mon petit, dit le roi. On ne voit pas vos magnifiques yeux.

Finian leva les yeux au ciel.

— Vous faites tous cela, répondit-elle doucement d'une voix à la fois innocente et séductrice.

Finian ignorait s'il devait la faire sortir de la salle pour la protéger des regards masculins rivés sur elle ou la coucher sur la table pour montrer à tous qu'elle lui appartenait.

Elle n'apprécierait sans doute pas une telle démonstration.

— Que faisons-nous donc, mon petit ? s'enquit le roi en se massant la nuque.

— Vous nous charmez.

— Nous aimons le croire, admit O'Fail avec un large sourire. Tout comme vous, les dames, nous charmez.

Senna arqua les sourcils, à la fois innocente et féminine.

— Je ne crois pas avoir déjà fait rougir Finian, sire, pas plus que je n'y arriverais avec vous.

Finian croisa les bras, tel un guerrier plein d'assurance.

Avec ma barbe fournie, vous ne vous en rendriez même pas compte, répondit le souverain. Ce n'est pas le cas de Finian...

— Assez, décréta ce dernier en prenant Senna par les bras et en la soulevant littéralement du banc sous le regard amusé du roi. Sa majesté doit assister à un conseil, et tu devrais manger un peu, Senna.

Elle repoussa les mains de Finian.

— Sire, je n'ai pas l'habitude d'être redevable, mais je vous dois la vie et vous en suis extrêmement reconnaissante. Je jure de rembourser ma dette.

O'Fail l'observa un instant, puis il hocha la tête. Finian l'emmena vers une autre table, puis il rejoignit le roi et tous deux sortirent de la salle.

— Elle est ardente, commenta le souverain, dans le couloir.

— Vous n'imaginez pas à quel point...

276

Ils se dirigèrent vers la salle de réunion, où d'autres hommes les attendaient. L'arrivée de Finian avait suffi à les faire se rassembler spontanément.

— Mon fils, dois-je te le dire à voix haute ?

— Quoi ? demanda Finian en croisant son regard.

— Il faut qu'elle reparte.

43

Autour de la table étaient réunis O'Fail, ses conseillers, un prêtre et quelques nobles irlandais. Finian était installé sur un banc à côté d'Alane, l'air détendu, malgré la tension qui régnait dans la pièce.

Lorsqu'on leur servit une collation, nul ne se servit, à part Finian. Ils attendirent pendant qu'il buvait de longues gorgées de bière.

— Rardove est en train de réunir une armée, déclara-t-il enfin. Il veut la guerre. Je propose que nous la lui donnions.

Les jurons fusèrent de toutes parts.

— Ce n'est pas tout, ajouta-t-il, couvrant les voix pour obtenir le silence. Il est au courant, pour la teinture...

Ce fut le silence absolu.

— Que sait-il, au juste ? s'enquit le roi.

— Il sait que la poudre explose.

Les autres grommelèrent, se grattèrent la tête, s'agitèrent, prêts à passer à l'action.

— Nous avons au moins un avantage, reprit Finian.

— Lequel ? demanda le roi.

— Celui-ci...

Il sortit de son sac le manuel de teintures si fragile et précieux. Tous les regards se posèrent sur ce véritable trésor.

— Bon sang ! s'exclama le roi. Le manuel de teintures… Turlough était chargé de le récupérer.

— J'ai appris la mort de Turlough pendant que j'étais captif chez Rardove.

— Donc tu es allé toi-même au rendez-vous, fit le roi, visiblement satisfait. Bien joué. Le jeu en valait la chandelle.

— Sans ce manuel, Rardove ne peut fabriquer la teinture, à moins d'avoir une faiseuse de teintures sous la main, ce qui n'est pas le cas, reprit Finian.

Il se garda de préciser qu'il avait amené aussi Senna. Ce premier mensonge par omission lui donna des frissons.

Le roi prit le petit manuel.

— Des siècles de recherches, commenta-t-il avec respect. Et nous avons enfin la recette… Par saint Brendan, Finian, tu as été très efficace ! Que t'a dit Red ?

— Pas grand-chose. Il est mort dans mes bras.

Le silence s'installa dans la salle. Certains prièrent pour le défunt, d'autres se signèrent, tandis que quelques jurons fusaient.

— Ce qui nous amène à notre autre avantage, reprit le roi. Rardove ne voudra pas que quelqu'un d'autre soit au courant, pour la recette. Vous imaginez une centaine d'Anglais déchaînés en quête des légendaires *wishmés* ?

Il observa les mines renfrognées de ses compagnons.

— Non, reprit fermement O'Fail. Il va chercher à garder le secret. Nous pouvons gagner du temps en lui rendant la raison qu'il invoque pour déclencher la guerre.

— Qu'entendez-vous par là ? demanda Finian.

— Je parle de Senna de Valery.

— Pas question, répondit Finian. Même la tête sur le billot...

— Elle y est déjà.

— Eh bien, coupez-moi la tête !

— Nous sommes tous en péril, Finian. Tous les Irlandais qui vivent dans le Nord.

— Nom de Dieu ! intervint Felim, un noble. Que veux-tu qu'on fasse ? Nous n'avons pas les hommes, nos châteaux sont délabrés. Tu as dit toi-même que Rardove était en train de réunir une armée. Nous n'avons aucun moyen de les retenir. Il nous faut du temps.

— Du temps pour quoi faire ? rétorqua Finian.

— Seigneur, O'Melaghlin, le temps est précieux ! Pour faire venir des alliés, négocier, le convaincre que nous ne voulons pas la guerre.

— Eh bien, nous n'avons pas de temps, dit Finian d'un ton sec.

Le silence s'installa, puis le roi exprima leur pensée à tous.

— Nous en aurons si nous lui renvoyons la femme.

Finian se leva et alla s'adosser au mur, les chevilles croisées. La lame de son épée étincelait à la lueur des flammes.

— Tu t'attendais à quoi ? lança l'un des hommes. À ce que nous mettions nos vies en péril pour sauver une Anglaise ?

— Non. Pour sauver votre propre peau, répliqua Finian.

— Même sans elle, nous sommes déjà en mauvaise posture, intervint Brian, un guerrier à la mine renfrognée.

Alane hocha la tête et se pencha en avant.

— Cela fait bien longtemps que les Irlandais naviguent en eaux troubles, dit-il. Cette fille n'est pas responsable des vagues qui déferlent sur nos côtes, que je sache. Si nous la renvoyons, elle n'aura aucune chance de s'en sortir.

— Nous non plus, fit un autre homme, si Rardove rameute ne serait-ce que la moitié de ses vassaux.

Alane haussa les épaules. Finian lui adressa un regard plein de gratitude.

— Et c'est ce qu'il fera de toute façon. Il veut la guerre, rappela un noble avec une moue.

— Absolument, parce qu'il veut récupérer la fille...

— Non! Parce qu'il veut nos terres! s'exclama Finian en revenant s'asseoir à la table.

— Je pense qu'on devrait lui laisser la fille, conclut Brian, irrité.

— Tu mérites de t'empaler sur sa propre épée pour avoir suggéré ça, répliqua Finian. Tu n'as donc pas écouté ce que j'ai dit? Tout cela n'a rien à voir avec elle! Rardove cherchait simplement un prétexte pour nous attaquer. Cela fait vingt ans que cela dure!

— Et nous lui offrons une occasion en or, renchérit le premier noble.

— Et si Senna ne lui avait pas offert cette occasion, Felim, je serais mort, à l'heure qu'il est.

Le silence se fit.

— Je lui dois la vie. Elle est courageuse...

— Et belle, railla Felim.

— Tu as trop bu, répondit Finian. Tu n'as plus les idées claires!

Il se tourna vers les autres.

— Il ne faut pas la livrer à cette ordure! Elle se trouve impliquée dans une histoire qui la dépasse.

— Oui, approuvèrent plusieurs hommes, dont Alane, en hochant la tête.

Brian, le plus récalcitrant, se leva.

— Je te préviens, O'Melaghlin, tu me le paieras, si les choses tournent mal.

— Va au diable, maugréa Finian, si tu es capable de livrer une pauvre femme à Rardove sans le moindre scrupule. Elle est seule, abandonnée de tous. Elle a peut-être été un élément déclencheur, mais Rardove prépare son coup depuis longtemps déjà.

Pour souligner ses propos, il frappa du poing sur la table.

— Tu crois que je n'ai pas longuement réfléchi, avant de mettre la vie de quiconque en péril, Brian ? reprit-il, furibond. Aurais-tu oublié qu'il m'a emprisonné, avec mes hommes ? Il les a tous assassinés ! Ils étaient sous ma responsabilité, et ils sont morts ! Certains ont été pendus, d'autres ont connu un sort bien plus cruel…

L'espace d'un instant, sa gorge se noua d'émotion, mais il se ressaisit :

— Ceux que je n'ai pas été forcé de regarder mourir, je les ai entendus… Et je n'oublierai jamais leurs cris de souffrance.

— Nous ne négligeons pas ta capture, assura Felim pour apaiser la tension de Finian. Ceux d'entre nous qui ont connu les responsabilités qui sont les tiennes savent qu'il faut parfois les payer très cher.

Finian se redressa fièrement et balaya la pièce du regard d'un air de défi.

Nul n'osa le provoquer. Au bout d'une longue minute d'un silence gêné, O'Hanlon prit la parole :

— Je suis d'accord avec O'Melaghlin. Rardove cherche à obtenir la teinture, et il faut l'empêcher de sévir. Quelle meilleure occasion pour nous de nous venger à l'occasion d'une guerre qu'il nous aurait déclarée ?

— Tu as raison. Mieux vaut régler son compte à cette ordure selon nos propres conditions.

Finian prit une chope de bière dont il but la moitié du contenu avant de la passer à Alane.

— À t'entendre, Rardove n'est qu'un vermisseau, grommela Brian, dans l'ombre. Mais un vermisseau est prévisible, au moins. Il ne réserve pas de mauvaises surprises...

— J'ai l'impression que tu parles en connaissance de cause, Brian, fit Finian avec un regard soupçonneux.

— Les hommes sont plus compliqués à cerner que les insectes, rétorqua-t-il.

— Tu parles ! ils sont aussi prévisibles que le brouillard matinal. Ils n'aiment que l'argent, le pouvoir et les femmes.

— Dans n'importe quel ordre, renchérit Alane.

— Et toi, Finian ? poursuivit Brian d'un ton narquois. Est-ce cela qui te motive ? Je n'ai pas envie de me faire couper la tête par un Saxon uniquement parce que tu réfléchis avec autre chose que ta tête !

Finian enserra le cou de Brian d'un bras ferme, mais celui-ci lui assena un coup de coude dans les côtes.

— Tu ne comprends pas, Brian. Elle n'a rien à voir là-dedans ! Elle n'est rien !

Le roi se racla la gorge. Tous les regards se tournèrent vers lui.

— Pourquoi ne l'as-tu pas conduite au manoir de son frère ? Le danger qu'elle représente aurait été aussi bien là-bas.

— Il n'y avait personne, répondit Finian.

Ce n'était pas la raison première, mais les autres n'avaient pas besoin de le savoir.

— Oh! Mais il y a quelqu'un maintenant.

— Je n'ai trouvé aucun signe de vie, maugréa Finian.

— Il y a trois heures, nos éclaireurs ont vu de la fumée s'échapper du donjon de Valery.

— Et alors? C'est peut-être le régisseur.

— Il y avait de nombreux chevaux aux alentours. Et quelqu'un qui criait des ordres.

— Je n'ai pourtant aperçu personne, insista Finian, perplexe.

Brian haussa les épaules et tendit la main vers une chope. Alane le devança et vida la bière à longues gorgées puis, un sourire aux lèvres, il proposa la chope vide à Brian, qui fit la moue.

Finian se servit généreusement à boire et secoua la tête. Brian se redressa.

— Et maintenant, De Valery et sa bande de maudits Saxons vont s'en mêler! lança-t-il. Bravo, O'Melaghlin! Tu nous ramènes des ennemis, maintenant!

— Et toi, tu joues avec ta vie, Brian, répondit-il d'un ton glacial.

— Ferme-la, petit, ordonna Alane en se plaçant derrière Brian.

— Je ne tolérerai aucun manque de respect sous mon toit, Brian, intervint O'Fail. Lord Finian mérite ton respect. Si tu as quelque chose à dire, je t'écoute, et je prendrai ensuite ma décision. Et celle-ci vaudra pour tout le monde.

Le silence se fit dans la salle. Les hommes échangèrent des regards. Finian resta profil bas. Il connaissait cette expression, qui ne présageait rien de bon. Le roi l'avait observé ainsi lorsqu'il avait creusé lui-même une tombe pour sa mère, car le prêtre interdisait toute sépulture aux suicidés.

— Je sais ce que je fais, assura-t-il calmement.

— Certes, fit le roi, contrairement à nous tous.

Il parlait aussi de lui-même. Ce roi qui avait fait de lui un homme semblait déçu. Allait-il avoir des regrets ?

Le roi se leva pour obtenir le silence.

— Il s'agit de ta bataille, Finian, déclara-t-il en observant tour à tour tous les prétendants au trône. À toi de diriger les hommes. Je t'ai formé pour cela. À toi de jouer.

Finian se leva lentement. Depuis des années, il attendait son heure, et elle venait de sonner. Le choix d'un roi se faisait aussi en fonction des aptitudes sur le champ de bataille. Il n'en revenait pas de la confiance que lui accordait O'Fail.

— C'est un honneur pour moi, sire, déclara-t-il en prenant la main du souverain.

— À toi l'honneur de remporter cette bataille, Finian.

Ils établirent rapidement une stratégie. Les nouvelles se diffusaient dans toute l'Irlande grâce à des femmes qui franchissaient les collines sans éveiller les soupçons. Grâce à elles, les armées seraient informées de ce qui se préparait et se rendraient à leur point de ralliement traditionnel, les ruines d'une abbaye incendiée, non loin du château de Rardove.

Lorsqu'ils se furent mis d'accord, tous les hommes présents dans la pièce se murèrent dans le silence, se demandant s'ils reverraient un jour leurs familles.

Finian garda la tête baissée, conscient du fardeau qui était désormais le sien. Ses compagnons sortirent peu à peu.

Senna. Il fallait qu'il voie Senna, même un court instant.

44

Seule dans un coin de la grande salle, Senna écoutait d'une oreille distraite les conversations qui allaient bon train autour d'elle, et dont elle ne saisissait pas grand-chose. La pièce était bondée, et elle n'avait pas l'habitude d'une telle agitation.

Elle était fascinée par la langue gaélique si chantante, et devinait sans peine le contenu de leurs échanges : politique, nouvelles familiales, anecdotes... Elle s'efforçait de passer inaperçue, car ces conversations ne la concernaient en rien. Nul ne lui adressait la parole ; elle se sentait aussi seule que chez elle, dans une maison vide.

C'était troublant.

Une femme très belle vint soudain s'asseoir à son côté.

— Madame de Valery ?

Elle avait un accent si prononcé que Senna ne reconnut pas tout de suite son nom.

— Je suis Mugain.

Senna lui sourit.

— Vous accompagnez Finian O'Melaghlin ?

Pour toute réponse, Senna hocha la tête.

— Je connais Finian, reprit la femme en la toisant.

Elle sentit son cœur se serrer.

— Vraiment ? Je le connais mal, donc j'apprécie vos paroles, mentit-elle en s'efforçant de sourire de nouveau.

Mugain lui sourit en retour.

Elle avait tout d'un joli papillon irlandais, songea tristement Senna, avec sa robe rouge, ses cheveux soyeux d'un noir de jais et ses courbes voluptueuses.

— Je vous conseille de rester en sa compagnie, suggéra Mugain d'un air entendu.

— Ce n'est pas ce que vous croyez…, balbutia Senna en rougissant.

— Dommage pour vous, alors, dit-elle avant de se pencher vers Senna pour ajouter, sur le ton de la confidence : Vous pouvez me croire, ce serait mieux pour vous.

Senna faillit pleurer de frustration.

L'Irlandaise souleva le couvercle d'une marmite et versa une portion de ragoût sur une tranche de pain rassis.

— Pouvons-nous bavarder ? J'aimerais vous connaître, déclara-t-elle.

— Volontiers, répondit Senna un sourire un peu forcé.

Elle mangea sans grand appétit à côté de cette belle Irlandaise aux intentions suspectes.

Une demi-heure plus tard, Lassar, l'épouse du roi, les rejoignit, au grand soulagement de Senna, qui faillit renverser le banc dans sa hâte à se lever. Lassar lui effleura la main en guise de salut.

— Je vous ai fait préparer une chambre, annonça-t-elle. Et un bain.

— Un bain… chaud ? demanda Senna malgré elle.

— Je pense qu'il devrait être assez chaud, assura Lassar en échangeant un regard complice avec Mugain.

— Je vous remercie, madame, dit Senna en s'inclinant. Quand Finian reviendra…

— Il sait où se trouve sa chambre, répondit la reine.

— Sa chambre?

— Celle qu'il occupe à chacune de ses visites. Il a souhaité que vous vous y installiez tous les deux.

— Je vois…, murmura Senna, les joues empourprées.

— Il paraît que, grâce à vous, Finian se sent pousser des ailes. Nous vous en sommes très reconnaissants.

Senna en demeura sans voix. C'était affreusement embarrassant! Mais à quoi s'attendait-elle? Peu lui importait sa réputation, en réalité. Elle n'avait plus rien: plus de vie, plus de foyer, plus de terres, plus d'argent, plus de relations… Elle n'avait plus que Finian. Lui ne manquait manifestement de rien, et il n'avait certainement pas besoin d'elle.

Gênée, elle baissa les yeux. Toute sa vie, elle s'était efforcée de ne rien devoir à personne, et voilà qu'elle avait besoin de tout. Elle avait besoin de Finian.

Hélas! elle n'avait rien à lui offrir en échange.

— Venez, lui dit Mugain en s'éloignant.

— Merci, souffla Senna à Lassar, avant d'emboîter le pas à l'Irlandaise.

Elle ne put s'empêcher de remarquer comme Mugain ondulait des hanches, attirant le regard de tous les hommes présents dans la salle.

— La chambre de Finian est dans la tour, expliqua-t-elle tandis qu'elles traversaient la cour.

Avoir sa propre chambre, dans un château surpeuplé où grouillaient tant de domestiques, était un luxe, mais de toute évidence, Finian était cher au cœur du roi.

Elles gravirent un escalier étroit jusqu'à une pièce assez spacieuse où brûlait un feu. Contre le mur, un coffre supportait une pile de linge d'un rouge intense ; un ourlet était même brodé d'or. Une paire de bottes noires était posée à côté.

Au milieu de la chambre trônaient un imposant lit couvert de fourrures et de coussins moelleux, ainsi qu'une baignoire. En découvrant l'eau chaude et parfumée, Senna sentit des larmes lui monter aux yeux.

— Je vais vous aider, madame de Valery.

— Non ! s'exclama Senna en faisant volte-face. Enfin, je vous remercie, mais je suis fatiguée, balbutia-t-elle, horrifiée à l'idée que cette femme puisse la voir se dévêtir.

— Vous souhaitez vous reposer, répondit Mugain d'un air entendu.

— C'est cela. Me reposer.

— Je vous laisse. Je vais être très occupée…, ajouta Mugain avec un clin d'œil complice.

— Vous avez l'air bien mystérieuse, répondit Senna en souriant.

— C'est un secret ! Un cadeau.

— Pour qui ?

— Pour Finian O'Melaghlin !

Le sourire de Senna s'évanouit.

— Je suis certaine qu'il l'appréciera.

— Oh oui ! Il aime toujours mes cadeaux…

— Vraiment ? fit Senna, les lèvres pincées.

— Vraiment, madame de Valery, minauda Mugain.

— Appelez-moi Senna.

— Lord Finian aime beaucoup les cadeaux, Senna. Je vous le dis car nous avons été très proches. Mais nous ne le sommes plus.

— Vous me le dites parce que vous avez été proches ou parce que vous ne l'êtes plus ?

— Les deux, répondit la déesse aux cheveux noirs et au regard assassin.

— Eh bien, je vous remercie.

— Oh! ne me remerciez pas! Finian vous dira ce qu'il aime et ce qu'il n'aime pas. Vous ressemblez tant à Bella…

— Oui, Bella… Elle a été sa femme pendant de nombreuses années, mais c'était il y a longtemps. Il y en a eu d'autres, ensuite. C'est étrange, elles lui ressemblaient toutes. À part moi, bien sûr…

— Bien sûr.

— Vous connaissez son histoire, n'est-ce pas?

Senna secoua la tête.

— Il vaudrait peut-être mieux que ce ne soit pas moi qui… Il a l'art de manipuler les femmes. Mais vous le découvrirez bien vite, si vous restez ici. Je ne devrais pas vous le dire… Avez-vous remarqué le regard des femmes, en sa présence? Nombre d'entre elles l'ont connu et rêvent de la retrouver. Sauf moi. Vous donne-t-il de petits surnoms? Méfiez-vous… C'est un homme bon, mais il est redoutable, avec les femmes. Vous voudrez bien l'informer que j'ai un cadeau pour lui? demanda Mugain avant de se diriger vers l'escalier.

Senna n'osa même pas la regarder tandis qu'elle s'en allait. Son cœur battait à tout rompre.

45

Senna prit un bain puis, sans prendre le temps de se sécher, alla regarder par la fenêtre. Finian traversait la cour en direction de la tour.

Il entra dans la chambre qu'éclairaient quelques chandelles. Senna se retourna et lui sourit, mais il ne lui rendit pas son sourire.

En fait, il avait même la mine renfrognée. De son coffre, il sortit une grande pièce de tissu rouge sombre, sans doute un *léine* semblable à celui que portaient ses compagnons. Après avoir jeté un coup d'œil vers la baignoire, il alla vers la porte, l'ouvrit, cria qu'on lui apporte du vin, puis la claqua en la refermant. Enfin, il se tourna vers Senna, visiblement furieux.

— Assieds-toi, Senna. Et détends-toi.

Elle demeura immobile tandis qu'il se mettait à arpenter la pièce comme un fauve en cage. Quand on lui apporta le vin qu'il avait demandé, il en remplit deux coupes, en prit une puis la reposa sans avoir bu.

Il s'assit sur un banc et saisit ses bottes étincelantes en repoussant d'une main impatiente ses cheveux de son visage.

Combien de soirs vivrait-elle ainsi, à le regarder se déshabiller, sachant qu'il allait la prendre dans ses bras ? se demanda Senna. Des dizaines, des centaines, peut-être, puis il partirait vers de nouvelles conquêtes, si Mugain n'avait pas menti... Pourquoi aurait-elle menti ?

Les propos de l'Irlandaise avaient semé le doute dans l'esprit de Senna, qui prit sa coupe de vin.

— J'ai passé un moment avec certaines personnes, pendant que tu participais à ton conseil, Finian.

— J'espère qu'elles se sont montrées aimables, répondit-il en levant les yeux vers elle.

— Lassar a été charmante.

Plus détendu, il ôta ses vieilles bottes crottées.

— Lassar est très gentille, en effet. Je suis content que tu aies discuté avec elle.

Senna but une gorgée de vin pour se donner du courage, puis elle s'éclaircit la voix.

— Je n'ai pas seulement parlé avec Lassar...

— Tant mieux.

— J'ai rencontré Mugain.

Cette nouvelle parut laisser Finian indifférent. Il se leva.

— Elle dit qu'elle a un cadeau pour toi...

Il grommela quelque chose d'inintelligible, défit son ceinturon et jeta toutes ses armes sur le banc.

— Elle a ajouté que tu as toujours aimé les cadeaux...

— La dernière fois que Mugain m'a fait un cadeau, elle avait dix ans, et c'était une pièce de viande crue qu'elle avait glissée dans mon lit, un soir.

Senna sourit, mais ne fut pas rassurée pour autant.

— Elle tient à toi, comme tant d'autres. Tu es très aimé, ici.

— J'ai grandi ici, tu sais, répondit-il en ôtant sa tunique.

Son corps nu était parfait, malgré ses cicatrices sur les côtes et le ventre. C'était la première fois qu'elle les remarquait. La plupart du temps, elle ne l'avait vu déshabillé que la nuit et avait sans doute été trop distraite pour y prêter attention…

— Les liens du cœur sont parfois plus forts que les liens du sang.

— Comment se fait-il que tu sois devenu le premier conseiller du roi ?

— Eh bien… je l'ai conseillé, et il a trouvé mes idées avisées.

— Ta réponse n'est pas très convaincante, répliqua-t-elle avec une moue.

Soudain, il éclata d'un rire tonitruant. Un rire viril et sincère qui serra le cœur de Senna. Il s'approcha d'elle, puis lui tendit les bras. Elle ne se fit pas prier pour s'y blottir. Il l'observa un moment comme s'il la voyait pour la première fois. Enfin, il posa la joue contre la sienne pour humer son parfum.

Quelque chose n'allait pas.

— Finian ? Ton conseil t'a contrarié.

— C'est une période difficile, répondit-il tout bas.

Sans crier gare, il s'écarta et alla s'asseoir sur le banc pour enfiler ses bottes neuves.

— C'est en rapport avec Rardove ? s'enquit Senna.

Pas de réponse.

— C'est cela, n'est-ce pas ? Dans ce cas, je suis également impliquée.

Il posa sur elle un regard indéchiffrable, distant, comme s'il était ailleurs.

— Cela n'a rien à voir avec toi.

— Finian, je peux t'aider. Je peux faire quelque chose. Que se passe-t-il ? Dis-le-moi.

— Je suis passé voir si tu étais bien installée, répondit-il d'un ton brusque. Reste ici. Tu vas entendre des gens dans la grande salle. Il y a une réception, ce soir, mais je préférerais que tu restes ici.

— Une réception ?

— Lassar te procurera quelques beaux vêtements et elle veillera sur toi. Nous partons demain à l'aube.

— Où allons-nous ?

— Tu ne pars pas, dit-il en attachant son ceinturon sur son *léine* rouge.

— Comment ?

— Nous partons à la guerre, expliqua-t-il.

— Oh ! Non !

— Je me mettrai en route demain à la première heure. Je ne... Enfin, je te verrai avant de partir conclut-il en se dirigeant vers la porte.

— Oh...

Le désespoir qu'il perçut dans sa voix l'incita à se retourner.

— Je ne fais que mon devoir, Senna, assena-t-il, les dents serrées. Je n'ai pas le choix. J'ai toujours été clair sur ce point, non ?

Elle releva fièrement la tête.

— Plusieurs choses sont très claires. D'abord, que tu es capable d'une grande stupidité, ensuite...

Il en demeura bouche bée.

— Ensuite, que tu as dû être très gâté pour te permettre d'enfiler des vêtements propres sur un corps sale. De plus, je découvre que tu es entêté...

Finian se dirigea vers la porte.

— Reste ici !

Sur le seuil, il sentit une main se poser sur son bras.

— Ne me laisse pas ainsi...

Cela aurait pu être une supplique, mais il n'en fut rien. Elle réagissait avec force et dignité, exactement comme il l'espérait. Alors qu'il aurait dû s'éloigner sans un regard, il se retourna.

Il n'avait pas le choix, car la témérité de Senna risquait de lui coûter la vie. Elle ne passerait pas inaperçue si elle sortait de cette chambre, et les choses risquaient de mal tourner. Il croisa froidement son regard.

— Écoute-moi bien, Senna. Tu vas rester dans cette chambre, que cela te plaise ou non. J'essaierai de te voir avant mon départ.

Lorsqu'il ouvrit la porte, elle lui barra la route. Elle tenait un couteau à la main.

— Bon sang! grommela-t-il tandis que la pointe de la lame lui effleurait le menton.

— Tu vas « essayer de me voir », répéta-t-elle, une lueur implacable dans le regard.

Par chance, elle n'avait aucune expérience du combat rapproché et n'était pas de taille. De plus, elle était bien trop furieuse pour être efficace.

Il la saisit sans difficulté par le poignet et fit tomber le couteau à terre. Puis il la plaqua contre le mur et se pencha vers elle.

— Ne me menace plus jamais d'une arme, tu m'entends?

— Et toi, ne m'abandonne plus jamais, répliqua-t-elle, les joues empourprées.

Elle le fixait avec une telle férocité... Elle était sublime.

Ravalant un juron, il la relâcha et enfouit les doigts dans ses cheveux encore humides. Il n'avait aucune envie de lui parler, de répondre à ses questions. Il ne voulait rien ressentir. Senna brûlait de toute évidence de se lover contre lui, mais il ne voulait pas de ce contact. Il partait à la guerre.

Soudain, il eut un besoin irrépressible de posséder son corps.

Sans lui laisser prononcer un mot de plus, il s'empara de sa bouche et l'embrassa avidement. Il la fit reculer vers le lit où elle tomba assise. Debout devant elle, il lui écarta les cuisses. Déjà, elle avait saisi son *léine* pour l'attirer vers elle. Finian se pencha, mais resta debout tandis qu'elle lui caressait le torse. Très vite, ils perdirent la raison, tant ils étaient fébriles et ivres de désir.

Finian la saisit par les hanches et l'étendit telle une offrande sur les fourrures. Il fit glisser un doigt sur son sein, puis son ventre, vers son entrejambe offert.

Elle gémit et essaya de lui retirer son *léine* de ses mains tremblantes. Il la laissa se débattre avec les plis du tissu, puis enleva lui-même son ceinturon. Debout entre ses cuisses, il la contempla.

— Lève les genoux, ordonna-t-il.

À peine eut-elle plié une jambe qu'il s'en saisit. Pantelante, Senna tenta de l'attirer vers elle. Il se pencha davantage et prit appui de sa main libre près de la tête de la jeune femme. Il la regarda droit dans les yeux et la pénétra d'un coup de reins puissant. Senna geignit de plaisir.

Plus rien n'existait que cet instant parfait où elle se laissait dominer par ses coups de boutoir auxquels elle s'abandonnait, les yeux rivés aux siens.

Face à cet abandon total, Finian ressentit du respect mêlé de culpabilité. Il avait l'impression de se noyer en elle. À chaque souffle, il la respirait. Elle lui appartenait corps et âme.

— C'est bon, souffla-t-il contre ses lèvres, en la sentant se refermer sur lui pour mieux l'absorber en elle.

Concentré sur ces sensations magiques, il rejeta la tête en arrière et intensifia ses mouvements qui déclenchaient des plaintes de plus en plus rauques. Les yeux fermés, Senna crispa les doigts sur les fourrures.

Il émit des grognements féroces au rythme de ses gémissements, la faisant monter inexorablement vers l'extase.

Elle sombra bientôt dans une explosion de sensations en hurlant son nom. Finian se déversa en elle dans un dernier spasme, redoutant la faiblesse qui risquait de le submerger, après ces moments partagés.

Il s'écroula sur le lit, à son côté. Elle affichait un sourire rêveur. Roulant sur le dos, Finian fixa les poutres du plafond.

Senna croyait en lui comme d'autres croyaient en Dieu. Il était né pour mener, puis s'autodétruire. Il se dressa sur un avant-bras pour lui caresser la joue avec douceur.

— Tu n'aurais pas dû me permettre de te toucher, Senna. Je vais t'anéantir.

— Non, répondit-elle en se tournant vers lui.

— Il n'y a rien à faire, insista-t-il en l'embrassant sur le front.

Il se leva et remit son *léine*.

— Finian !

— Assez. Je n'ai plus rien.

À ces mots, elle se figea, abasourdie.

— Reste dans cette chambre, ordonna-t-il.

Sur ces mots, il saisit ses armes et quitta la pièce.

Finian descendait les marches au moment où un page arrivait au bas de l'escalier.

— Un messager ! cria-t-il. Un messager ! Le roi convoque son conseil ! Tout de suite !

Des cris résonnèrent dans la cour. Des bruits de bottes et des tintements métalliques indiquaient que les hommes se hâtaient de se rassembler pour le conseil.

Finian hésita un instant puis fit demi-tour et gravit les marches quatre à quatre. Il ouvrit la porte de la chambre à la volée.

Enveloppée dans une fourrure, près de la fenêtre, Senna se tourna vers lui, le visage blême.

— Fais ce que je te dis, ordonna Finian. Reste ici et garde ton couteau à portée de main !

Il disparut sans se retourner. Senna ne put réprimer un frisson.

Finian venait d'admettre qu'il risquait de la décevoir, mais aussi qu'il avait peur pour elle.

Balffie tira sur ses rênes. Autour de lui, les soldats l'imitèrent comme un seul homme. Le soleil était couché depuis longtemps, mais il avait tenu à poursuivre son chemin malgré le froid et l'obscurité. Il chassait dans la région depuis trente ans et connaissait bien les Irlandais et O'Melaghlin.

Il était certain qu'O Melaghlin s'était rendu tout droit chez O'Fail, l'homme qui l'avait tiré du ruisseau, autrefois, quand sa putain de mère s'était suicidée, et qu'il était accompagné de cette garce de Valery.

Cependant, Balffie n'était pas vraiment tranquille tandis que sa troupe s'approchait du château. Finian s'y trouvait, mais il en sortirait à la tête d'une armée d'hommes mal armés, mais efficaces et loyaux.

Au fil des ans, Balffie avait trop souvent perdu, face à lui, pour le sous-estimer. Quoi qu'il en soit, nul ne s'échappait d'un château dont il avait la garde. Surtout pas un bâtard d'Irlandais qui avait compromis sa sœur, dix ans plus tôt, en lui faisant du charme. O'Melaghlin le paierait de sa vie, Balffie y veillerait personnellement.

Mais d'abord, il ramènerait cette sorcière de Valery chez Rardove. Et si elle lui posait le moindre problème, elle le regretterait amèrement.

46

Les hommes étaient dans les appartements du roi quand le messager arriva. C'était en fait une messagère, qui mit un certain temps à retrouver son souffle.

— Le gouverneur d'Irlande se rend vers le nord avec un important contingent, annonça-t-elle.

— Wogan ? Le favori d'Édouard ? L'ennemi juré des Écossais et des Irlandais ?

— Ils doivent être quatre mille au bas mot.

Finian lâcha un juron.

— Dans combien de temps arriveront-ils ?

— Deux jours, deux jours et demi, peut-être.

Deux jours pour réunir les Irlandais autour d'une cause... Non seulement ils étaient confrontés à Rardove et ses vassaux, mais aussi à John Wogan et ses hommes...

« C'est fichu », songea Finian.

— Ce n'est pas tout, poursuivit la messagère. Le roi saxon arrive également. Il est au pays de Galles et attend des vents favorables. À la première occasion, Édouard avancera sur l'Irlande.

Ce fut la stupeur dans la salle. Finian fixa le mur.

— Laissez-nous, dit le roi O'Fail.

La pièce se vida, laissant les deux hommes face à face.

En entendant une clameur, sous sa fenêtre, Senna sursauta et émergea de sa rêverie. La tunique bleue que Lassar lui avait donnée était trop longue. Elle la souleva légèrement et alla voir ce qui se passait dehors.

De nouveaux arrivants se saluaient bruyamment et plaisantaient en traversant la cour. La grande salle allait être animée, ce soir. Il y aurait de nouvelles têtes, de nouvelles rencontres, à n'en pas douter, et de nouvelles intrigues. Et le trop séduisant Finian allait se trouver au centre de cette assemblée tandis qu'elle serait là, seule dans cette chambre.

Quelqu'un ouvrit la porte de la tour et la lumière des torches se déversa dans la cour.

— Venez voir ! Finian est déjà là !

Les invités se ruèrent à l'intérieur.

Senna n'était pas femme à ronger son frein en attendant que Finian daigne lui rendre visite selon son bon plaisir. Et il affirmait qu'il allait anéantir sa réputation ! De toute façon, le mal était déjà fait.

Le problème était ailleurs, et il était temps de le lui faire admettre, avant qu'il ne l'abandonne et se mente à lui-même en lui brisant le cœur.

Elle entendit de petits groupes d'hommes discuter à voix basse, et perçut aussi des cavalcades, au loin. Ces hommes évoquaient une guerre…

Et ils parlaient d'elle, aussi.

Senna enfila vite une tunique jaune, puis jeta une cape sur ses épaules et sortit de la chambre.

Elle obéit néanmoins à l'une des consignes de Finian : elle avait son couteau à portée de main.

— Je ne la livrerai pas, dit une fois de plus Finian, le cœur gros.

Le roi hocha tristement la tête.

— Donc tu l'aimes ?

— Pourquoi tout le monde me répète-t-il cela ?

— Parce que tu es prêt à nous conduire à la guerre pour elle, sans doute.

Finian n'avait aucune envie de lui rappeler que cette guerre couvait depuis longtemps.

— Elle m'a sauvé la vie. Je ne la renverrai pas là-bas.

— Elle te distrait, elle t'affaiblit.

« Comme mon père », songea Finian.

C'était justement sa pire crainte. O'Fail n'avait pas eu besoin de l'exprimer à voix haute.

— Rien ne m'a jamais distrait, assura-t-il.

— Mais tu ne nous avais jamais laissés tomber, non plus, jusqu'ici.

— Je ne vous laisse pas tomber ! s'exclama Finian en évitant le regard de son tuteur. Je suis là, non ?

O'Fail le dévisagea longuement.

— Tu me caches quelque chose ?

Finian prit une profonde inspiration. Les deux hommes se toisèrent. Le roi était déçu, il avait même des regrets, apparemment.

— On ne peut pas la renvoyer là-bas parce qu'elle est faiseuse de teintures, avoua enfin Finian.

Le roi se tut. Finian eut l'impression qu'il venait de commettre une double trahison ; envers son roi pour lui avoir caché la vérité depuis son retour, et envers Senna.

— Je me disais bien qu'elle avait quelque chose de familier, dit enfin O'Fail d'un air pensif.

— Comment cela ?

— Tu as fait preuve de sagesse en ne disant rien tout de suite...

— Pourquoi ? s'enquit Finian, impatient.

— Parce que les hommes deviennent fous en présence d'une faiseuse de teintures.

Finian n'avait pas gardé le silence par sagesse, en attendant de se trouver seul avec le roi pour parler. S'il s'était agi de protéger un être vulnérable, il aurait mieux pu s'expliquer le sens de son attitude un peu déloyale. Or, ce n'était pas un souci de protection qui l'avait guidé. Pas dans le sens habituel du terme. C'était quelque chose d'autre, qu'il n'avait encore jamais ressenti.

Et qui ne lui plaisait pas du tout. Cela le rendait... faible, comme le lui avait dit son roi.

O'Fail le dévisagea encore, les lèvres pincées.

— Savais-tu que Rardove avait eu une autre faiseuse de teintures, il y a une vingtaine d'années ? Je l'ai rencontrée, un jour.

— Je l'ignorais, répondit Finian avec un frisson d'effroi.

— Et elle ressemblait beaucoup à cette fille que tu m'as amenée...

Finian se crispa. Il n'avait pas amené Senna au roi. Elle était à lui.

La mère de Senna avait donc fabriqué des teintures pour Rardove ?

— Elle est morte, poursuivit O'Fail. En tentant de s'échapper.

Finian secoua la tête, abasourdi. Il entendait le brouhaha des conversations, dans la grande salle. Quelqu'un mentionna Rardove, puis des hommes se mirent à crier. Quelqu'un évoqua « l'Anglaise ».

— Fais-la venir ici, dit calmement le roi.

À cette heure tardive, seul un feu brûlait encore au milieu de la grande salle. Les yeux de Senna s'étaient accoutumés à la pénombre. Cela faisait longtemps qu'elle attendait. Elle avait vu les hommes traverser la salle pour gagner une pièce gardée par un soldat. Plus tard, ils en étaient ressortis.

À présent, la salle était jonchée de corps endormis. Quelques hommes étaient encore attablés près de la cheminée et discutaient à voix basse. Le château était plongé dans le silence. Elle ne pouvait rester tapie là toute la nuit. Alors qu'elle allait admettre son échec et partir, les voix des hommes près du feu se firent un peu plus fortes.

— C'est toute l'armée anglaise qu'il nous amène.

— Je serai content de me battre, quelle que soit la cause.

— Et cette histoire avec Rardove dure depuis trop longtemps. O'Melaghlin prétend que l'Anglaise n'a rien à voir là-dedans.

— Et qu'elle n'a rien à voir avec lui.

— C'est ce qu'il dit ? En tout cas, si on a une armée aux trousses, c'est à cause d'elle.

— C'est vrai, admit un homme plus âgé. Elle n'est peut-être pas la raison première de cette guerre, mais elle n'y est pas pour rien.

— Ne vous en faites pas. O'Melaghlin est un homme à femmes, mais il ne nous mettra jamais en péril pour l'une d'elles. Elles sont faites pour les galipettes, pas pour la politique, et il le sait très bien.

— Mieux que quiconque.

— Quand même, reprit le plus jeune, d'une voix avinée, on devrait aller lui dire, à cette Anglaise, ce qu'on pense d'une femme qui déclenche une guerre...

Il se leva et vacilla. Le petit groupe se mit à le railler et se leva à son tour.

Senna attendit qu'ils soient partis pour gagner le couloir, le cœur déchiré. Puis elle sortit dans la cour, dans la nuit automnale.

Elle n'était pas à sa place, ici. Ils ne voulaient pas d'elle.

Pourquoi cela lui faisait-il aussi mal ? Elle en avait pourtant l'habitude…

Mieux valait retourner dans sa chambre, songea-t-elle en soupirant. En se retournant, elle heurta le torse de Finian.

47

— Qu'est-ce que tu fais là, Senna ?

Elle eut un mouvement de recul, mais il la tenait par le bras.

Ses cheveux noirs cascadaient sur ses épaules musclées et il avait les sourcils froncés.

— Je t'avais dit de rester dans la chambre. Tu y es plus en sécurité qu'ici !

— Je le sais, répliqua-t-elle avec un rire amer.

Lorsqu'elle voulut dégager son bras, Finian l'attira davantage vers lui. D'instinct, elle porta sa main libre vers son couteau, qu'elle avait à la taille. Mais Finian anticipa son geste et lui immobilisa le poignet.

— Qu'est-ce qui te prend, nom de Dieu, Senna ?

— Je te retourne la question, répondit-elle à voix basse. Tu ne me dis rien de la situation, tu m'amènes dans ce château sans que je sache pourquoi, et tes gens ne sont pas contents de me voir. Je sais que la guerre couve, mais je n'en comprends pas les raisons. Et toi, tu me confines dans une chambre, non sans m'avoir prise sur ton lit. Ensuite, j'entends tes hommes raconter que je suis à l'origine de cette guerre ! Et que toi, tu racontes que je n'ai rien à voir là-dedans, que je n'ai rien à voir avec toi... Alors je me pose la question :

comment une histoire de vente de laine a-t-elle pu dégénérer à ce point ?

Elle sentait son souffle dans son cou.

— Naturellement, Rardove n'avait que faire de ma laine. Tout ça est en rapport avec les *wishmés*.

Elle ne prit pas la peine de demander à Finian de confirmer ses dires.

— Comment ce fichu mollusque peut-il être la cause d'une guerre ?

Finian ne répondit rien.

— Je ne comprends pas le pourquoi du comment, mais cette guerre est liée aux *wishmés*, donc à moi. Tout est clair, maintenant. Je n'attire que des ennuis. Alors je vais partir.

— Non.

— Tu pourras faire ta guerre pour une autre raison.

— C'est bien plus grave que cela, Senna.

— Laisse-moi partir, insista-t-elle en tirant sur son bras.

Il baissa les yeux, presque étonné de la retenir encore puis la lâcha. Elle l'observa. Il s'était rasé et avait les yeux plissés.

— Ils ont dit qu'ils allaient m'apprendre quel sort on réserve aux femmes qui déclenchent une guerre, reprit-elle avec calme. Je sais quel sort ils me réservent. Mon mari me l'a appris. Les Irlandais ne sont pas différents des Anglais. J'avais presque commencé à croire le contraire…

Finian la saisit par les épaules.

— Qui veut te faire du mal ? demanda-t-il froidement.

Senna secoua la tête.

— Je n'en sais rien et je m'en moque. Ils n'ont pas d'importance.

Elle se garda d'ajouter que lui seul avait de l'importance, à ses yeux.

— Je n'attendrai pas qu'il m'arrive malheur, Finian.

Soupçonnait-il ce qu'elle risquait d'endurer ? Plus jamais elle ne se laisserait rejeter. Ce qu'elle avait vécu avec Finian était ce qu'il lui était arrivé de mieux, dans sa vie. Si elle lui permettait de l'abandonner, tout serait gâché. Elle préférerait mourir…

Mais elle avait la ferme intention de rester en vie.

Elle comptait monter une nouvelle entreprise, même si elle devait pour cela regagner l'Angleterre à la nage. Elle connaissait la laine sur le bout des doigts et savait se débrouiller. Elle s'en sortirait.

Finian avait compris les implications de ses propos, elle le lisait dans son regard. Il leva les mains vers son visage.

— Explique-moi ce qui se passe, dit-elle. Sinon, je partirai.

— Je ne le permettrai pas.

— Tu ne seras plus là pour m'en empêcher, dit-elle avec un sourire amer.

— Je te ferai surveiller par un garde.

— Je lui lancerai un couteau.

Il poussa un soupir exaspéré et baissa les mains.

— Je te l'ai dit, Senna. C'est une sale histoire. Ne t'y aventure pas.

— Je navigue en eaux troubles depuis le jour de ma naissance, déclara-t-elle. Ne crois pas pouvoir me sauver. Moi, en revanche, je peux t'aider. Je suis sans doute la seule à le pouvoir. Alors, de quoi s'agit-il ? Rardove veut la teinture et les Irlandais la veulent aussi ? Si c'est si important, j'en fabriquerai.

Elle venait de se jeter à l'eau.

— Tu ferais cela ? demanda-t-il en la soulevant de terre.

— Je veux bien essayer, au moins.

— Pourquoi ?

— Tu ne devines donc pas ? demanda-t-elle avec un sourire triste.

Leurs visages se frôlaient presque.

— Pourquoi as-tu à ce point besoin de moi ? grommela-t-il avant de s'emparer de ses lèvres pour l'embrasser avidement.

Il s'interrompit vite pour la déposer à terre.

— Je t'avais bien dit que les hommes étaient fous, Senna.

— Je ne pensais pas que tu parlais aussi de toi…

— Je suis le pire de tous, au contraire.

Dès qu'il la relâcha, elle eut froid.

— Le moment est venu, Senna.

— Quel moment ?

La lune luisait au-dessus de la tour.

— De répondre à tes questions. Et de voir le roi.

— Le roi ? Pourquoi ?

— À propos des *wishmés*, dit-il, impassible.

— Tu lui as dit… Sans mon consentement.

— C'était pour qu'il ne te renvoie pas chez Rardove.

Elle le dévisagea longuement.

— Tu savais que je le ferais, n'est-ce pas ?

— Je ne savais rien, répondit-il en se détournant.

— Non ? Eh bien, tu le sais, maintenant.

48

Finian l'accompagna auprès du roi sans s'assurer qu'elle le suivait bien. Il l'entendait marcher, mais il refusait en la regardant de trahir son trouble et la fureur qu'il maîtrisait à grand-peine, sans parler de sa honte et de son désir.

La chambre du roi faisait également office de bureau. Dans l'antichambre, il y avait une petite table et quelques bancs. Senna ne consentit pas à s'asseoir. Ni à manger ni à boire.

— Un whisky, suggéra Finian pour dissiper la colère qu'il lisait dans ses yeux... ou atténuer le choc qui l'attendait.

— Certainement pas, répondit-elle.

— Ce sera plus facile...

Il ne termina pas sa phrase. Senna se tenait bien droite, la tête haute, prête à tout encaisser. Assis, le roi observait leur échange.

— Asseyez-vous donc, mon petit, dit-il enfin.

Elle releva fièrement le menton, mais prit place. Finian secoua la tête.

— Que savez-vous des *wishmés*, dame Senna ?

— Rien du tout. Comme je l'ai indiqué à lord Finian et à Rardove.

Elle croisa sagement les mains sur la table, devant elle.

— Personne ne semble disposé à me croire, ajouta-t-elle.

— Je te crois, bougonna Finian.

Le roi arqua les sourcils, puis se détendit. Senna le foudroya du regard.

O'Fail tendit le manuel de teintures à Finian. Trop occupée à soutenir son regard, Senna ne s'en rendit pas compte.

— Vous ne seriez pas, par hasard, capable de déchiffrer ceci, mon petit ? reprit le roi.

En voyant enfin ce que Finian tenait, elle sursauta, puis se leva, sous le choc.

— Il appartenait à ma mère ! s'exclama-t-elle en prenant le manuel des mains de Finian. Où l'avez-vous trouvé ? C'était à ma mère !

— Je sais.

— Où l'avez-vous trouvé ? répéta-t-elle.

— C'est mon contact qui me l'a fourni. Red.

Elle parut encore plus abasourdie et dut s'appuyer sur la table pour ne pas défaillir.

— Red ? Mais... c'est mon père...

— C'était un espion, expliqua Finian.

Ils étaient tous les deux debout, à présent. Le roi les avait laissés seuls. La pièce était petite, mais il faisait chaud. Finian soutenait son regard.

— Ton père était anglais, dit-il d'un ton posé, mais il était espion contre le roi Édouard et ses ambitions. Et je crois que ta mère l'était aussi.

— Des espions..., murmura-t-elle. Je ne comprends pas.

Tout s'éclairait, pourtant, avec les souvenirs qui remontaient de son enfance. Petite fille, elle avait passé trop de temps à essayer de ne pas entendre leurs disputes, à voir défiler des Écossais à la maison.

— Ma mère était écossaise, dit-elle, comme si cela expliquait tout. Sa mère avait épousé un Anglais, mais ma mère invoquait toujours les saints écossais quand elle me grondait. Et mon père… il disait toujours : « Si Élisabeth tombe, je tomberai aussi. »

Ses yeux s'emplirent de larmes.

— Pourquoi ne m'ont-ils rien dit ?

Finian l'observa longuement, le temps qu'elle se calme.

— Ils ne voulaient sans doute pas t'impliquer, suggéra-t-il enfin.

— Eh bien, j'ai souffert quand même.

— Ta mère est morte, Senna.

— Je m'en doutais, répondit-elle dignement. Après vingt ans sans nouvelles, je m'en doutais…

— Elle est morte en tentant de s'échapper.

Elle baissa les yeux vers le sol. Les pierres luisaient doucement à la lueur des chandelles.

— S'échapper d'où ?

— De chez Rardove.

Senna vacilla et dut prendre appui contre le mur pour ne pas tomber.

— Non… pas Rardove.

— Si.

Finian la prit par la taille et la fit asseoir sur un banc.

— Et c'est peut-être à cause de ce qu'ont fait tes parents que le roi d'Angleterre nous déclare la guerre.

— Le roi Édouard ? Il arrive ?

— Oui.

— C'est de la folie ! s'exclama-t-elle. Une seule guerre ne lui suffit donc pas ?

— Pas quand l'enjeu est ce manuel et le secret des *wishmés*. Regarde.

Elle secoua la tête.

— Senna, tu ne peux pas l'éviter. Regarde.

Il lui tendit le manuel.

— Regarde.

49

Elle prit le livre entre ses mains tremblantes.

Certains dessins ressemblaient à ceux qui ornaient les parchemins qu'elle avait reçus d'un oncle d'Écosse qu'elle ne connaissait pas, pour ses quinze ans, à l'occasion de ses fiançailles.

Et ce livret, elle l'avait déjà vu. Un soir, son père le tenait en main alors qu'il descendait l'escalier pour rejoindre un groupe d'hommes.

Elle le feuilleta lentement et reconnut l'écriture et le coup de crayon de sa mère. Certaines images étaient très érotiques. Les formules et mesures étaient remarquables, avec quelque chose d'incompréhensiblement terrifiant.

— Qu'est-ce que c'est? demanda-t-elle, le cœur serré.

— Le secret des *wishmés*. Ce sont des armes capables d'exploser.

— Seigneur! fit-elle en comprenant enfin. Non, ma mère ne fabriquait pas d'armes!

— Si, affirma Finian. Elle a redécouvert les formules ancestrales et les a notées. Et elle a aussi fait ceci, ajouta-t-il en sortant de sous son *léine* la tunique d'enfant que Red lui avait remise.

Il lui tendit quelque chose qu'elle effleura en tâtonnant car elle le voyait à peine.

— Qu'est-ce que c'est ? demanda-t-elle, les yeux écarquillés rivés sur l'étoffe qui scintillait vaguement dans la main de Finian.

— Le camouflage parfait.

— Dieu nous garde ! souffla Senna. Comment est-ce possible ?

— Avec une certaine teinture, un certain tissage et une certaine laine.

— *Ma* laine, sans doute.

— Oui. C'est bien ta mère qui a mis au point sa production, non ?

— Elle n'aurait jamais fait une chose pareille ! lança Senna, qui tremblait de tout son corps. Ma mère n'aurait pu fabriquer des armes...

— Une seule explosion peut détruire un château. Et revêtu de ce tissu, on pourrait pénétrer n'importe où...

— On dirait un vêtement d'enfant..., remarqua-t-elle en effleurant les bords de la tunique.

Finian s'accroupit près d'elle.

— J'ai eu la même idée. Je pense qu'il était destiné à une petite fille. Pour la protéger, ajouta-t-il en lui prenant la main.

— Ah, fit-elle en souriant à travers ses larmes. Elle m'aurait assuré une protection plus efficace en rentrant à la maison. Et sir Ger... mon père ?

— Je l'appelais Red.

— Nous aussi, admit-elle tristement.

Le contact de la main de Finian était réconfortant.

— Red était le surnom qu'il donnait à ma mère, à cause de ses cheveux flamboyants.

Un souvenir lui revint à la mémoire. Ses parents s'étaient baignés dans l'étang, quand elle avait quatre ans et était censée dormir. Son père était assis au bord de l'eau et murmurait quelque chose. Allongée près de lui, appuyée sur un coude, sa mère l'écoutait en souriant. L'air embaumait les roses et la mousse, cette nuit-là, lorsque Senna avait franchi la grille à pas de loup, sous la lune blanche.

Elle soupira et laissa filer ce souvenir pour se retrouver sous le regard inquisiteur de Finian.

— Il appelait ta mère Red...

— C'était devenu une plaisanterie. Toute la famille s'est mise à appeler mon père Red, malgré ses boucles noires. Que lui est-il arrivé ?

— Il est mort, Senna.

Elle hocha la tête. Cela devait arriver. Il menait une existence périlleuse, non pas une vie dissolue, comme elle l'avait cru, mais une vie vouée à une bonne cause. Il voulait empêcher le roi de conquérir le pays de son épouse. Il s'était engagé par amour, et avait continué, même après la mort de sa femme.

— Mes parents s'aimaient, dit-elle tristement. Et moi qui croyais qu'elle nous avait abandonnés...

— Il n'est pas mort seul. Je suis resté avec lui jusqu'à son dernier souffle...

— Cela me fait du bien de le savoir, murmura-t-elle.

Elle se mordit la lèvre. Qu'allait-elle faire, maintenant ? Finian ne lui voulait pas de mal. Il l'avait aimée, à sa façon, elle en était certaine.

La mort de sa mère avait dû ronger son père. Elle avait été plus qu'une épouse, pour lui. Quel enfant pouvait rivaliser avec une telle passion ?

Au nom de cette passion, il avait passé des années à faire semblant d'être un autre, pendant que ses enfants avaient besoin de lui.

— Finian ?

Il était toujours accroupi devant elle, les mains sur ses hanches maintenant, à les caresser, inconsciemment sans doute.

— Merci de ne pas l'avoir laissé mourir tout seul.

— Je t'en prie.

Ces simples mots suffirent pour qu'elle laisse libre cours à son chagrin. Elle éclata en sanglots et posa le front contre le sien. Elle entendit vaguement une porte s'ouvrir, des pas s'approcher. Finian ne bougea pas. Son contact était réconfortant, mais elle ne parvenait pas à cesser de pleurer. Parmi le flot d'émotions qui la submergeaient, des images du livre de sa mère lui traversèrent tout à coup l'esprit.

Des bribes de souvenirs se mirent en place. Quelque chose n'allait pas.

— Montre-moi le manuel, dit-elle soudain en repoussant Finian.

Il le lui tendit. Elle le feuilleta jusqu'à la dernière page puis revint en arrière.

— Que se passe-t-il ? s'enquit Finian.

— Il manque des pages, répondit-elle.

— Comment le sais-tu ?

Elle passa un doigt sur ce qui restait d'une page déchirée.

— Tu vois ?

— C'est important ? demanda le roi qui se tenait derrière eux.

Elle se leva et tint le manuel ouvert devant lui.

— Vous voyez ces nombres, ces mots et ces symboles ? Ce sont les ingrédients.

Le roi la dévisagea puis jeta un coup d'œil vers Finian.

— Je croyais que vous ne connaissiez rien aux teintures...

Finian se leva à son tour et les rejoignit.

— C'est la vérité, répondit Senna. J'ignore comment j'ai compris cela. Je le sais, c'est tout.

— On a cela dans le sang, dit la légende.

Senna poussa un long soupir.

— J'en ai assez de ces légendes et du passé ! Je vous assure qu'il manque la fin de cette recette. Et la formule de cette petite tunique se trouve sur les pages manquantes.

Les deux hommes échangèrent un regard

— N'importe qui peut détenir ces pages, déclara O'Fail. Mais ce doit être quelqu'un que Red connaissait bien. Réunis un groupe d'hommes d'expérience, Finian, des hommes qui savent écouter sans se faire remarquer. Nous avons un autre contact qui sait peut-être...

— Je sais où elles sont ! s'exclama Senna. Je le sais !

Le roi ne cacha pas sa surprise.

— Où ? s'enquit Finian.

— Au donjon de Rardove.

Finian ferma les yeux tandis que Senna fixait le sol.

— Nous devons les récupérer, décréta O'Fail.

50

Le silence régna un long moment dans la pièce, puis Finian parut reprendre ses esprits.

— Non.

O'Fail avait les yeux rivés sur Senna.

— Non, répéta Finian, en venant se camper à côté d'elle.

Le roi le regarda enfin.

— Elle ne retournera pas là-bas, reprit sèchement Finian.

— Elle nous permettra de gagner du temps.

— Elle a déjà été utilisée trop souvent.

— Tu ne comprends donc pas ? demanda O'Fail. D'abord l'Écosse, puis l'Irlande tomberont aux mains d'Édouard. Jamais elles ne se libéreront de son emprise. Tu imagines, si le roi saxon peut entrer n'importe où sans être vu ? S'il peut faire sauter les chambres des nobles qui s'opposent à lui ? Édouard ne doit pas entrer en possession des pouvoirs qu'accordent les *wishmés*. Il faut l'en empêcher.

— Très bien. Je le tuerai.

O'Fail éclata de rire.

— S'ils détiennent la recette, tu devras tuer tous les rois qui lui succéderont. D'ailleurs, tu ne parviendrais jamais à l'approcher. Tu l'as privé de sa faiseuse de teintures. Tu serais éliminé sur-le-champ.

Senna se baissa pour ramasser un brin de paille qu'elle entreprit de nouer. La lune apparut par l'étroite fenêtre.

— Vous ne la renverrez pas là-bas, répéta Finian.

Le roi jeta un coup d'œil vers la jeune femme.

— Non, admit-il. Il faut qu'elle décide d'elle-même.

— Bien. Dans ce cas, nous sommes d'accord. Elle reste.

— Je ne l'enverrai nulle part, déclara le roi.

— Ne t'inquiète pas, Senna, dit Finian en se tournant vers elle. Nous n'y retournons pas.

— Bien sûr que je n'irai pas, dit-elle.

— C'est trop dangereux.

— Bien sûr...

— Que pourrait-elle faire, d'ailleurs? reprit le roi d'un ton neutre.

Il voulait qu'elle explique à Finian ce dont elle était capable, exactement.

— Je ne peux pas faire grand-chose, en effet, sire. Outre le fait que je sais où se trouvent ces pages et que je pourrais les récupérer.

— Nous pourrions aussi incendier le château, suggéra Finian. Nous le ferons de toute façon. Le problème des pages manquantes sera réglé.

— Très vrai. Sauf si Rardove les cache ailleurs. Auquel cas elles deviendraient difficiles à retrouver.

Finian la regarda fixement.

— Je pourrais lui faire croire que j'accepte de préparer la teinture pour lui. Il me fournirait alors les pages manquantes et je les détruirais... ou je vous les rapporterais.

— Détruisez-les, ordonna le roi.

— Ce n'est pas ton devoir, fit Finian.

— Ce n'est pas une question de devoir, dit-elle avec un sourire triste.

Il fit un pas vers elle, sans doute pour l'intimider.

— Nous étions décidés à livrer cette guerre avant ton arrivée, Senna. Elle n'a rien à voir avec toi.

— Tu as raison, répondit-elle.

Il fit un pas de plus vers elle. Elle posa une main sur son torse.

— Calme-toi, Finian. Je viens de dire que tu avais raison.

Ils se toisèrent longuement, puis elle porta la main à sa gorge et se mit à tousser.

— Puis-je avoir à boire ? demanda-t-elle. Je prendrais bien une goutte de ce whisky…

Il la dévisagea encore un instant, puis tourna les talons.

— Je reviens, dit-il en regardant le roi.

Il alla appeler une domestique. Senna et O'Fail patientèrent.

— Savez-vous comment l'on devient roi, en Irlande, Senna ?

— Arrêtez ! J'irai, mais pas pour faire de lui un roi.

O'Fail se leva et ils quittèrent tous deux la pièce.

— Vous pensez pouvoir trouver ces pages ?

— Oui.

Elle avait le cœur serré par la terreur en dépit de son ton neutre. La peur la guettait.

Le roi donna quelques ordres, puis il chargea quelqu'un de retarder Finian. Pendant ce temps, ils gagnèrent les écuries.

— Vous êtes sûre de vous ?

— Pourrez-vous gagner cette guerre si je n'y vais pas ?

— Cela ne serait pas si grave, assura O'Fail avec un sourire.

— Et Finian se ferait tuer.

Ils traversèrent vivement la cour.

— Des hommes meurent au combat. Nul ne peut prédire qui. Mais si Rardove et Édouard mettent la main sur cette recette, je sais déjà quel sort ils infligeront à Finian.

— Dans ce cas, je suis sûre de moi.

Sous le ciel étoilé, la lumière des écuries se reflétait sur les pavés de la cour.

— Mes hommes vont vous accompagner un bout de chemin, expliqua le roi. Ils ne vous perdront pas de vue jusqu'à ce que vous soyez en sécurité.

— Si l'on peut dire…, commenta-t-elle.

Le roi lui fit remettre des manteaux. Trois guerriers se mirent en selle. L'un d'eux fit monter Senna derrière lui. Le contact de l'armure du cavalier lui parut froid.

Elle avait si peur qu'elle crut qu'elle allait se désintégrer.

Le roi serra sa main dans la sienne.

— Balffie a été repéré près du fleuve il y a une demi-heure. Si nous vous laissons là-bas, il vous aura en quelques minutes.

Elle se contenta de hocher la tête.

— Qu'allez-vous dire à Finian ?

Toute cette histoire semblait irréelle. Le roi fit signe aux cavaliers qui se mirent en route.

— Je lui dirai que vous ressemblez à votre mère !

— Non.

Elle ne se retourna pas. Sa voix ne trembla pas.

— Dites-lui qu'il est plus fort que les erreurs des autres et qu'il fera un excellent roi. Dites-lui que nous nous sommes trompés tous les deux. Que je n'ai pas besoin de lui. Je l'ai simplement choisi.

Les soldats la déposèrent au pied d'une colline, non loin de la rivière. Ils la regardèrent s'éloigner dans le noir.

Senna sentait déjà la présence de Balffie dans l'air nocturne.

51

Finian revint dans l'antichambre avec une chope de bière. Il s'arrêta net. Les deux domestiques qui le suivaient, portant des plateaux de victuailles, faillirent le bousculer. Le roi n'avait pas bougé, mais Senna avait disparu.

— Où est-elle ? s'enquit-il.

Le roi secoua la tête.

Finian tourna les talons, regagna sa chambre et commença à mettre son armure.

O'Fail le rejoignit quelques instants plus tard, sans un mot. La nouvelle se répandit comme une traînée de poudre. Bientôt, la chambre fut envahie. Nul ne voulait voir Finian se lancer à la poursuite de l'Anglaise.

— Laisse-la partir, dit Brian, qu'entouraient une dizaine d'hommes.

— Et toi, surveille tes paroles, rétorqua Finian, dont la voix était étouffée par son casque.

Brian secoua la tête et saisit une chope de bière sur un plateau qu'un serviteur, croyant qu'il s'agissait d'un conseil impromptu, venait d'amener.

— Nous ne nous porterons que mieux sans elle, reprit-il. Elle ne nous apporte que des ennuis. Je ne comprends vraiment pas pourquoi tu lui cours après.

— Et moi, je me demande pourquoi je ne te tue pas, répliqua Finian en enfilant ses bottes.

Alane entra à son tour dans la pièce bondée, déjà en armure.

— Alors vous allez tous les deux renifler les chemins pendant que nous partons à la guerre, reprit Brian.

Finian l'ignora et fit l'inventaire de son arsenal, avant de gagner la porte.

— Eh bien, bon débarras ! lança Brian.

Alane fit un croche-pied à Brian, qui s'effondra sur le sol. Il resta un moment à terre puis se releva péniblement.

Alane prit place sur un banc et observa le jeune guerrier. Finian enfila ses gants.

— Je pars, annonça-t-il.

Les autres baissèrent la tête, affligés.

— Et la réunion ? demanda l'un d'eux.

— Je serai de retour.

— Tu ne peux pas partir sans l'autorisation du roi ! protesta Felim, vêtu d'une longue tunique.

— Qui a dit que je n'avais pas son autorisation ? répliqua Finian sans regarder le souverain. De plus, vous bénéficierez de l'aimable compagnie d'Alane, en attendant.

— Sûrement pas, marmonna Alane.

— Pourquoi ? Tu as mieux à faire ?

— Je crois bien que oui.

— Et quoi donc ?

— Je vais surveiller tes arrières, une fois de plus, répondit-il en se levant.

— Merci, mon ami, dit Finian, soulagé.

— Tu m'as sauvé la mise plusieurs fois, et ce n'était pas pour venir en aide à une innocente. Et de toute façon, O'Fail ne me laisserait jamais rester loin de toi.

Le roi ne dit mot.

Ils quittèrent la pièce, laissant les autres marmonner entre eux.

O'Fail les suivit dans l'escalier. Devant la porte, il retint Finian un instant. Alane partit devant.

— Elle a dit que tu ferais un bon roi.

Finian vérifia la présence de ses armes.

— Vous lui en avez parlé ?

— Écoute-moi, Finian. Tu mets en péril ta vie et cette guerre pour une femme. Cela fait des années que tu attendais ce moment.

Dans la longue chevelure du roi apparaissaient déjà quelques cheveux gris et son visage était strié de ses premières rides. Son tuteur lui sembla soudain vieilli.

— Tu ne peux te lancer à sa poursuite.

— Si, et je vais le faire.

— Finian, je te le demande comme à un fils…

Son désespoir brisa le cœur de Finian, qui posa une main sur l'épaule du roi.

— Vous voulez me voir mourir ?

— Je dois te rappeler à ton devoir. Elle a choisi de partir. Qu'il en soit ainsi.

— Et moi, je choisis de la poursuivre, affirma-t-il.

— Finian, tu pourrais être roi.

Le silence s'installa entre eux.

— Nous allons donc te perdre pour une femme, conclut amèrement O'Fail. Ne t'ai-je pas élevé pour faire de toi un roi ?

— Vous ne m'avez pas élevé pour faire de moi un homme qui abandonne une femme.

— Je pourrais t'en empêcher, tu sais. Appeler les gardes.

Finian ouvrit la porte.

— Elle a dit qu'elle n'avait pas besoin de toi, reprit le roi.

— Moi, j'ai besoin d'elle, dit-il en descendant les quelques marches de la cour.

— Je veillerai sur lui, sire, promit Alane.

— Cela n'a plus d'importance, désormais…

— Nous nous verrons à la réunion ! lança Finian par-dessus son épaule.

— Non, répondit O'Fail.

— Si, persista Finian sans se retourner.

Senna se dirigeait vers la rivière, dont le grondement s'intensifiait. Elle arriva bientôt en vue de rochers qui affleuraient et formaient un gué sommaire sans remarquer la silhouette sombre qui la suivait. Elle ne la vit pas s'approcher. Soudain, l'homme posa une main sur la bouche, étouffant son cri de terreur, tandis qu'un autre la soulevait de terre.

Ils la portèrent vers l'autre rive et s'enfoncèrent sous les pins.

52

Pendant cinq minutes, Senna fut à moitié traînée et à moitié portée jusque dans une petite clairière où attendaient une dizaine de chevaux et leurs cavaliers. Au centre de ce groupe trônait Balffie.

Le cœur de Senna battait follement, mais elle garda la tête baissée tandis qu'on la poussait vers lui. Elle voyait la pointe de son épée frôler ses bottes.

— Dame Senna, dit-il d'une voix rauque. Vous n'êtes pas blessée, au moins ?

« Pas un mot ! » s'ordonna la jeune femme.

La main de Balffie apparut devant ses yeux. Il la prit par le menton.

— Peut-être n'avez-vous pas entendu ma question, madame ?

Elle hocha la tête, le ventre noué par la peur.

Il examina son visage comme si elle était un cheval.

— Votre œil au beurre noir va mieux qu'il y a quelques jours. Ne me donnez pas une raison de lui rendre sa couleur violacée, murmura-t-il.

Elle opina de plus belle, terrorisée, et perçut son haleine fétide.

— Vous semblez en état de chevaucher.

— Je vais bien, assura-t-elle. Lâchez-moi.

— Comment ?

— Vous m'avez capturée. Je n'ai nulle part où aller. Lâchez-moi.

Cette fois, il la saisit par la gorge et serra, au point qu'elle eut du mal à respirer.

— Dites s'il vous plaît.

Senna détourna les yeux. Balffie resserra son emprise.

— S'il vous plaît, murmura-t-elle au prix d'un effort.

Il n'était plus question de fierté ; il fallait qu'elle récupère les pages manquantes pour sauver Finian.

Plusieurs secondes s'écoulèrent dans un silence pesant.

— Savez-vous ce que mon seigneur m'a dit de faire, en vous capturant ? Senna discernait sa peau grêlée et sale, parsemée de cicatrices.

— Je l'ignore.

Il la plaqua contre un tronc d'arbre.

— Sachez ceci, madame. Vous m'appartenez.

Puis il la lâcha et se tourna vers ses hommes :

— En selle ! En route pour le château de Rardove !

Cachés dans un buisson, Finian et Alane virent les deux hommes traîner Senna dans la clairière. Ils échangèrent un regard furtif, conscients qu'ils seraient tués, s'ils chargeaient.

Sans faire de bruit, ils retournèrent à leurs chevaux et, dès qu'ils furent sûrs de n'être plus entendus, les mirent au galop vers leur unique espoir.

— Allons-nous où je crois que nous allons ? demanda Alane, qui chevauchait au côté de Finian.

— Probablement.

— C'est un peu dangereux, non ?

— Un peu.

— Chez son frère, donc ?

— Oui.

— De Valery a sans doute appris que sa sœur n'est plus chez le baron... Rardove lui a sûrement dit que tu l'avais enlevée.

— Certes. Cela n'a pas dû lui faire plaisir.

— Les terres de ta famille ont été confisquées par Édouard en personne, Finian. Valery les tient du roi d'Angleterre, qui avance vers le nord pour nous faire la guerre, avec son armée.

— Aurais-tu d'autres obstacles à glisser sur notre chemin ?

— Parce que c'est moi qui pose les obstacles ? Aurons-nous au moins assez de temps ? s'enquit Alane.

— Le manoir de Valery est à moins d'une heure.

Ils gravissaient une colline.

— Je ne pensais pas au temps qu'il faut pour arriver là-bas, mais au temps qu'il faudra pour le convaincre, dit Alane. Ou pour nous faire tuer.

— Cela ne devrait pas être long.

Ils descendirent l'autre versant, galopant vers le soleil levant.

53

— Quelqu'un approche, milord.

William de Valery se tourna vers sa sentinelle, dans une cacophonie de bruits de sabots et de soldats en armes, sans parler des cris des animaux qui traînaient dans la cour.

— Qui est-ce ?

— Des Irlandais.

William monta les marches de la tour de garde.

— Ils ne sont que deux.

— Des Irlandais, dis-tu ?

Il observa le désordre qui régnait dans sa cour. Ses troupes s'apprêtaient à partir pour rejoindre les hommes de Rardove.

— Tâchez de savoir qui ils sont et amenez-les dans la grande salle.

Il disparut parmi la foule des soldats.

Finian et Alane furent introduits sans ménagement dans la salle par quatre robustes soldats. En apprenant leur identité, les deux hommes qui étaient venus à leur rencontre avaient appelé des renforts, et s'étaient étonnés de ne pas devoir directement jeter leurs visiteurs au cachot.

Les flammes de la cheminée dansaient derrière la silhouette vêtue de cuir de William de Valery.

— Ces armes ont été confisquées aux prisonniers, milord, dit l'un des gardes en déposant deux épées et trois poignards à terre.

— Finian O'Melaghlin, déclara Valery.

Finian hocha la tête tandis qu'Alane demeurait immobile.

— Je suis étonné de vous voir ici, je l'admets.

— L'étonnement vous sied à merveille…, répondit Finian en jetant un coup d'œil aux hommes en armes qui entraient et se plaçaient en cercle autour d'eux.

— Je ne suis pas un imbécile, répliqua William avec l'esquisse d'un sourire.

— Et je ne suis pas un prisonnier. Je suis venu discuter, pas me faire dépouiller de mes armes.

— Les armes ne sont autorisées dans ce château qu'avec mon accord et pour de bonnes raisons.

— J'ai une bonne raison. Je me déplace en pays hostile pour vous rencontrer de bonne foi.

— Où est ma sœur? demanda William sèchement.

Alane se crispa.

— Chez Rardove. Du moins ne devrait-elle pas tarder à y être.

William de Valery parut incrédule.

— Rardove? Allons, O'Melaghlin! Si elle était de retour chez Rardove, je vous ferais fouetter.

— Quoi qu'il en soit, elle est en route pour le château du baron.

— Vraiment? fit Valery avant d'éclater de rire.

Ils se toisèrent longuement, puis l'Anglais claqua des doigts.

— Enfermez-les en cellule!

« Merde! » songea Alane.

— Et envoyez un message à Rardove, pour voir si cet Irlandais dit la vérité. Si ma sœur est de retour chez lui, je les pendrai tous les deux au matin.

— Il sera trop tard, intervint Finian. Rardove va récupérer votre sœur dès ce soir, et elle sera morte au matin.

Valery fit un pas en avant.

— Qu'est-ce que vous me racontez ?

Alane se redressa, cherchant d'instinct son épée.

— Et si vous me racontiez ce qui se passe ? fit William.

— Rappelez donc vos hommes, répondit Finian. Et je vous dirai tout.

William fit un signe de la main. Les hommes reculèrent de mauvaise grâce sans pour autant rengainer leurs épées.

— Asseyez-vous.

Finian s'installa sur un banc et adressa un regard entendu à Alane. Le message était clair : ils étaient en mauvaise posture.

Alane observa le chef des soldats de William, un colosse vêtu de gris et rouge, borgne. Il avait sorti un poignard.

La salle était sombre et froide. Sans doute n'avait-elle pas été habitée pendant longtemps.

Valery regarda Alane reculer vers le mur en silence puis reporta son attention sur Finian et s'assit en face de lui.

— Vous avez une histoire à me raconter, dit-il en croisant les bras.

Finian le dévisagea, comme s'il élaborait un plan d'attaque.

— Elle n'a pas apprécié sa façon de la contraindre au mariage…

— Quoi ? s'exclama William.

— J'admets que je la comprends. Alors elle s'est échappée et m'a libéré en passant, car j'étais emprisonné.

— Pourquoi ?

— C'est une longue histoire, répondit Finian d'un ton las. Et elle remonte bien loin. Bref, Rardove va bientôt récupérer votre sœur et elle sera dans une situation très délicate.

Une bûche craqua dans la cheminée, projetant une gerbe d'étincelles.

— Cela n'a pas de sens, déclara William.

— C'est pourtant la vérité.

De Valery se leva et se mit à arpenter la salle.

— Rardove affirme qu'elle est ravie.

— Vous allez au-devant de grandes désillusions, si vous le croyez.

— Si vous avez autre chose à dire, O'Melaghlin, parlez !

— Votre mère faisait des teintures. Ne le niez pas. C'est la seule raison qui permet à votre sœur de rester en vie, chez Rardove.

William réprima un juron et se rassit.

— Ce n'est qu'une légende, et…

— Nous n'avons pas le temps d'en discuter, l'interrompit Finian. Ce n'est pas une légende, et votre famille le sait.

— Que savez-vous donc de ma famille ?

— Je pourrais vous en apprendre de bien belles, mais j'ai besoin de votre aide, dans l'immédiat. La guerre couve.

— J'en suis conscient.

— Et vous allez devoir choisir votre camp.

De Valery passa une main dans ses cheveux.

— Bon sang ! maugréa-t-il. Senna a toujours eu le don de s'attirer des ennuis. Elle va me le payer… Savez-vous qui est mon seigneur ?

— Édouard, répondit Finian.

— Je ne m'attendais pas à cette réponse de votre part. Peu de gens le savent.

— Je me renseigne toujours sur les gens qui spolient les terres de ma famille.

— Et savez-vous ce que je fais pour le compte du roi ?

— Vous tuez, vous blessez, vous débarrassez le roi de quiconque se dresse sur son chemin.

— Savez-vous qu'il commence à vous considérer comme un obstacle ? fit Valery avec un sourire.

— C'est un sentiment réciproque. Moi aussi, je le considère comme une ordure à éliminer, déclara Finian.

Valery éclata de rire, puis considéra Finian.

— Il ne serait pas raisonnable de m'allier à vous, car je suis loyal envers Édouard.

— Je sais, ce serait une trahison. Écoutez, le temps presse. Cherchez la réponse dans votre cœur. Soit vous nous rejoignez, soit vous nous tuez. Mais décidez-vous rapidement, parce que je m'en vais.

Ce faisant, Finian se leva, renversant son banc qui heurta les tibias d'un soldat.

Tous les hommes présents s'avancèrent, brandissant leurs armes. Alane s'écarta du mur tandis que Valery se levait à son tour.

— Je participe à la chasse, dit-il à Finian.

Alane ferma brièvement les yeux. De Valery se dirigea vers ses hommes pour leur donner ses ordres.

— Tu aurais pu le pousser encore plus loin.

— Oui, mais il est jeune. J'ai eu pitié de lui.

— Ta pitié me fait peur, mon ami, railla Alane en récupérant son épée.

— Attends un peu de me voir en colère…

54

Sous la responsabilité du capitaine borgne de William, la moitié des hommes se préparèrent pour la sortie. Les autres furent chargés de surveiller le château en attendant un message de Valery. Armés jusqu'aux dents, les trois hommes se dirigèrent vers leurs montures.

— Parlez-moi de Senna, dit William en traversant la cour. Elle va bien ?

— Elle est pleine de vie, étonnante, solide.

— Je voulais savoir si elle était blessée, précisat-il, l'air intrigué. Elle vous a ensorcelé, n'est-ce pas ? Peu d'hommes sont conscients de son charme. Elle leur fait peur. Elle peut être redoutable.

— Votre sœur est une force de la nature.

— Comment les hommes de Rardove ont-ils réussi à la récupérer ?

— Elle était seule, répondit Finian en haussant les épaules.

— Comment cela se fait-il ? demanda William, abasourdi.

— Vous la connaissez…

— Senna a l'habitude de n'en faire qu'à sa tête, admit William.

— En effet, dit Finian en saisissant les rênes de son cheval.

— Donc elle est partie toute seule…

— Oui.

— Qu'avez-vous fait pour l'inciter à s'en aller ?

Finian croisa son regard. Il sentait presque la présence de Senna, car son frère et elle avaient les mêmes yeux.

— Quoi que nous ayons fait, elle et moi, nous l'avons fait ensemble.

— Et qu'avez-vous fait, au juste ? insista William d'un air soupçonneux.

— Tout ce qu'elle avait envie de faire, répondit Finian, qui monta en selle.

— Bon sang…, maugréa William.

Quelques rayons de soleil perçaient les nuages gris, lorsque les trois hommes se dirigèrent vers la porte.

— Vous savez où sont les hommes qui ont capturé Senna ?

— À deux heures au nord, je dirais. Leur chef est Balffie, et c'est de lui que nous devons nous inquiéter, pour l'instant.

— Vous connaissez le ravisseur de Senna ?

— Oh oui, je connais Balffie.

— En quoi est-ce important ? demanda William.

Ils franchirent la grille, suivis des autres cavaliers.

— Que lui a donc fait Senna pour qu'il veuille se venger ? Elle peut être plus pénible qu'une maladie, mais elle n'est dans ce pays que depuis une semaine…

— Ce n'est pas elle. Elle était avec moi, et Balffie le sait.

— Et alors ?

Finian se mordit la lèvre avant de répondre.

— Nous avons un vieux compte à régler, lui et moi.

— Ce pays est décidément un nid de vipères, avec tous ces secrets et ces complots. N'y a-t-il donc personne ici qui n'ait pas de litiges ?

— Vous, répondit Finian.

— Dites-moi donc ce que vous avez fait à ce Balffie.

— Il a couché avec sa sœur, intervint Alane.

De Valery se figea.

— Cela vous arrive souvent ?

Alane esquissa un sourire narquois, mais Finian n'était pas du tout amusé.

— La sœur de Balffie était frêle et triste. Autrefois, alors que mon roi et Rardove prétendaient encore être alliés, O'Fail a donné une fête. Rardove est venu avec sa clique. Balffie aussi, avec sa sœur.

— Et vous avez couché avec elle, dit De Valery, incrédule. Par les armes de saint Pierre, O'Melaghlin, vous ne...

— Je n'ai pas couché avec elle. Je lui ai seulement parlé. Elle était fiancée à un homme encore plus cruel que Balffie. Je lui ai expliqué qu'il n'y avait aucune raison justifiant qu'elle encaisse des coups chaque jour et qu'il existait des hommes qui ne battaient pas leur femme.

— Et alors ? fit De Valery.

— Elle a décidé de ne pas repartir avec le groupe de Rardove.

— Et ensuite ?

Finian haussa les épaules. Alane prit la relève.

— Elle a trouvé un mari qui ne la bat pas et elle a cinq enfants. Et elle offre à Finian une cape teintée à la main chaque Noël, en témoignage de reconnaissance.

De Valery réfléchit un moment.

— Eh bien, je ne vois pas pourquoi Balffie vous en veut.

— Nous sommes irlandais, répondit Finian. Sa sœur a défié leur père, qui est mort une heure après le mariage. D'horreur, sans doute.

— Sans doute. Donc, vous avez volé sa sœur et tué son père...

— En quelque sorte.

— Nous aurons du mal à les rattraper avant le château de Rardove. Ils ont une bonne avance sur nous.

— Je connais un raccourci, répondit Finian.

Ils se lancèrent au galop sous les gros nuages menaçants.

55

Senna ferma les yeux pour tenter d'oublier ce qui était en train de lui arriver.

En fin d'après-midi, le lendemain, Ils avaient presque atteint le château de Rardove. Ils ne s'étaient pas arrêtés de la journée, et la jeune femme avait la gorge de plus en plus sèche à mesure qu'ils approchaient.

Depuis le sommet d'une colline, la vallée s'étendait à perte de vue. De petites rivières scintillaient au milieu de la verdure. Dans les basses terres, des armées se préparaient à la guerre pour décimer les Irlandais.

Le château tant détesté se dressait à l'horizon, avec ses remparts balayés par le vent.

Elle distinguait presque la grille par laquelle Finian et elle s'étaient évadés. En devinant l'endroit où elle lui avait demandé un baiser, elle songea que sa vie en avait été bouleversée à jamais.

Le souffle court, elle baissa la tête.

Balffie regardait droit devant lui. Les larmes d'une femme n'avaient aucune importance, à ses yeux.

— Qui sont ces gens ? demanda-t-elle en désignant la foule qui se pressait devant la grille du château.

Elle le savait : des villageois fuyant les soldats. Ils ne bénéficieraient d'aucune protection, une fois la guerre commencée. Balffie se tourna vers Senna. Alors qu'il s'apprêtait à lui répondre, un bruit de sabots retentit soudain et des chevaliers en armure surgirent de toutes parts, épée au poing, arcs bandés. Des flèches acérées frôlèrent la tête de Balffie en sifflant.

Avec un juron, Balffie lança les chevaux au galop en direction du château. Surprise, Senna poussa un cri en manquant tomber de sa selle et se retourna dès qu'elle eut retrouvé l'équilibre. Alors qu'ils filaient à travers la plaine, dans le brouillard, elle aperçut son frère.

— William !

Puis Finian.

— Oh non ! murmura-t-elle, avant de hurler de douleur.

Balffie venait de la saisir par les cheveux pour l'attirer vers lui. Il enroula les rênes de Senna autour de sa main et ils chevauchèrent ainsi, leurs montures côte à côte.

Il envisagea un instant d'affronter Finian, mais une hachette passa en volant tout près de son crâne et il n'échappa à la mort qu'en se penchant sur l'encolure de son cheval. Un instant plus tard, une flèche se planta dans la croupe de l'animal, qui rua. Balffie décida de ne pas se battre.

Il accéléra, entraînant Senna à un rythme effréné.

Le donjon était proche. Balffie talonna sa monture avec fureur et franchit la grille extérieure.

Les gardes le virent arriver avec stupeur.

— Remontez le pont-levis ! hurla-t-il.

Les hommes se précipitèrent à leurs postes et actionnèrent les lourdes chaînes.

Balffie franchit un autre pont, puis une autre grille en hurlant de plus belle. La herse retomba avec fracas.

Senna se retrouvait dans la cour de Rardove, encerclée par des gardes armés.

56

Lorsque Balffie la poussa sans ménagement pour lui faire monter l'escalier, elle tendit instinctivement les bras devant elle, redoutant de tomber. Il y faisait si sombre qu'elle cligna les yeux quand Balffie la propulsa dans la grande salle.

Assis sur l'estrade, Rardove était drapé dans une cape, l'air pincé, le teint cireux. Seuls ses yeux semblaient vivants.

Il se leva tel un oiseau prenant son envol. Senna eut envie de se ruer sur lui et de lui arracher les yeux ou, mieux encore, de le poignarder. Elle s'efforça de paraître faible et fit mine de défaillir.

Balffie faillit la corriger, mais un geste du baron l'en empêcha.

Le silence régnait. En faisant tomber une chope, une domestique s'attira un regard furieux du baron. La malheureuse fondit en larmes et s'enfuit en courant.

Dans la salle, il ne restait que Balffie, Rardove et Pentony, dont Senna sentait la présence, dans l'ombre.

— Mission accomplie, milord, annonça Balffie en poussant la jeune femme devant lui.

— Où ? s'enquit Rardove en toisant Senna d'un air dégoûté.

— Près du château d'O'Fail. Elle était seule. Elle s'est échappée ou est partie, je n'en sais rien. Elle refuse de parler.

— Elle va parler, assura Rardove en descendant les marches de l'estrade.

Senna fixa le mur, où pendait une grande tapisserie.

— Tant de problèmes pour une seule femme…

Elle sentit son souffle sur sa nuque. Il saisit tout à coup le bas de sa robe et la remonta le long de sa cuisse. Il trouva bien sûr le couteau qu'elle dissimulait.

— J'ignore la raison de votre retour, Senna ou pourquoi on vous a envoyée ici, mais je le saurai. Et vous n'allez pas apprécier mes méthodes.

Elle en eut le souffle coupé.

Balffie se racla la gorge.

— Que se passe-t-il ? demanda le baron en les observant tour à tour.

— Ils ont tenté de la reprendre, juste devant vos grilles, milord.

— Vraiment ?

— Oui. Les Irlandais. Et son frère.

— De Valery ?

— En effet. Avec O'Melaghlin.

Rardove réfléchit un instant.

— De Valery a donc choisi son camp… Tant pis pour lui. Il mourra avec eux.

Senna sentit sa gorge se nouer.

— Préparez les hommes, ordonna Rardove à Balffie. Les villageois grouillent dans la plaine. Placez tous les hommes de plus de douze ans dans l'enceinte. Nous sommes en état de siège. À l'aube, les autres troupes arriveront. Nous serons prêts pour la bataille. Et qui sait ce que notre faiseuse de teintures nous aura concocté ?

Balffie observa Senna, qui remua, mal à l'aise.

— Balffie? fit Rardove. Pourquoi restez-vous planté là comme un imbécile? Rassemblez les hommes, je vous dis!

Senna perçut une lueur dans le regard du vieux guerrier, qui se tourna vers ses hommes, alignés le long des murs.

— Vous avez entendu notre seigneur! Doublez les gardes. Demi-rations pour tous! Mac et Conally, rassemblez les hommes!

Les hommes maugréèrent, car certains avaient déjà terminé leur service.

— Vous voulez que je vous persuade autrement? gronda Balffie.

Les hommes se dispersèrent. Des grommellements furieux résonnèrent dans les couloirs menant aux baraquements.

— Maintenant, que vais-je faire de vous, Senna? demanda Rardove d'un ton pensif.

— Comment cela, milord?

Elle avait eu le temps de retrouver ses esprits.

— Eh bien, vous allez m'épouser, dit-elle.

— Je doute que vous disiez «oui» devant le prêtre, répondit-il, méfiant.

— Je doute que votre prêtre s'en soucie, mais j'accepte.

— Vraiment?

— Oui.

Rardove la prit par l'épaule.

— Vous mentez, dit-il en resserrant son emprise. C'est un mensonge, comme la dernière fois.

— Certes, j'ai menti, mais nous le savions tous les deux, n'est-ce pas? Je suis teinturière, et je suis aussi douée que ma mère.

— Vous lui ressemblez en tout point, dit-il avec dédain.

Il sortit quelque chose de sous sa tunique et le plaqua sur la poitrine de Senna. Elle recula de quelques pas.

Les pages manquantes ! Il les avait trouvées...

Elle savait désormais que faire.

— Je vais vous préparer la teinture, annonça-t-elle.

Il éclata de rire.

— Je sais parfaitement ce que vous allez faire, Senna. Quand et comment.

— Vous croyez ? répliqua-t-elle en croisant son regard. Les voulez-vous, ces explosifs et des... camouflages ?

Le visage de Rardove subit diverses métamorphoses : étonnement, admiration, colère... désir. Senna saisit l'occasion.

— Si vous annulez cette guerre, je vous préparerai cette teinture.

— Je ne peux pas, répondit-il. Cette guerre ne repose plus entre mes mains.

— Reprenez le contrôle de la situation, répliqua froidement Senna. Dites au roi que cette poudre n'est qu'une légende. Un mensonge.

Elle observa les pages manquantes.

— Je ne veux pas que le roi Édouard soit au courant de tout cela. Et vous ?

Il posa sur elle un regard un peu distant. Ou était-ce de la folie qui se reflétait dans ses yeux ?

— Je veux que personne ne sache.

— Moi non plus, fit-elle à voix basse. Ce sera notre petit secret. Dites à Wogan, le gouverneur, et au roi Édouard...

Elle caressa les pages du bout des doigts, avec langueur.

— Annulez cette guerre, et je resterai ici, avec vous, de mon plein gré.

— Pourquoi ? demanda-t-il, perplexe.

Il était peut-être le mal incarné, mais il n'était pas stupide. Toute folie ou désir charnel avaient cédé le pas à la stratégie.

— Vous ne voulez pas cette teinture ?

Il fallait qu'elle trouve un moyen de le lier à elle plus qu'à Édouard. Elle fit un pas vers lui.

— C'est ce que nous faisons, nous les femmes, dans notre famille, murmura-t-elle. Nous commençons en tant que de Valery, mais nous finissons avec vous.

Elle lut le désir sur son visage. Il était comme en transe.

— Et maintenant, c'est à mon tour.

— Vous êtes à moi, fit-il, la gorge nouée.

Il enfouit les doigts dans les cheveux de Senna et lui tira la tête en arrière.

— Votre mère est morte.

— Je sais.

Elle brûlait d'envie de le tuer. Dix ans plus tôt, elle ignorait comment se défendre. Le couteau posé près de son lit avait été un coup de chance. Désormais, elle savait parfaitement comment se défendre, mais elle ne pouvait pas le faire.

Si elle tuait Rardove, si la nouvelle de sa mort se répandait, les hommes d'Édouard envahiraient le château et trouveraient les pages manquantes. Ils la captureraient. Avec le temps, ils parviendraient à déchiffrer la recette des *wishmés*. L'Irlande tomberait, puis l'Écosse, et Finian serait pieds et poings liés.

— Je vous jure, Senna, souffla Rardove à son oreille, que je vous tuerai aussi, si vous ne me fabriquez pas cette teinture.

Elle fit un effort pour ignorer la terreur qui montait en elle et rassembla ses esprits.

— Je la ferai cette nuit, dit-elle en posant une main sur son torse. Au matin, venez me retrouver.

Au matin, elle le tuerait.

Ou alors il la tuerait.

Mais elle ne pouvait continuer ainsi.

Les premières lueurs de l'aube filtrèrent par les étroites fenêtres de la grande salle, dessinant des ombres étranges qui rappelaient la teinture de *wishmés*.

Pentony avait déjà vu ce bleu, et pas cet échantillon vieux de plusieurs siècles. Il avait vu la teinture de la mère de Senna.

Il l'avait même aidée à réduire en poudre les coquillages pendant que le baron était à la chasse. Élisabeth de Valery, avec sa chevelure flamboyante, avait été une bouffée d'air frais, vingt ans plus tôt. Elle riait et bavardait avec lui dans son dialecte étrange, et n'avait que faire des sautes d'humeur de Rardove. Pentony avait donc accepté le pilon qu'elle avait tendu un jour.

C'était pourquoi il l'avait aidée à s'évader, un an plus tard. Elle lui avait alors confié le précieux manuel. Respectant ses volontés, il l'avait envoyé, avec un échantillon de tissu teint, à Gerald de Valery. « Soit il me verra, soit il aura mes secrets », avait-elle dit en souriant. Pentony savait ce qu'il aurait choisi, lui.

La nuit où elle s'était enfuie, elle lui avait confié des parchemins couverts de chiffres et de dessins superbes. Pour sa fille, le jour de son mariage. « Au cas où… », avait-elle ajouté en souriant à travers ses larmes.

Puis elle avait franchi les grilles.

Dix ans plus tard, Pentony avait respecté sa volonté en envoyant les parchemins à sa fille et en prétendant qu'il s'agissait d'un cadeau de la part d'un oncle écossais. À l'âge de quinze ans, Senna avait pris possession du dernier secret des *wishmés*.

Pentony avait deux certitudes : Rardove ne ferait rien pour annuler cette guerre et Senna allait mourir.

Comme sa mère.

Il demeura encore un instant dans les ombres de la grande salle, puis il traversa la pièce.

57

La nuit se déroula sans incident. Les soldats avaient installé leur campement autour du donjon. À l'ouest, sur les vestiges de l'abbaye et aux alentours, les Irlandais étaient regroupés.

Au petit matin, Rardove était avachi sur un banc de la grande salle, près du feu, ivre et incrédule. Il n'avait pas autant réfléchi sur lui-même depuis qu'il s'était répandu dans le ventre de sa première maîtresse, quand il avait compris qu'il n'y avait rien de meilleur au monde.

Il avala une rasade de vin, le regard fixé droit devant lui. Vingt ans plus tôt, son univers venait de s'écrouler. Il avait perdu tout ce qu'il avait désiré. Élisabeth, son seul amour, dont la perte le faisait encore souffrir après tout ce temps.

Comment avait-elle pu lui préférer Gerald de Valery ? Il avait pourtant cru avoir remporté la bataille. N'était-elle pas venue à lui ? C'était pour elle qu'il s'était emparé de ces terres irlandaises. Elle voulait tant ces teintures...

Sa présence suffisait à son bonheur. Pendant une année, il avait vécu comme dans un rêve.

Puis elle s'était enfuie et avait péri dans les marais.

Elle lui manquait tant ! Un matin, il avait découvert qu'elle était partie avec sa recette, qu'elle n'avait jamais voulu de lui...

Il avait dû la tuer. La traquer et l'étrangler avant qu'elle n'atteigne le bateau. Il n'avait pas eu le choix. Elle ne pouvait emporter la recette.

Mais elle n'avait pas de recette, finalement. Il n'avait rien trouvé sur elle, ni au château. Pas d'instructions codées, rien.

Et voilà qu'il détenait sa fille, enfermée dans une chambre, et ça le rendait fou. Il ne pouvait la contrôler. Elle était si différente de sa douce maman... dont elle possédait néanmoins la beauté et la fourberie.

Et elle affirmait aussi savoir fabriquer la teinture.

Mais même si elle y parvenait, il savait que cela n'apaiserait pas sa souffrance. Il se prit la tête dans les mains et se plia en deux de douleur.

Cette nuit-là, les étoiles scintillaient dans le ciel. Dans les collines, entouré de ses hommes, Finian avait réclamé de la musique. Le roi se tenait en retrait, dans l'ombre. Les musiciens jouaient, la mine pensive.

Finian songeait aux semaines écoulées. Depuis des années, tout Irlandais savait que le roi O'Fail croyait en Finian O'Melaghlin. Or, cette confiance avait ses limites.

Finian savait manier toutes les armes, livrer toutes les guerres, négocier comme personne. Il faisait rire les hommes et se pâmer les femmes. Il avait une force herculéenne et l'âme d'un chef. Il avait toutes les qualités d'un roi.

Mais il ne pensait pas posséder les qualités que Senna recherchait. Le roi l'avait peut-être toujours su ; il guettait peut-être ses défauts.

Senna voyait en lui non pas un guerrier ou un roi potentiel, mais un homme. Tel était sans doute son destin.

Il était décidé à la retrouver, quels que soient les obstacles qui se dresseraient sur son chemin.

Dans la chambre de Rardove, Senna leva la tête de son établi. Elle était là depuis dix longues heures, à reproduire les gestes de sa mère.

Elle avait l'impression d'être un fantôme surgi de son propre passé. Elle était couverte de taches de teinture, comme sa mère, autrefois.

Les pages manquantes étaient posées devant elle. Élisabeth avait été experte en armes, et Senna n'avait aucun mal à décoder le texte.

Elle travaillait sur un échantillon de sa propre laine, désormais teintée en indigo issu des *wishmés*.

Il scintillait à la lumière et disparaissait presque en fonction de l'éclairage. Elle sentit ses yeux s'embuer de larmes. Elle avait réussi !

Finian l'avait ramenée à la vie.

Elle s'assit par terre, dos au mur, et approcha une lanterne. Il fallait qu'elle détruise ces pages, mais elle souhaitait les étudier une dernière fois, les graver dans sa mémoire.

Elle avait une excellente mémoire visuelle. Après avoir brûlé ces pages, elle s'enfuirait, car elle n'avait pas l'intention de mourir ici.

Mais n'ayant ni arme, ni cheval, ni complice, cela s'annonçait difficile…

Une main sur son ventre, elle entama sa lecture.

Dans la grande salle, les soldats étaient couchés pour la nuit. Il faisait chaud. Pentony se fraya un chemin parmi eux. Soudain, il aperçut Rardove, penché en avant, la tête dans les mains.

Il semblait mort. Puis il émit un grommelle-ment, mais ne leva pas les yeux.

Pentony se remit à la tâche. Il avait tant de choses à régler, avant l'aube ! Dans la cour, il se diri-gea vers la grille. Sur une porte en bois, il traça une croix celtique à l'aide d'une pierre, puis rentra.

En lui, quelque chose semblait revivre, en har-monie avec l'homme qu'il avait été autrefois, celui qui avait pris tant de risques pour la mère de Senna.

Les heures s'égrenèrent et la musique se tut. Dans la nuit noire, le vent semblait porter les étoiles.

58

Les premières lueurs grisées de l'aube apparurent. Les cloches de la chapelle n'allaient pas tarder à sonner, parmi les bruits de sabots et les cris des hommes.

En entendant des pas, derrière la porte, Senna se leva, les parchemins à la main, et se mit à trembler. Elle se tourna vers le brasero pour y jeter les pages…

Derrière elle, les gonds grincèrent.

— Vous l'avez fait, dit Rardove en entrant.

Elle fit volte-face et, incapable de détacher le regard du baron, faillit trébucher sur le bas de sa robe. Il avait les cheveux en bataille et le visage bouffi, mais c'étaient ses yeux qui la terrifiaient : ils étaient déments. Dès qu'il vit l'échantillon de teinture, son regard s'éclaira.

Il s'en saisit et le palpa, l'admirant à la lumière d'une chandelle. Puis il le reposa et tira son épée du fourreau.

— Qu'est-ce que vous faites ? demanda Senna d'une voix étranglée.

Il se trouvait entre elle et le feu, entre elle et la porte, l'épée brandie.

Senna bondit, mais il l'attrapa par la taille et la plaqua au sol. Dans sa chute, elle parvint à lui donner un coup de genou dans l'entrejambe.

Sous l'effet de la douleur, il se mit à grogner. Elle en profita pour se dégager de son emprise et poussa du pied le brasero qui se renversa. Se relevant vivement, elle lança les documents en direction des braises. Hélas! les feuilles s'envolèrent, sans s'enflammer.

— Sale garce! maugréa Rardove en se levant.

Elle s'efforçait de pousser les papiers dans le feu.

— Non! hurla-t-elle quand il leva son épée.

— Si vous faites cela, vous mourrez, fit une voix, sur le seuil.

— Pentony? s'exclama Rardove, surpris. Allez-vous-en!

— Non.

— Sortez!

— Non.

Abasourdie, Senna recula contre le mur. Pentony brandissait une épée rouillée.

Sans quitter le baron des yeux, il ferma la porte à clé. Senna réprima un hurlement.

Bientôt, des cris s'élevèrent derrière la porte.

— Lord Rardove! appela un soldat. Tout va bien?

Senna avait les mains moites.

— Sortez, Pentony, gronda Rardove avant de se tourner vers Senna.

En sentant le poids de la lame sur son cou, il se ravisa.

Il écumait comme une bête enragée.

— Je vais vous tuer! cria-t-il, furieux.

— Je sais.

Rardove s'étranglait de rage. Le visage cramoisi, il crispa la main sur son arme, mais n'osa agir.

— Je vous ai tout donné, Pentony! cracha-t-il.

Senna se déplaça pour se mettre à l'abri derrière le sénéchal.

— De l'argent, la liberté, la gestion de mes terres…

— J'y ai perdu mon âme, répliqua Pentony.

— Vous l'avez perdue il y a trente ans, en troussant les jupons de cette nonne !

— Elle ne l'était pas encore, répondit-il d'une voix rauque.

— Naturellement, vous avez échappé à tout châtiment, grâce à vos relations. La malheureuse n'a pas eu cette chance. Elle a été lapidée, dit-on.

— C'était ma femme, dit Pentony, pâle comme la mort.

— Non, *prêtre*. Elle devait vous épouser, mais vous n'avez pas pu patienter. Il fallait attendre qu'elle ait quitté le couvent et que vous ayez renoncé à vos vœux. Il paraît que les pleurs de l'enfant s'entendaient dans toute la région.

Pentony appuya sa lame contre le cou de Rardove.

— C'était ma femme dans mon cœur. Et elle y est restée pendant toutes ces années…

Rardove éclata de rire.

— Elle devait être d'une rare beauté, car je ne vous ai vu manipuler que de l'argent, depuis.

— En vérité, elle ressemblait à dame Senna, et à sa mère…

Il se tourna vers Senna.

— Allez-vous-en ! Partez !

Le cœur de Senna battait à tout rompre.

Rardove frappa sans prévenir et toucha Pentony en pleine poitrine. Le sénéchal s'effondra.

Senna poussa un cri d'effroi.

— Sortez ! gémit Pentony avant de mourir.

Senna et le baron demeurèrent face à face, puis Rardove fit un pas vers elle, le visage inondé de sueur.

— À votre tour ! gronda-t-il.

Elle bondit en arrière, cherchant la porte. Dans sa précipitation, elle heurta la table et tomba.

Rardove enjamba la dépouille du sénéchal et s'approcha de Senna, la dominant de toute sa taille.

Elle voulut reculer, mais il l'immobilisa en posant une botte sur son ventre.

— Non! hurla-t-elle. Non! L'enfant!

Au même instant, la porte s'ouvrit avec fracas et une silhouette sombre apparut sur le seuil.

Finian entra dans la pièce, l'épée à la main.

59

Il saisit Senna par le poignet et l'écarta de la trajectoire de l'épée, qui faillit lui trancher la tête. Il la poussa ensuite en arrière pour affronter le baron.

Rardove avait les yeux injectés de sang.

— Va-t'en! lança Finian à Senna. Vite!

Elle n'en fit rien, mais lui palpa la cuisse à la recherche d'un couteau, celui qu'elle avait dérobé dans l'armurerie de Rardove lors de leur évasion.

— Si j'avais su que tu allais me rendre visite, O'Melaghlin, je t'aurais accueilli avec plus de cérémonie, railla Rardove.

— C'est parfait ainsi, répondit Finian en faisant le tour de la salle, Senna derrière lui.

— Mais puisque tu es là, je vais te donner le choix. Soit tu restes et mes hommes te tueront lentement...

— Quels hommes?

Rardove regarda vers la porte. Deux cadavres en armure gisaient à terre, dans une mare de sang.

— Ou alors, poursuivit-il, tu t'en vas et tu affrontes les soldats qui sont à ma grille, pour une mort plus rapide.

Finian recula encore vers la porte.

— Je ne pleurerais sur ton âme, si je pensais que tu en as une, répliqua-t-il.

Senna visa avec soin et brandit son couteau. Seul le cou du baron était vulnérable.

— La rage des Anglais est redoutable, fit Rardove avec un sourire.

— Tu vas goûter celle des Irlandais...

Rardove croisa alors le regard de Senna.

— Ta femme va essayer de me tuer, fit-il, amusé.

— Et elle va y arriver, répondit Finian, narquois.

Rardove bondit. Senna lança son couteau qui se ficha dans le ventre du baron. Son corselet de cuir amortit quelque peu la pénétration de la lame, mais cela suffit à le ralentir. Et à lui faire perdre son sourire.

Finian écarta Senna et repoussa le bras armé de Rardove, qui résista. Leurs lames se croisèrent. Lorsque Finian fit un écart sur le côté, le baron, déséquilibré, tituba.

— Ce sera rapide, marmonna Finian en enfonçant son épée dans le torse de Rardove.

Le baron recula et, avec un gargouillis atroce, tomba à genoux, les mains crispées sur son ventre. Puis il bascula sur le flanc, mort.

Tremblante, Senna se laissa tomber à genoux. Dans la pénombre, elle ne voyait plus que les yeux pétillants de Finian, comme le premier jour, dans son cachot.

Il l'observa un instant et tendit une main vers elle.

— Tu viens de me sauver, déclara-t-elle d'une voix étranglée par l'émotion. Mais je me serais très bien débrouillée toute seule...

Il la prit dans ses bras et posa le menton sur le sommet de sa tête.

— Je sais, souffla-t-il. Tu fais tout mieux que moi.

Il déposa un baiser furtif sur ses lèvres, puis l'entraîna loin de tout ce sang.

Ils parcoururent les couloirs du château, se plaquant de temps à autre contre un mur, les yeux écarquillés, retenant leur souffle lorsqu'ils entendaient des voix. La chasse était ouverte.

Des cris résonnèrent. Au détour d'un couloir, ils se retrouvèrent soudain face à Balffie, épée en main.

Senna eut l'impression que le temps s'arrêtait. Les couleurs lui parurent plus vives, tout à coup, et le métal plus étincelant.

Dans l'escalier, derrière Balffie, des pas précipités se firent entendre.

— Balffie ?

— Oui ?

— Aucune trace ?

— Non, répondit-il en toisant Finian. Allez fouiller les écuries !

Senna ferma les yeux un instant. Finian la repoussa derrière lui sans mot dire.

— Ma sœur, dit Balffie.

— Elle va très bien, répondit Senna.

Balffie opina en silence et les observa pendant un long moment.

La lueur rougeâtre d'une torche se refléta sur sa joue lorsqu'il se retourna et se dirigea vers l'escalier.

60

Les champs étaient jonchés de cadavres. Brian O'Conhalaigh était en plein combat, tenant son épée de ses mains moites. Il transperça son adversaire qui s'écroula en marmonnant des paroles inintelligibles.

Brian se redressait lorsque, du coin de l'œil, il vit un bras lever une masse d'armes.

Il se jeta sur le côté et retomba sur la dépouille de l'homme qu'il venait de tuer. Se relevant d'un bond, il aperçut la boule de fer qui venait droit vers sa tête. Cette fois, il ne pourrait pas l'éviter, songea-t-il en un éclair. Mais au lieu de lui fracasser le crâne, le projectile lui frôla le nez. Sa trajectoire avait été déviée. Son agresseur venait d'être abattu par Alane.

— Bon sang, bredouilla Brian. Je te dois la vie...

— Ne t'en fais pas. Tu auras l'occasion de me rendre la pareille.

Ils se remirent au combat qui faisait rage autour d'eux.

Brian était stupéfait. Le carnage semblait s'étendre sur des kilomètres. Il flottait une odeur de mort. La terre était imbibée de sang. Il était épuisé et fourbu, mais il ne lâcha pas son épée. Il devait tuer pour ne pas mourir.

Un cheval passa au galop près de lui et le déséquilibra.

— C'est de Valery, dit Alane.

Brian se releva, la gorge sèche.

— Nous sommes surpassés en nombre, commenta-t-il.

— Je sais, admit Alane. Partons.

Brian suivit Alane. Au loin, il vit William gravir une colline en direction de l'étendard du gouverneur.

— Il va se faire tuer, murmura-t-il.

Un petit groupe de cavaliers arriva au sommet de la colline, William à leur tête, en quête de Wogan.

Le capitaine borgne scrutait les environs.

— Monsieur, est-ce bien raisonnable ? s'enquit-il.

— Non, répondit William en mettant son cheval au galop.

À son côté chevauchait Peter, son écuyer, brandissant l'étendard royal. La garde du gouverneur les repéra bientôt. Deux hommes portant la livrée de Rardove bandèrent leurs arcs et visèrent la tête de William.

Le gouverneur leva un bras et cria un ordre. Les arcs s'abaissèrent.

— Wogan ? dit William en calmant son cheval.

— Qui diable êtes-vous ? Qu'est-ce qui se passe, ici ? demanda le gouverneur.

William mit pied à terre, ignorant le combat.

— J'aimerais vous raconter une histoire, milord.

En quittant le château de Rardove en compagnie de Senna, Finian vit le gouverneur au sommet d'une colline, en train de discuter avec William et O'Fail. Les combats avaient cessé. Tout était calme. Même les oiseaux chantaient.

Finian observa la scène de loin, tenant la main de Senna dans la sienne. Ils s'assirent côte à côte. Les autres mirent longtemps à les repérer.

Senna entraîna Finian vers la tente de Wogan, non parce qu'elle tenait à ce qu'il fasse sa connaissance, mais parce qu'elle ne voulait pas le perdre de vue ne serait-ce qu'une minute. Comme elle avait la ferme intention de s'entretenir avec le gouverneur, il n'eut d'autre choix que de la suivre.

— Les teintures de *wishmés* n'existent pas, affirma-t-elle après avoir relaté son séjour chez Rardove par le menu. Je suis désolée de le dire, mais lord Rardove avait perdu la raison. Les *wishmés* ne sont que des coquillages, sans la moindre vertu. Et certainement pas des armes...

Wogan n'eut aucun mal à la croire.

— Vous ne correspondez pas à l'image que je me faisais d'une négociante en laine, avoua-t-il au bout d'une heure d'entretien.

— Et vous n'avez pas tout vu, renchérit Finian, assis près du roi O'Fail.

— Les femmes peuvent réserver bien des surprises, répondit le gouverneur avec un petit sourire.

— Est-ce vraiment un problème ? demanda Senna en souriant à son tour.

— C'est stimulant, au contraire.

Le sourire de Senna s'élargit.

— Le trajet jusqu'à Dublin est très long, monsieur le gouverneur, dit-elle. J'aimerais vous suggérer un petit détour par la ville de Hutton's Leap.

Wogan porta sa coupe de vin à ses lèvres.

— Et que trouverai-je, là-bas ? s'enquit-il.

— Jongleurs, broderies, délicieuses tourtes au jambon et... une maison du nom de « Chardon », je crois, dont la propriétaire réserve bien des surprises. Dites-lui que vous venez de ma part.

Wogan l'observa un instant, puis sourit.

Une demi-heure plus tard, l'armée anglaise quittait la vallée au soleil couchant.

Épilogue

Hiver, Écosse, an 1295

William de Valery se tenait devant Robert Bruce, en ce début de soirée. Les deux hommes buvaient du vin dans des coupelles en bois.

— Je crois que tout danger est écarté, désormais, déclara William.

Bruce posa sur lui un regard pensif.

— Édouard n'aura donc pas d'arme secrète…

Un feu crépitait dans la cheminée, mais il faisait si froid que les deux hommes étaient enveloppés dans d'épaisses fourrures.

— Ces histoires de teintures issues de coquillages n'étaient en fait qu'une légende.

« À quoi bon en dire davantage ? » songea William. Senna était la seule personne au monde à pouvoir transformer les *whismés* en arme mortelle, et elle se refusait à le faire.

— Je le dirai aux enfants, peut-être, avait-elle déclaré lorsqu'il lui avait demandé quelles étaient ses intentions. Mais tu n'as rien à craindre. Je me contenterai de leur expliquer, sans rien leur imposer. Je serai toujours là.

C'était là une garantie plus efficace que n'importe quel réseau d'espions. Senna était capable d'anéantir un royaume si elle le souhaitait. Ou de le sauver.

Il était inutile que le roi d'Écosse soit informé de la chose. Les *wishmés* étaient oubliés depuis des siècles. Leurs parents les avaient fait revivre pour la bonne cause, sans doute, mais cette poudre ne pouvait engendrer que le mal. L'Écosse avait trop d'ennemis à affronter. Ces maudits coquillages ne feraient que compliquer la situation.

— Tu as pourtant dit au roi Édouard qu'il y avait plus que des rumeurs, déclara Bruce. Et que Rardove possédait la précieuse teinture, en précisant qu'il s'agissait aussi d'une arme et qu'il devait aller en Irlande sans tarder.

William haussa les épaules.

— J'ai dit un tas de choses à Édouard. Il fallait absolument qu'il aille tambouriner à la porte de Rardove.

Être un agent double pour le compte des Écossais impliquait de raconter un tas de choses à un tas de personnes différentes. Le tout était de s'en souvenir…

— Pourquoi diable fallait-il qu'il aille frapper à la porte de Rardove ? s'enquit Bruce, perplexe.

— Je voulais sauver ma sœur, qui était en danger.

Bruce fit mine de porter un toast.

— J'ignorais que mes espions utilisaient leurs contrats pour des raisons personnelles.

— Vous n'êtes pas très avisé, milord, déclara William en se servant du vin. Toutefois, je persiste à croire que vous devriez être roi.

— Je suis aussi de cet avis, admit Bruce en riant.

William considérait que cet homme était digne de régner sur ce pays meurtri si cher à son cœur, mais il n'était pas infaillible.

— Je pense que l'Écosse y a gagné, reprit William. Édouard a d'autres préoccupations. Nous avons peut-être échappé à une invasion alors que nous n'étions pas préparés.

— Désormais, nous sommes prêts, répondit Bruce.

Il ouvrit un volet de la fenêtre. L'hiver froid et vif était bien installé.

— Et votre sœur ? demanda Bruce.

William brandit le dernier message de Senna.

— Le roi a récupéré les terres de Rardove et a créé une communauté, ce qui est étrange.

— Vraiment ? fit Bruce, étonné.

— C'est bien ce qu'elle affirme. Je n'y comprends rien, avoua-t-il en parcourant de nouveau la missive. Une communauté de… *bellas*, je crois.

Le futur roi d'Écosse sourit sous sa barbe rousse.

— J'aimerais bien la visiter, cette communauté de belles…

— Ah ? fit William, dérouté. Senna précise aussi que le gouverneur d'Irlande est intervenu auprès du roi pour l'obtention de ces terres. Enfin, peu importe. J'en saurai davantage quand j'irai là-bas.

— En attendant, nous avons une invasion à planifier.

Les deux hommes sortirent pour rejoindre leurs montures.

— Je dois retourner auprès du roi. Il va se demander pourquoi son espion met si longtemps pour inspecter la frontière nord.

Finian prit Senna par les épaules et l'attira vers lui. Par cette belle journée ensoleillée, le vent soufflait sur les remparts du château d'O'Fail. Depuis la cour, le roi leur adressa un signe de la main. Finian en fit autant, puis il se pencha pour embrasser Senna sur le front.

Au terme de ces deux mois passés parmi les Irlandais, elle avait appris à connaître les noms et les visages.

— Calme-toi, Finian. Nous n'avons que faire des poètes du IVe siècle, avait-elle déclaré, dans l'après-midi, un peu irritée.

Il avait fini par l'emmener sur les remparts pour contempler la mer, en contrebas. Depuis leur retour chez O'Fail, ils avaient fait cela plusieurs fois et Senna s'était toujours sentie mieux.

« C'est normal d'être nerveuse », lui avait-elle dit en souriant à travers ses larmes, le soir où elle lui avait appris qu'elle était enceinte.

« C'est vrai », avait-il admis.

Elle y pensait, en cet instant, Finian le savait.

— Cela ne faisait pourtant qu'une semaine..., murmura-t-elle comme pour elle-même, lui prouvant qu'il avait raison.

Il l'embrassa de nouveau et lui frotta les bras pour la réchauffer.

— Nous aurons beaucoup d'enfants, Senna.

— Tu m'en donneras beaucoup, répondit-elle en souriant, mais nous avons le temps. Je dois d'abord faire venir mes moutons en Irlande. Le roi m'a parlé de vos tisserands. Nous pourrons sans doute leur obtenir une franchise dans les villes. Je dois également m'entretenir avec le maire de Dublin...

— À ta guise, dit Finian d'un ton enjoué.

— Je ne comprends pas une chose... Pourquoi veux-tu me faire apprendre le nom des poètes. À quoi bon ?

— C'est important, répondit-il avec assurance.

Il l'impliquait dans tous les aspects de sa vie et de son avenir. Ils partageaient tout, comme si l'engagement de Senna était naturel et souhaitable. Senna avait toujours rêvé d'être ainsi choyée.

En retour, elle avait tant à lui donner… Elle s'efforçait d'apprendre la langue gaélique. Finian était un professeur très patient et elle s'appliquait. Ses doigts étaient guéris et Pentony était mort.

— J'espère que son âme a trouvé la paix, dit-elle en fixant le vide. Je ne voudrais pas qu'il souffre davantage.

Elle l'espérait, car si Pentony ne souffrait plus, malgré ses péchés, alors peut-être la mère de Finian ne souffrait-elle pas non plus. Cette pensée finirait un jour par lui apporter la paix.

Il la dominait de toute sa hauteur, ses cheveux noirs cascadant sur ses larges épaules, aussi superbe que le premier jour.

— Tu as envoyé une malle pleine d'argent à son enfant illégitime, en Angleterre, n'est-ce pas? demanda-t-elle soudain.

Il secoua la tête, mais elle l'empêcha de dire un mot.

— Je sais que tu l'as fait. J'ai entendu Alane en parler.

— Crois ce que tu veux, dit-il en haussant les épaules. Comme toujours… J'ai renoncé à l'idée de te faire changer.

— Tu n'as jamais essayé de me changer, fit-elle, la gorge nouée par l'émotion. Tu es un homme admirable.

— Et toi, tu es la plus belle femme du monde, murmura-t-il à son oreille.

Elle fit mine d'être étonnée.

— Tu ne dis rien sur ma bonté naturelle?

— Je n'ai rien à dire à ce sujet.

Elle éclata de rire et se blottit dans ses bras pour contempler la mer.

— Ton père m'a demandé quelque chose avant de mourir, Senna.

— Ah bon ? Quoi donc ?

— De contribuer à sauver l'Écosse.

— Tu ne dois rien à mon père, répondit-elle en se détournant.

Il l'obligea à croiser son regard.

— Ce n'est pas une question de dette ou de devoir. Tu me l'as appris toi-même.

— Je vois. Le roi est-il d'accord ?

— Nous en avons déjà parlé. Il m'approuve.

— Mais je croyais que tu devais…

— Je ne serai jamais roi ici. Ma décision est prise.

Elle observa le château, derrière eux, puis chercha le regard de Finian.

— Entre un royaume et une femme, le choix est vite fait, diraient certains.

— Il a été vite fait, en effet. Tu vas devoir en faire un, toi aussi, sachant que je ne serai pas roi.

Senna prit un air pensif.

— On m'a appris qu'il fallait se tenir à distance des rois. Mais je compte rester proche de toi.

— Tu en es sûre ? demanda-t-il en l'attirant vers lui.

— J'ai fait mon choix dans une vieille prison puante. Et tu étais là. L'aurais-tu oublié ?

Finian esquissa un sourire.

— Une prison est une prison. On voit les choses différemment à l'air libre. J'ai vu bien des hommes faire de mauvais choix, dans une cellule.

Elle enroula les bras autour de son cou.

— Mais je suis une femme…

— En effet, admit-il avec un regard brûlant. Et pas n'importe quelle femme…

— Assez, dit-elle en rougissant.

— Non, protesta-t-il en glissant une main le long de son cou.

— Arrête ! ordonna-t-elle, sans conviction.

Il lui caressa l'épaule en prélude à d'autres attentions. Elle pencha la tête de côté et ferma les yeux.

— Tu es vraiment déterminé… Nous évoquions tes projets. Au lieu de devenir roi, vas-tu devenir un espion ?

— Disons plutôt un diplomate.

— Et je t'accompagnerai ? demanda-t-elle, pleine d'espoir.

— Naturellement ! dit-il en l'embrassant de plus belle sur la joue, puis dans le cou. Je t'ai cherchée depuis toujours, avoua-t-il. Jamais je ne te laisserai partir. Les rois peuvent bien te convoiter, tu es à moi.

— Tant mieux, murmura-t-elle.

Il voulut s'emparer de ses lèvres, mais elle le repoussa, une main sur son torse.

— Tu ne me poseras donc jamais la question ?

— Non.

— Tu ne veux pas savoir comment j'ai fait ?

Il se tut et glissa une main sous sa pelisse pour en sortir l'échantillon de tissu teinté qu'elle avait emporté de chez Rardove. Elle le lui avait offert en riant, mais Finian n'avait pas partagé son hilarité.

— Je crois que cette teinture est une chose rare et étonnante, dit-il en lui tendant la pièce de tissu. Si tu souhaites parler de sa fabrication, n'hésite pas.

— C'est un secret que je ne peux révéler à personne.

Il esquissa un sourire.

— J'ai suivi la recette de ma mère. Il n'y avait rien de plus simple.

— Vraiment ? Depuis cinq siècles, les tentatives n'ont pas manqué, et elles ont échoué.

Il posa une main dans son dos et la caressa sans même s'en rendre compte.

— Il faut être une femme, dit-elle.

— Ah bon ? marmonna-t-il en l'embrassant sur la joue. Ce n'est pas pour me déplaire.

Il lui mordilla le lobe de l'oreille, oubliant apparemment leur conversation.

— Tu te rends compte de ce que cela veut dire ? demanda-t-elle.

— Non, répondit-il sans cesser de l'embrasser. Garde tes secrets, femme. Je ne veux que ton corps.

Elle se mit à rire et s'écarta légèrement de lui.

— Tu n'es donc pas curieux ?

Il entrouvrit sa pelisse pour l'embrasser sur l'épaule.

— Eh bien, le secret, c'est que la femme doit être amoureuse.

— Comment cela ? fit-il, intrigué.

— C'est une question d'hormones.

— Fascinant ! s'exclama-t-il après un instant de réflexion. Mais comment être certaine de ses sentiments ?

Senna sentit son cœur s'emballer en songeant à l'amour qu'ils éprouvaient l'un pour l'autre.

— Pour fabriquer la teinture de *wishmés*, il faut être amoureuse. Il ne saurait en être autrement.

Finian l'enlaça et la serra contre lui.

— Tu as raison, dit-il, il ne saurait en être autrement.

Note de l'auteur

Si les *wishmés* et leur teinture n'existent pas, certains éléments de ce roman sont inspirés de la réalité. Je me suis fondée sur la célèbre pourpre de la Rome antique. Pour l'explosif, je suis partie de l'acide picrique, une teinture jaune qui, à l'état de poudre, est explosive. L'effet «caméléon» de la laine n'est que pure fiction: les caméléons ne reflètent pas leur environnement. Ils possèdent une gamme limitée de couleurs qui changent en fonction de leur humeur. Il s'agit d'un jeu de lumières que filtrent leurs trois couches de peau. Je me suis demandé si ce phénomène pouvait s'appliquer à la laine de Senna. Peut-il exister une qualité de laine susceptible de se fondre dans son environnement? Naturellement, c'est scientifiquement impossible.

Mes personnages principaux sont fictifs, mais certains personnages secondaires ont existé: John Wogan, gouverneur d'Irlande, le roi Édouard Ier d'Angleterre...

Au Moyen Âge, les enfants illégitimes étaient moins rejetés en Irlande qu'en Angleterre. Cela ne les empêchait en rien d'accéder à de hautes responsabilités. En revanche, une mère qui abandonnait sa famille était mal considérée. Quant au suicide, il était considéré comme honteux.

La tribu présentée dans ce roman s'inspire des O'Neill, une tribu très influente du nord de l'Irlande. Je l'ai simplement transposée dans une période de stabilité politique relative, même si elles sont assez rares dans l'histoire de l'Irlande, jalonnée de rivalités entre rois, de trahisons et de rébellions. J'ai donc inventé le roi O'Fail, dont le nom s'inspire des groupes de soldats appelés *fian*.

Découvrez les prochaines nouveautés
de nos différentes collections J'ai lu pour elle

AVENTURES
& PASSIONS

Le 1er juin :

Inédit *Lady Carsington* ❧ **Loretta Chase**

Pour échapper à ses parents hystériques, Peregrine Lisle vit en Égypte. Lors d'un séjour à Londres, il retrouve Olivia Carsington. Fantasque, capricieuse, elle s'amuse à faire tourner la tête aux hommes, car elle refuse la vie ennuyeuse d'une épouse. Olivia rêve d'aventures. Quand Peregrine part pour l'Écosse pour restaurer un château hanté, Olivia s'arrange pour l'accompagner. Dans ce rude pays, ils vivront des péripéties inattendues, trouveront un trésor et peut-être l'amour.

Inédit *L'épouse de Lord Mackenzie* ❧
Jennifer Ashley

Lady Isabella Scranton n'a pas peur du scandale. À 18 ans, elle s'enfuit et épouse lord Mackenzie, peintre de talent. Après quelques années de passion orageuse, elle décide de quitter son mari. Mais le destin va réunir ces deux êtres qui se sont toujours aimés.

Les frères Malory — 5 Une femme convoitée ❧
Johanna Lindsey

Audrey a décidé d'être vendue aux enchères pour sauver sa famille de la ruine. Vint-cinq mille livres, c'est une somme. Mais aux mains de qui est-elle tombée ? Acheter une femme n'est pas dans les habitudes de Derek Malory. Pourtant, il lui a semblé criminel d'abandonner cette malheureuse à ce pervers d'Ahsford, son ennemi.

Le 15 juin :

Une nuit dans tes bras ❧ **Liz Carlyle**

Phaedra enquête sur la disparition de Millie, la sœur de sa bonne, et de son bébé. Soudain, un homme s'écroule à ses pieds, mort, poignardé. Tristan Talbot est à la recherche du tueur. Phaedra, persuadée que les deux affaires sont liées, insiste pour l'aider.

Trois destinées — 1 L'impulsive ❧ **Tessa Dare**

Lucy est amoureuse de Toby, qui l'ignore. Pour s'entraîner à le séduire, elle prend comme cobaye Jeremy, l'ami de son frère, un homme austère.
Lucy et Jeremy se prennent à leur propre piège, tombent amoureux et doivent se marier. Jeremy emmène son épouse dans son manoir, un lieu qui va devenir une prison dorée pour Lucy, qui n'a connu que la liberté. Peu à peu, elle découvre le lourd secret qui a traumatisé Jeremy, et va devoir lutter pour eux deux.

La lande sauvage ❧ **Rebecca Brandewyne**

Une nuit d'orage sur la lande écossaise… Éperdue de chagrin, les yeux brouillés de larmes, Maggie court à perdre haleine. Fuir pour oublier : Esmond, qu'elle aime en secret depuis toujours, vient de lui annoncer qu'il rompt leurs fiançailles. Qu'il en aime une autre ! Debout sur la falaise, elle veut fuir son destin. Un bras puissant arrête son geste insensé. C'est Draco. Bâtard et fier de l'être, il est haï et méprisé de tous… Par dépit, elle se donne à lui. Une nuit d'ivresse, un instant d'éternité où seul compte le tourbillon de volupté qui embrase ses sens, l'extase inconnue qu'il lui offre. Le lendemain, pour le prix de son silence, il exige le mariage.

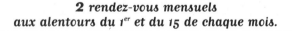

**2 rendez-vous mensuels
aux alentours du 1er et du 15 de chaque mois.**

Passion intense

Quand l'amour vous plonge dans un monde de sensualité

Le 15 juin :

Inédit   ***Sept nuits d'amour*** ❧ **Evangeline Collins**

Pour sauver sa famille de la ruine et garder l'héritage de son frère qu'elle élève, Rose Marlowe travaille pour Madame Rubicon, tenancière d'une maison close. Belle, jeune, raffinée, elle attire les clients les plus fortunés de la haute société. Un soir, elle est demandée par James Archer, un richissime commerçant qui vient chercher un peu de réconfort. Rose va lui offrir sept nuits d'amour, et peut-être plus...

Inédit   ***Liaisons sulfureuses — 3 Mystère*** ❧
Lisa Marie Rice

Nick Ames a un charme fou ! Charity, jeune bibliothécaire y succombe en un clin d'œil. Vite, très vite, trop vite... elle va l'épouser... sans savoir que ce beau millionnaire est un agent secret qui compte l'utiliser pour approcher un dangereux terroriste russe.

> ### 2 romans tous les 2 mois
> ### aux alentours du 15 de chaque mois.

FRISSONS

Du suspense et de la passion

Le 15 juin :

Inédit
Les enquêtes de Joanna Brady — 3
Tuer ou se faire tuer ⊗ **J.A. Jance**

Un homme est accusé d'avoir maltraité et sauvagement tué sa femme. Personne ne croit en son innocence, à part la nouvelle shérif du comté de Cochise, Joanna Brady. Elle est persuadée qu'un tueur barbare rôde dans le vaste désert d'Arizona, près, très près de sa petite fille.

Inédit ***Ricochet*** ⊗ **Sandra Brown**

En descendant du car, Olivia a l'impression de suffoquer. Cela fait dix ans qu'elle a quitté la Louisiane. Sans la lettre de tante Callie, il est probable qu'elle n'y serait jamais revenue. Dure épreuve que de retourner à la maison, admettre son échec, accompagnée de sa petite Sara... Elle n'a plus eu de nouvelles des siens depuis qu'elle s'est enfuie avec un cow-boy vedette de rodéos. Vont-ils lui pardonner ses erreurs ? Osera-t-elle affronter Seth, le compagnon de son enfance...

Nouveau ! 2 romans tous les 2 mois
aux alentours du 1ᵉʳ de chaque mois.

Sous le charme
d'un amour envoûtant
CRÉPUSCULE

Le 1er juin :

> **Nouveau ! 2 romans tous les 2 mois**
> **aux alentours du 1er de chaque mois.**

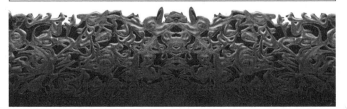

Et toujours la reine du roman sentimental :

Barbara Cartland

« Les romans de Barbara Cartland nous transportent dans un monde passé, mais si proche de nous en ce qui concerne les sentiments.
L'amour y est un protagoniste à part entière : un amour parfois contrarié, qui souvent arrive de façon imprévue.
Grâce à son style, Barbara Cartland nous apprend que les rêves peuvent toujours se réaliser et qu'il ne faut jamais désespérer. »
Angela Fracchiolla, Rome, Italie

Le 15 juin :
La belle et le léopard
La duchesse a disparu

Inédit   *Le prince des brigands*

9602

Composition
CHESTEROC LTD

Achevé d'imprimer en Italie
par GRAFICA VENETA
le 18 avril 2011.

Dépôt légal avril 2011.
EAN 9782290034521

ÉDITIONS J'AI LU

87, quai Panhard-et-Levassor, 75013 Paris
Diffusion France et étranger : Flammarion